Milchrahmstrudel

Jutta Mehler, Jahrgang 1949, lebt und arbeitet in Niederbayern. Sie schreibt Romane und Erzählungen, die vorwiegend auf authentischen Lebensgeschichten basieren. Im Emons Verlag erschienen ihre Romane »Moldaukind«, »Am seidenen Faden« und »Schadenfeuer« sowie die Niederbayern Krimis »Saure Milch«, »Honigmilch«, »Milchschaum« und »Magermilch«.

Dieses Buch ist ein Roman. Handlungen und Personen sind frei erfunden. Ähnlichkeiten mit lebenden oder toten Personen sind rein zufällig.

1

Natürlich trug Fanni wieder selbst die Schuld daran, dass sie es war, die über den toten Pfleger stolperte.

Würde sie in der Katherinenresidenz, wie es sich gehörte, die Vordertreppe benutzt haben, dann hätte sie sich auf dem ersten Absatz nicht diesen beiden Schuhsohlen aus geripptem bräunlich gelbem Krepp gegenübergesehen (auf einer klebte ein Kaugummi, in die andere hatte sich ein Reißnagel eingetreten).

Nachdem sich Fannis Blick von dem Reißnagel losgerissen hatte, folgte er einer länglichen Scharte, die von einem kürzlich entfernten Splitter oder einer Scherbe stammen konnte, bis zur Spitze eines hellgrauen Turnschuhs.

Von da aus huschte ihr Blick über das Bein einer Jeans zum Saum eines T-Shirts, verfing sich für einen Moment in einem rötlich braunen Fleck, der bis zum Halsausschnitt des Shirts hinauf Zacken und Nasen in die weiße Baumwolle gefressen hatte, und irrte dann über einen blutverschmierten Hals zu einem vertrauten, aber erschreckend leblos wirkenden Gesicht.

Mord!, rief Fannis ungeliebte Gedankenstimme.

»Roland … tot … blutbesudelt …«, stammelte Fanni.

Und er liegt direkt vor deinen Füßen! Was für ein grausiger Fund! Was für ein Fiasko!, meinte die Gedankenstimme hinzufügen zu müssen.

Aus zwei Gründen war Fanni selbst schuld, dass sie in dieses Fiasko geraten war: Zum einen, weil sie im Seniorenheim stets die Hintertreppe benutzte, um bloß niemandem zu begegnen, dem sie Guten Tag sagen oder mit dem sie gar ein Schwätzchen halten musste. Zum andern, weil sie nicht wie alle anderen Angehörigen der in der Katherinenresidenz beheimateten Senioren ihren Besuch tags zuvor gemacht hatte, als anlässlich der Einweihung der neuen hauseigenen Kapelle auswärtige Gäste dringend erwünscht gewesen wären.

»Ich gehe regelmäßig mittwochs zu Tante Luise«, hatte Fanni

ihrem Mann mit fester Stimme entgegnet, als er sie aufgefordert hatte, der Einladung des Heimleiters zu den Feierlichkeiten zu folgen. »Mittwochs um vier gehe ich. Und daran werde ich nichts ändern, egal wie viele Kapellen, Hallenbäder, Bierstüberl, Leseecken, Sonnenschirme und Bettpfannen im Seniorenheim eingeweiht werden.«

»Weil du ein verstocktes, widerborstiges, dickschädeliges Trumm bist«, hatte Hans Rot geantwortet, und Fanni hatte genickt, weil es sich wohl wirklich so verhielt.

Luise Rot – unverheiratet, kinderlos und seit gut einem Jahr an den Rollstuhl gefesselt – war die Tante von Fannis Ehemann Hans Rot. Mangels geeigneterer Kandidaten hatte er die Pflegschaft der Dreiundachtzigjährigen übernommen und sie in der Katherinenresidenz untergebracht, einem von Erlenweiler nur fünf Kilometer entfernt liegenden Seniorenheim.

Das Gros der Aufgaben als Betreuer seiner Tante (Schriftverkehr, Telefonate, Abrechnungen) konnte Hans Rot während der Arbeitszeit im Kreiswehrersatzamt erledigen, wo sich seine beruflichen Pflichten ohnehin von Woche zu Woche dürftiger gestalteten. Schon vor Jahren war das Amt in ein reines Musterungszentrum umgewandelt worden, dem nun ebenfalls das Aus drohte, seit Karl-Theodor zu Guttenberg bei »Beckmann« verkündet hatte: »Die Musterung ist ebenso schwer zu rechtfertigen wie die Wehrpflicht als solche.«

Dementsprechend war der Posten des bevollmächtigten Betreuers von Tante Luise für Hans Rot ein Geschenk des Himmels, denn mit einem Mal hatte er wieder etwas zu tun am Arbeitsplatz, konnte sich wieder dazu berechtigt fühlen, an seinem Schreibtisch zu sitzen und beschäftigt zu wirken. Zweckmäßigerweise lag die Katherinenresidenz inmitten eines kleinen Parks, der an das Gebäude angrenzte, in dem sich das Musterungszentrum befand, sodass Hans Rot täglich nach der Mittagspause oder vor Dienstschluss auf einen Sprung bei Tante Luise vorbeischauen konnte.

»Und du«, hatte er zu Fanni gesagt, nachdem Tante Luise ins Seniorenheim umgesiedelt war, »wirst dich auch öfter bei ihr sehen lassen. Wenigstens einmal die Woche.«

»Gut«, hatte Fanni sich gefügt, »regelmäßig mittwochs nach dem Einkaufen werde ich sie besuchen.«

So hatte sie es dann auch eingeführt und stur beibehalten – Josefi-Umtrunk, Kapelleneinweihungen, Maibaumaufstellen, Grillfest, Nikolausfeier hin oder her.

Weil du ein verstocktes, widerborstiges, dickschädeliges Trumm bist!

Ja.

Eine Soziopathin, wie Hans Rot schon vor Jahren richtig diagnostiziert hat!

Ja.

So eilte Fanni also auch am Mittwoch, dem 23. Juni, um sechzehn Uhr die Hintertreppe des Seniorenheims hinauf und stieß dort, wo die Stufen auf halbem Weg zwischen Erdgeschoss und erstem Stock eine Biegung machten und dadurch einen breiten Absatz entstehen ließen, auf die blutbefleckte Leiche – genau genommen auf die mutmaßliche Leiche – des Pflegers Roland Becker.

Es war keineswegs das erste Mal, dass Fanni ein Todesopfer entdeckte. Im Vorjahr hatte sie Willi Stolzer tödlich verletzt im Deggenauer Klettergarten gefunden, und etliche Monate davor hatte sie den Birkdorfer Pfarrer leblos am Grab des Bürgermeisters liegen sehen. Drei Jahre war es her, dass Fanni auf dem Gipfel des Großen Falkenstein jenem weißen Turnschuh begegnete, der zu einem ermordeten Mädchen gehörte; und vier Jahre waren vergangen, seit Fanni die pinkfarbene Sandale an einer Toten erblickte, die als Fannis Nachbarin Mirza bekannt gewesen war.

Alle gewaltsam ums Leben gebrachten und kurz darauf von Fanni aufgefundenen Personen hatten stets geduldig ausgeharrt, bis die Polizei eintraf. Sie hatten sich untersuchen und obduzieren lassen, hatten dies und das preisgegeben und letztendlich in der einen oder anderen Weise auf den Täter hingewiesen.

Doch diesmal sollte alles anders sein.

Fanni drückte sich an dem reglos Daliegenden vorbei und hastete die Treppe zum ersten Stock hinauf, um Hilfe zu holen.

Eine Schwester muss her, besser noch ein Arzt, pochte es in ihrem Kopf. Womöglich lässt sich Roland wiederbeleben – mit Sauerstoff, mit Herzmassage, mit irgendwas. Dass er daliegt wie ein Toter muss noch gar nichts heißen. Er ist doch noch so jung – dreißig höchstens.

Schwesternzimmer, zweiter Gang links!

Außer Atem erreichte sie die Tür mit der Aufschrift »Station I«.

Fanni klopfte kurz an, dann drückte sie die Klinke und öffnete. Drei leere Stühle und drei leere Kaffeetassen glotzen ihr entgegen. Sie warf die Tür wieder zu und schaute gehetzt den Gang hinauf und hinunter.

Aufenthaltsraum – im nächsten Flur!

Fanni setzte sich in Bewegung. Auf jedem Stockwerk gab es eine gemütliche, durch Paravents und Pflanzen vom Hauptflur abgetrennte Ecke, in der sich diejenigen Senioren zusammenfanden, die ein, zwei Stündchen in Gesellschaft verbringen wollten. Fanni rechnete damit, dort auch eine der Schwestern anzutreffen, denn Luise hatte ihr erzählt, dass das Pflegepersonal alle Hände voll damit zu tun hatte, in den Aufenthaltsräumen Streit zu schlichten und Tränen zu trocknen.

Doch nicht einmal Dellen in den Polstermöbeln zeugten davon, dass kürzlich jemand hier gesessen hatte.

Fanni begann zu hecheln. Wo waren sie denn alle? Wo, verflucht noch mal, waren die Schwestern? Um vier Uhr nachmittags mussten sie weder Mahlzeiten verteilen noch Medikamente ausgeben.

Lauf einfach die Gänge entlang. Irgendwo musst du ja auf jemanden treffen!

Fanni rannte los.

Sie bog zweimal ab, rannte weiter, nahm die nächste Ecke und stieß in etwas Weiches.

Als sie den Blick hob, sah sie in die vorwurfsvollen Augen des Pflegedienstleiters Erwin Hanno.

Er nahm sie bei den Schultern und schob sie ein Stückchen von sich weg, damit wieder Luft zwischen sie und seinen fülligen Körper strömen konnte.

Fanni registrierte, dass Herrn Hannos Schnurrbart indigniert zitterte.

»Aber Frau Rot«, sagte er streng. Plötzlich stutzte er. »Geht es Ihrer Tante etwa nicht …«

Fanni schüttelte ungestüm den Kopf. »Nein, es handelt sich um Roland. Schnell, kommen Sie mit. Roland Becker, der Pfleger, liegt blutüberströmt auf der Hintertreppe.«

Sie begann wieder zu laufen.

Weil sie keine Schritte hinter sich hörte, wandte sie den Kopf und rief über die Schulter zurück: »Beeilen Sie sich! Vielleicht ist ihm ja noch zu helfen.«

Da setzte sich der Pflegedienstleiter in einen schaukelnden Trab.

Fanni rannte zur Treppe, nahm die Stufen zum Absatz hinunter in drei Sprüngen und kam am angeblichen Fundort der angeblichen Leiche zum Stehen.

Und dann stierte sie mit offenem Mund die marmorierten Bodenfliesen an, auf denen es nichts zu sehen gab – nicht einmal eine Staubfluse.

Schwer atmend traf Erwin Hanno am Treppenabsatz ein.

»Ich …«, sagte Fanni.

Ein missbilligender Blick traf sie und ließ sie verstummen.

Fanni schluckte. Ihre Augen suchten den Fußboden ab, musterten die Wände.

Nichts.

Sie schaute zum Pflegedienstleiter auf, der sichtlich entrüstet war.

»Er …«, krächzte Fanni, räusperte sich, sprach stockend weiter: »Er wird sich weggeschleppt haben. Wir müssen ihn suchen. Müssen ihn finden, bevor er tot zusammenbricht.«

Hanno hob die buschigen Brauen. »Sagten Sie nicht, Sie sahen Becker ›blutüberströmt‹ daliegen?«

Fanni nickte.

Der Pflegedienstleiter blickte die Treppenstufen hinauf und hinunter, dann runzelte er die Stirn. »Hier hat sich niemand aufgehalten, der blutete. Wie soll er sich weggeschleppt haben, ohne Blutflecken, ohne eine Schmierspur, ohne die kleinste Fährte zu hinterlassen?«

»Aber ich habe Roland doch gesehen«, begehrte Fanni auf.

»Hier lag er, und sein T-Shirt war blutig, und seine Augen starrten mich blicklos an.«

Erwin Hannos Augen starrten Fanni nun ebenfalls an, doch keineswegs blicklos. Sie ließen deutlich erkennen, dass sich der Pflegedienstleiter Sorgen um Fannis Geisteszustand zu machen begann. Plötzlich veränderte sich sein Gesichtsausdruck, wirkte auf einmal professionell und abgeklärt. Seine Stimme klang jetzt beschwichtigend.

»Womöglich hat Ihnen Ihre Phantasie einen Streich gespielt, Frau Rot. Das kann schon mal vorkommen. Man ist in Eile, saust hastig die Treppe hinauf. Der Kreislauf nimmt einem solche Hetze übel, rächt sich mit Schwindelgefühl, Halluzinationen, Sinnestäuschungen.«

Fanni straffte sich. »Ich – habe – mir – das – nicht – eingebildet!« Sie holte Luft und fuhr beherzt fort: »Mir war weder schwindelig, noch hatte ich Halluzinationen. Roland Becker lag genau hier.« Sie deutete auf ihre Fußspitzen. »Und statt da herumzustehen, wo er nun nicht mehr liegt, sollten wir nach ihm suchen. Im Erdgeschoss am besten, denn vermutlich hat er sich abwärtsbewegt, sonst hätten wir ihm ja begegnen müssen.« Rebellisch stiefelte sie die Stufen hinunter.

Der Pflegedienstleiter folgte ihr zögernd.

Fanni verharrte am Ende der Treppe und sah sich um. Rechts zweigte der Gang ab, der zur rückwärtigen Tür führte, durch die man auf den Parkplatz gelangte. Geradeaus ging es an einem Fahrstuhl vorbei zum Schwimmbad, und links gab es einen Flur, von dem aus man die Kapelle, den Haupteingang und das Kaffeestüberl erreichte.

Nirgends befand sich eine Spur, die darauf hindeutete, dass sich hier soeben ein Schwerverletzter mit einer blutenden Wunde in der Brust entlanggeschleppt haben könnte.

Erwin Hanno legte seine massige Hand auf Fannis Arm. »Sie gehen jetzt in das Zimmer Ihrer Tante, und ich schicke Ihnen Schwester Monika mit einer Tasse Baldriantee. Sie müssen sich beruhigen, Frau Rot, mit – ähm – Nervenleiden ist nicht zu spaßen.«

Fanni wollte sich gerade gegen das Wort »Nervenleiden« verwahren, mit dem der Pflegedienstleiter aller Wahrscheinlichkeit nach »Irresein« meinte, da hörte sie ein Rumpeln hinter der mannshohen Topfpflanze, neben der sie stand. Sie machte einen Schritt zur Seite, schaute an der Pflanze vorbei und entdeckte eine unscheinbare Tür, die ihr bisher nie aufgefallen war. An dieser Tür haftete, ein wenig über Fannis Augenhöhe, ein Schild mit der Aufschrift »Aussegnungsraum«, darunter befand sich ein schmales goldenes Kreuz. Fanni glotzte den Schriftzug an und versuchte, sich darüber klar zu werden, was in einem Aussegnungsraum normalerweise vor sich ging. Da hörte sie die Stimme des Pflegedienstleiters in ihrem Rücken.

»Herr Bonner, Amtsrat a. D., der zehn Jahre seines Ruhestands in unserer Residenz verbracht hat, ist gestern verstorben.« Hanno trat neben Fanni und sah auf seine imposante Armbanduhr. »Die Herren vom Bestattungsinstitut wollten ihn zwischen sechzehn und siebzehn Uhr abholen kommen. Der Hausmeister ist wohl gerade dabei, alles dafür vorzubereiten. Anschließend muss der Raum gesäubert werden.«

»Wir sollten vorsorglich nachsehen, ob …«, begann Fanni, verstummte jedoch, als sie Herrn Hannos Miene sah.

Ein Wort mehr, und er ruft dieses Klinikpersonal aus Mainkhofen, das Zwangsjacken und Betäubungsspritzen im Gepäck führt!

Ich muss ihn loswerden, dachte Fanni, ich muss ihn loswerden, diesen selbstgerechten Fleischkloß, damit ich unbehelligt nach Roland suchen kann.

Dann musst du jetzt eben so tun, als würdest du einsehen, dass du halluziniert hast!

Gut, ich werde also pro forma den Baldriantee akzeptieren, entschied Fanni.

Doch bevor sie sich bei Erwin Hanno für die Aufregung, die sie ihm bereitet hatte, entschuldigen und seinen Vorschlag annehmen konnte, bemerkte sie erstaunt, wie sich der Mund des Pflegedienstleiters zu einem gewinnenden Lächeln verzog.

Aber ich habe ja noch gar nichts gesagt, dachte Fanni, oder habe ich doch schon?

Sollte Hanno recht haben? War sie verrückt?

Da hörte sie eine gereizte Stimme hinter sich. »Wo bleiben Sie denn, Hanno? Das Meeting war für sechzehn Uhr fünfzehn angesetzt. Pünktliches Erscheinen obligatorisch – wie wir es seit jeher handhaben.«

Die Stimme klang nicht fremd. Fanni hatte diesen Mann schon hie und da reden hören, allerdings in einem weit freundlicheren Tonfall.

Sie drehte sich um.

Achim Müller nickte ihr einen knappen Gruß zu und fuhr an den Pflegedienstleiter gewandt fort: »Schnell jetzt, Hanno. Man wartet auf Sie. Dr. Benat spricht mit vollem Recht von Brüskierung.«

Daraufhin eilten die beiden Herren davon, ohne Fanni auch nur eines Abschiedsblickes zu würdigen.

Der Führungsstab der Katherinenresidenz traf sich also zu einer Besprechung, Müller, der Heimleiter, Lex von der Verwaltung, Huber vom sozialen Dienst, Hanno, der Pflegedienstleiter, und Dr. Benat, der Berufsbetreuer. Womöglich waren auch die Stationsschwestern dazu eingeladen, der Reinigungsdienst – und der Koch.

Je mehr, desto besser, dachte Fanni. Wer im Konferenzraum sitzt, kann mir bei der Suche nach Roland nicht in die Quere kommen.

Sie wartete, bis Müller und Hanno in Richtung Haupteingang abbogen. Kaum waren die beiden außer Sicht, wandte sie sich wieder der Tür mit der Aufschrift »Aussegnungsraum« zu. Im Moment drangen nur leise Geräusche heraus: Rascheln, Schlurfen, Gleiten.

Da drin werde ich auf alle Fälle mal nachsehen, dachte sie entschlossen, legte die Hand auf den Türgriff – und zögerte.

Memme!

Fanni biss die Zähne zusammen, drückte die Klinke hinunter und ließ sie im selben Augenblick wieder los. Ein scharrendes Geräusch hinter ihr hatte sie erneut zu einem Rückzieher veranlasst.

Sie warf einen Blick über die Schulter.

Aus dem Gang, der zu den rückwärtigen Parkplätzen führte, schob sich ihr eine Rollbahre entgegen, die von zwei Herren in dunklen Anzügen flankiert war.

Sechzehn Uhr dreißig, meldete sich Fannis Gedankenstimme

überklug. *Das sind die Bestatter von Herrn Bonner, die Erwin Hanno vorhin angekündigt hat!*

Fanni verschmolz mit der Topfpflanze und hielt die Luft an, als einer der Herren vortrat und die Tür zum Aussegnungsraum bis zum Anschlag öffnete. Die Bahre rollte hinein.

Fanni reckte den Hals.

»Schon alles komplett erledigt«, hörte sie ihn überrascht sagen. »Sogar der Deckel ist bereits drauf, allerdings noch nicht verschraubt. Trotzdem haben Sie uns heute eine Menge Arbeit abgenommen.«

Sie bekam mit, wie der andere murmelte: »Ist ja mal was ganz Neues. Andererseits kann man wohl eine kleine Gefälligkeit erwarten, wenn man zweimal herkommen muss, weil beim ersten Mal der Totenschein noch nicht ausgestellt ist.« Laut sagte er: »Haben Sie die Papiere jetzt parat?«

»Hä?«, fragte eine raue Stimme.

Der zweite Bestatter wandte sich an seinen Kollegen. »Ich frage im Verwaltungsbüro nach.«

Fanni duckte sich.

Sobald der Herr vom Bestattungsinstitut an ihr vorbei war, kam Fannis Nase wieder hinter der Topfpflanze hervor.

Sie sah einen Mann in Arbeitskleidung mit einem Eimer in der Hand an der offenen Tür vorbeigehen, der grummelte: »Mittag … Todesfall … Dekoration.«

»Ja, ja«, vernahm sie die freundliche Stimme des im Aussegnungsraum verbliebenen Bestatters, den sie im Moment nicht sehen konnte, »in Altenheimen muss man an manchen Tagen mit gleich zwei oder drei Todesfällen rechnen. Aber genauso gut kann es vorkommen, dass wochenlang überhaupt niemand stirbt.«

Die raue Stimme gab eine Antwort, die Fanni nicht verstehen konnte, denn sie musste sich wieder ducken, weil der zweite Bestatter mit einigen Schriftstücken in der Hand zurückkam.

Als er im Aussegnungsraum verschwunden war, riskierte sie erneut einen Blick und konnte beobachten, wie die beiden Herren in den dunklen Anzügen einen geschlossenen Sarg von einem Podest auf die Rollbahre schoben. Einen Augenblick später glitt der Sarg an ihr vorbei.

Die Tür blieb offen.

Fanni trat einen Schritt näher und schaute in den Raum, der von einem leisen Brummen erfüllt war. Der Mann in Arbeitskleidung bestückte soeben zwei silberne Ständer mit frischen Kerzen.

Fanni kannte ihn vom Sehen: Knollennase, schütteres Haar, Wieselaugen – es war der Hausmeister. Offenbar hatte er ihren Blick gespürt, denn er drehte sich abrupt zu ihr um.

»Was wollen Sie denn? Sich von Herrn Bonner verabschieden? Zu spät. Er ist gerade weg.«

»Zu spät«, echote Fanni und fügte ein »Schade« hinzu.

»Ja dann«, sagte der Hausmeister, weil sich Fanni nicht von der Stelle rührte. Sie hatte in einer Ecke einen riesigen grauen Müllsack entdeckt, der prall gefüllt und oben zugebunden war. Er lehnte schräg im Winkel der beiden Außenwände, machte aber den Eindruck, als wolle er nicht mehr lange stehen bleiben. Aus jener Ecke schien auch das Brummen zu kommen.

Fanni gelang es nicht, den Blick von dem Müllsack loszureißen.

»Herr Bonner kommt nicht mehr«, sagte der Hausmeister.

»Und wer kommt jetzt?«, fragte Fanni.

»Hä?«

»Wer ist denn gestorben? Sie dekorieren doch gerade neu.« Fanni deutete auf zwei Bodenvasen, in denen Asparagus und je drei weiße Lilien steckten, die sie für künstlich hielt.

»Gestorben? Hä? Der Nächste halt.«

Fanni hatte den Raum betreten und bewegte sich unauffällig in Richtung des Müllsacks. Dazu musste sie an einem Möbelstück vorbei, das sich an der rückwärtigen Wand befand und mit einem Gobelin zugedeckt war, auf dem ein Asparagus-Lilien-Bukett lag.

Hört es sich nicht so an, als käme das Brummen direkt aus dem Gobelin?

Klar, begriff Fanni, der Kasten darunter ist die Quelle des Brummens.

Plötzlich zog sie die Nase kraus.

Die Lilien auf dem verhüllten Kasten, die Fanni ebenfalls für künstlich hielt, verströmten einen intensiven Geruch nach … Wonach bloß?, fragte sie sich.

Nach parfümiertem Kompost!

Ja, dachte Fanni, süßlich und ein bisschen faulig.

Sie vermutete, dass das Bukett als Blumenschmuck für den Verstorbenen vorgesehen war, der gleich hier aufgebahrt werden sollte.

»Hä …«, machte der Hausmeister.

Fanni lächelte ihn an. »Was für ein wunderhübsches Bukett.«

»Abschiedsgruß von der Heimleitung«, erklärte der Hausmeister daraufhin griesgrämig, nahm einen Besen und fing an, den Fußboden zu fegen.

Fanni stand jetzt neben dem Müllsack. Sie stieß mit der Fußspitze dagegen, was ihn ein Stückchen weiter in die Schräge rutschen ließ.

»Fällt ja eine Menge Müll an, in so einem Aussegnungsraum«, sagte sie.

Der Hausmeister rückte mit seinem Besen näher. »Verwelktes Gewächs, verdreckter Zellstoff, stinkt wie der Teufel, das Zeug.« Er packte den Müllsack, der offensichtlich schwer war, und schleifte ihn zur Tür.

Fanni folgte ihm. »Wo bringen Sie –?«

Der Hausmeister ließ sie nicht ausreden. »Gute Frau, Sie stehn hier im Weg. Ich muss da drin jetzt fertig werden. Hab nicht den ganzen Tag Zeit, hä.« Er ließ den Müllsack los, der umkippte und als Hügel auf dem Boden liegen blieb.

»Entschuldigen Sie, dass ich Sie gestört habe«, erwiderte Fanni und legte eine Hand auf den Hügel. Sie fühlte Drahtgeflecht, dicke, harte Stängel und weiche, runde Klumpen.

Was du fühlst, ist das verwelkte Bukett, das Herrn Bonners Leiche geziert hat! Die Lilien sind eben doch echt, sie riechen ja auch! Hast du wirklich gemeint, in dem Müllsack steckt Roland drin? Du hast sie doch nicht alle, Fanni!

Fanni verdrückte sich.

Sie trottete den Gang zum Schwimmbad hinunter, schaute in die leere Halle, blickte auf die unbewegte Wasserfläche.

Gleich fünf! Es ist Abendessenszeit! Da geht keiner baden! Vermeintlich tote Pfleger schon gar nicht!

Fanni kehrte um und beschloss, noch in der Kapelle und im

Kaffeestüberl nachzusehen. Irgendwo musste Roland doch sein. Weit konnte er sich nicht geschleppt haben mit einer Wunde mitten in der Brust.

Sie fand nirgends eine Spur von ihm.

Du solltest dich mal lieber auf den Weg zu Tante Luise machen.

Tante Luise!

Allerdings! Sie wartet schon seit einer guten Stunde auf dich! Willst du die Suche nach dem Pfleger-Phantom nicht vorerst einstellen?

Fanni jagte die Treppe hinauf.

Hans Rots Tante war mit ihrem Rollstuhl an den Esstisch gerückt worden und schaufelte sich gerade einen großen Brocken, von dem weiße Soße troff, in den Mund.

»Milchrahmstrudel«, sagte sie mit vollen Backen.

Liegt, wie es scheint, in der Familie, diese Unart, dachte Fanni. Hans Rot schluckt auch nie, bevor er spricht.

Ihr Blick wanderte von den kauenden Kiefern abwärts, und wie immer, wenn sie Luises Aufmachung sah, musste sie sich das Lachen verbeißen.

Luise trug einen rosafarbenen Pulli mit Applikationen aus Silberpailletten. Über ihren Knien lag eine rosa Häkeldecke; die Füße, die darunter hervorlugten, steckten in rosa Pantöffelchen, deren oberer Rand mit rosa Federn verbrämt war.

Fanni hatte sich schon ein paarmal gefragt, ob Luise dieses Faible für Rosa schon vor ihrem Unfall gehabt hatte. Hatte sie in rosa Blüschen und rosa Schühchen ihre Gemüsebeete umgegraben?

Rosa Schürze und rosa Gummistiefel!

Ja, dachte Fanni, so könnte man sich Luise bei der Arbeit vorstellen.

Hans Rots Tante hatte die letzten zwanzig Jahre ein Häuschen im Schwarzwald ganz allein bewohnt und so gut wie keinen Kontakt mit der Verwandtschaft gepflegt. Aus den dürftigen Erzählungen ihres Mannes hatte Fanni gefolgert, dass Luise ihr Haus und ihren Garten stets eigenhändig in Schuss gehalten hatte. Laut Hans hatte sie persönlich die Hecke geschnitten, die ihr Grundstück einfasste, die Beete umgegraben und sogar Malerarbeiten und alle möglichen Reparaturen ausgeführt.

Doch genau das war ihr letztendlich zum Verhängnis geworden. Beim Reinigen der Dachrinne war sie vergangenes Frühjahr von der Leiter gestürzt und hatte sich schwer verletzt. Die Blessuren im Gesicht und die Prellungen der Rippen heilten zwar bald wieder, aber Luises Beine waren gelähmt.

Und das würde auch so bleiben, meinten die Ärzte im Krankenhaus trocken.

Als nächster Verwandter Luises war Hans Rot von dem Unfall verständigt worden und umgehend nach Freiburg gereist. Mangels besserer Alternativen hatte Luise inzwischen den pragmatischen Entschluss gefasst, ihr Häuschen zu verkaufen, um von dem Erlös die Kosten für ein gepflegtes Seniorenheim aufbringen zu können.

Offenbar hatte sie Vertrauen zu Hans Rot gefasst, denn sie hatte ihn mit der Abwicklung des Verkaufs beauftragt und kurz darauf erklärt, ein Seniorenheim in der Nähe von Erlenweiler wählen zu wollen, damit er – so weit erforderlich – ihre Betreuung übernehmen konnte.

Fanni musste zugeben, dass es ihrem Mann gelungen war, die Tante komfortabel unterzubringen. Luise bewohnte in der Katherinenresidenz ein kleines Apartment, das aus einem Wohnzimmer mit Schlafnische, einem Badezimmer, einer winzigen Küche und einem noch winzigeren Balkon bestand. Die meisten der antiken Möbel, die Luise zuvor besessen hatte, waren zwar verkauft worden, doch der glänzende Mahagonitisch, die Biedermeierkommode und noch ein paar seltene Stücke hatten in der Wohnung Platz gefunden.

»Ausgezeichnet, vorzüglich«, sagte Tante Luise mampfend. »Solltest du dem Hans mal vorsetzen, würde ihm schmecken.«

»Hans mag keine Mehlspeisen«, entgegnete Fanni.

Tante Luise winkte ab. »Ich wette, Milchrahmstrudel würde er lieben. Du rollst eine leckere Füllung in Strudelteig – Äpfel, Rosinen, gemahlene Nüsse oder vielleicht Kirschen, Honig, gemahlene Mandeln –, praktizierst den Strudel in einen tiefen Schmortopf und übergießt ihn großzügig mit Milch und Sahne. Vierzig Minuten in die Backröhre, und fertig ist das Leibgericht.«

Sie kratzte den Teller leer. »Ich hätte dich ja kosten lassen, aber meine Portion war wieder besonders klein heute. Schwester Monika, die blöde Ziege, achtet kein bisschen auf die Vorlieben ihrer Schäfchen. Roland ist da viel mehr auf Draht. Er bringt mir immer die größte Portion vom Milchrahmstrudel – er sagt ja Milirahmstrudel dazu – und die kleinste von den Kohlrouladen.«

Luise schüttelte sich, als wolle sie den Gedanken an Kohlrouladen weit wegschleudern. »Roland ist auch ein Schleckermaul, hat er mir neulich gestanden. Aber er selbst, sagt er, kann überhaupt nicht kochen, nicht mal Rührei. Er holt sich seine Mahlzeiten bei McDonald's oder beim Türken.« Sie schnitt eine Grimasse. »Fast Food.«

»Hat Roland Becker heute etwa dienstfrei?«, fragte Fanni aufgeschreckt.

Tante Luise sah sie vorwurfsvoll an. »Der Junge ist schon eine ganze Weile nicht mehr bei mir aufgetaucht.« Sie zog die Stirn in Falten. »Dreimal Milchrahmstrudel lang.«

»Wie? Was meinst du damit?«, musste Fanni nachfragen.

»Ja, was gibt's denn daran nicht zu verstehen?«, erwiderte Tante Luise ungehalten. »Mittwochs kriegen wir immer Milchrahmstrudel, oder Milirahmstrudel, wenn du so willst – das wüsstest du, wenn du dir an deinem Besuchstag länger als vierzig Minuten für mich Zeit nehmen würdest. Und heute hatte ich zum dritten Mal die Kriegsration, weil es den Schwestern nämlich total schnuppe ist, was sie uns Alten vorsetzen.«

Fanni musste schmunzeln.

Eventuelle fortschreitende Lähmungserscheinungen hätten spätestens vor Tante Luises Mundwerk erschrocken halt gemacht.

»Roland hat sich vielleicht eine Zeit lang Urlaub genommen und kommt schon bald zurück«, sagte Fanni beschwichtigend.

Als Gespenst war er vorhin bereits da!

»Das hoffe ich«, antwortete Tante Luise. »Ich mache mir nämlich ein bisschen Sorgen, dass Hanno ihn geschasst hat. Aber wenn es so wäre, warum hört man dann nichts darüber?«, fügte sie mehr zu sich selbst hinzu.

»Weshalb hätte Hanno das denn tun sollen?«, erkundigte sich Fanni.

»Oho«, machte Tante Luise. »Da gäbe es einen Haufen Gründe für unsern guten Pflegedienstleiter.«

Fanni wartete.

Bereitwillig begann Luise an den Fingern aufzuzählen.

Daumen: »Roland kriecht Hanno nicht in den Arsch, wie die Schwestern es machen. Die schmieren dem Pflegedienstleiter Honig ums Maul und lassen ihn kein bisschen merken, dass sie ihm dreimal täglich die Pest an den Hals wünschen.«

Zeigefinger: »Roland ist bei uns Alten beliebt wie niemand sonst im ganzen Haus. Wenn er ins Zimmer tritt, bleckt sogar die sieche Nagel ihr nacktes Zahnfleisch. Für Hanno hat keiner von uns was übrig.«

Mittelfinger: »Roland hat den Heimleiter schon ein paarmal auf Missstände im Pflegedienst hingewiesen.«

Ringfinger: »Roland versteht von Altenpflege und allem, was damit zusammenhängt, eine Menge mehr als Hanno. Er hat eine bessere Ausbildung als die meisten hier. Hat schon im Seniorenwohnpark in Landshut und in der Seniorenresidenz auf der Wittelsbacherhöhe in Straubing gearbeitet.« Tante Luise machte mit dem kleinen Finger winzige Seitwärtsbewegungen: »Und Roland ist auf Hannos Posten scharf.«

Himmel, dachte Fanni, woher weiß sie das alles? Tante Luise kommt ohne Hilfe nicht mal aus dem Zimmer, geschweige denn aus dem Haus.

Sie sah Luise wissend lächeln. »Fannilein, wenn man hier nicht hinterm Mond leben will, muss man hinhorchen – auf jedes Wort, jeden Tonfall, jede Klangfarbe.«

»Aber schon einfaches Hinsehen«, erwiderte Fanni, »verrät mir, dass Erwin Hanno noch nicht alt genug ist, um in den Ruhestand zu gehen.«

»Er ist erst fünfundfünfzig«, antwortete Tante Luise prompt, »und daraus folgt, dass Hanno zurückgestuft würde, falls es Roland gelänge, ihn zu verdrängen.« Sie lehnte sich genüsslich zurück, als warte sie auf den Beginn eines besonders spannenden Films.

»Doch so weit wollte es Hanno nicht kommen lassen«, sagte Fanni gedankenverloren.

Tante Luise hob schulmeisterlich den Zeigefinger. »Andererseits kann Hanno nicht einfach einen Pfleger entlassen, ohne gute Gründe dafür anzuführen.«

Plötzlich tippte sie sich an die Stirn. »Unsinn, Hanno kann überhaupt niemanden entlassen. Das ist Sache der Heimleitung – und die will vermutlich sehr gute Gründe dafür vorliegen haben.«

Es klopfte, und gleich darauf trat eine Schwester ein. »Abendritual, Frau Rot«, sagte sie fröhlich. »Katzenwäsche, Nachthemd, Schlaftablette.« Sie öffnete gerade die Tür zu Tante Luises Badezimmer, da meldete sich ihr Piepser. »Frau Nagel scheint noch was zu brauchen«, verkündete sie und eilte davon.

»Die Nagel macht's nicht mehr lang«, sagte Tante Luise geringschätzig. »Als sie vor etlichen Jahren nach ihrem ersten Schlaganfall hierherkam, soll sie immer davon geredet haben, dass sie bald wieder in ihr geliebtes Haus in einem Deggendorfer Nobelviertel zurückkehren würde. Na ja, undenkbar war das damals vielleicht nicht. Bloß ist es nie dazu gekommen. Und seit ich hier bin, geht es wirklich drastisch bergab mit ihr: vor acht Monaten Oberschenkelhalsbruch – schlecht verheilt; kurz darauf Verdacht auf Nierensteine; inzwischen schnell fortschreitende Herzschwäche; und dann – vergangene Woche – der zweite Schlaganfall. Spätestens zum nächsten Milchrahmstrudel liegt die Nagel in der Leichenkammer, darauf wette ich.«

Luises Jargon wird von Woche zu Woche derber, sagte sich Fanni im Stillen. Oder hat sie immer schon so geredet, und es ist mir nur nicht aufgefallen?

Plötzlich kam ihr etwas in den Sinn. »Wer ist eigentlich heute verstorben?«, fragte sie.

»Keiner«, antwortete Tante Luise mit fester Stimme.

»Doch«, widersprach Fanni, »heute Mittag muss jemand gestorben sein. Der Hausmeister war in großer Eile, den Aussegnungsraum wieder …«

»Fannilein«, unterbrach Tante Luise sie frostig, »wenn ich dir sage, dass heute keiner von den Insassen des Altenheims über den Jordan gegangen ist, dann kannst du mir das getrost glauben. Hier gibt niemand den Löffel ab, ohne dass ich umgehend davon erfahre.« Luise reckte die Nase in die Luft, als könne sie es riechen, welches Seniorenzimmer von Gevatter Tod demnächst heimgesucht werden würde.

Ich traue ihr zu, dass sie das kann, dachte Fanni.

»Schieb mich schon mal ins Badezimmer«, verlangte Luise. »Den Waschlappen kann ich mir selbst durchs Gesicht ziehen, bis die Schwester mit der Nagel fertig ist. Und du machst am besten, dass du nach Hause kommst. Höchste Zeit, deinem Mann das Abendbrot vorzusetzen.«

Termin längst verpasst!

Trotzdem Zeit zu gehen, sagte sich Fanni und verabschiedete sich.

Vor Luises Tür bog sie automatisch in Richtung Hintertreppe ab, doch dann blieb sie stehen.

Nicht heute, nein, heute nicht mehr, summte es in ihrem Kopf.

Entschieden drehte sie sich um und wandte sich dem Flur zu, der in die Haupttreppe mündete und über diese ins Foyer führte.

Da wirst du jetzt sowieso niemanden mehr antreffen, die Senioren sind bereits auf dem Weg ins Bett und die Verwaltungsangestellten längst auf dem Weg nach Hause!

Fanni hastete die zwei Stockwerke hinunter, passierte die beiden gipsernen Löwen, die den Aufgang bewachten, warf einen missbilligenden Blick auf die verspiegelten, mit Kunstblumen bestückten Kübel, die den Zugang zum Foyer markierten, und hielt stracks auf die Voliere mit den nachgebildeten Vögeln zu, neben der sich die Eingangstür befand.

Auf Höhe der Voliere merkte sie, dass außer ihr noch jemand die Halle betreten haben musste, denn ein synthetischer Kanarienvogel erzitterte im Luftzug einer zufallenden Tür.

Im nächsten Moment hörte sie die gewohnt freundlich klingende Stimme von Herrn Müller. »Ah, Frau Rot. Gut, Sie noch mal zu treffen. Hanno …« Der Heimleiter unterbrach sich, atmete durch und sagte dann schmeichlerisch: »Wie geht es denn der Tante Ihres Gatten?«

Fanni war bass erstaunt darüber, dass Müller, der sie vorhin kaum wahrgenommen hatte, nun auf einmal wusste, wen sie besucht hatte; und noch erstaunter war sie darüber, dass er sich mit ihren Familienverhältnissen so genau auskannte. Die Verblüffung brachte sie für einen kurzen Moment aus dem Konzept.

»Ja … danke … es geht … die Beine halt«, stammelte sie, bis sie sich so weit gefasst hatte, um geläufiger hinzufügen zu können: »Tante Luise fühlt sich recht wohl hier in der Katherinenresidenz.«

»Das freut mich«, erwiderte der Heimleiter. »Das freut mich außerordentlich. Herrn Benat, unserm Berufsbetreuer und mir ist es nämlich das allerallergrößte Anliegen, dass sich unsere Senioren hier wohlfühlen, dass sie ihren Lebensabend vollauf genießen.«

»Seniorenbetreuung scheint Ihnen beiden ja sehr am Herzen zu liegen«, sagte Fanni daraufhin geistlos.

»Ja, ganz außerordentlich«, erwiderte Müller schwärmerisch. »Und ich darf sagen, dass unser unermüdlicher Einsatz der Katherinenresidenz einen hervorragenden Ruf verschafft hat. Wir können uns vor Anfragen nach Heimplätzen kaum retten, und Dr. Benat werden laufend Berufsbetreuungen angetragen – in allen Seniorenheimen der Stadt, besonders häufig aber in der Katherinenresidenz.«

Der Heimleiter hielt Fanni die Tür auf, und sie trat auf die gepflasterte Allee, die zur Hauptstraße führte.

Müller folgte ihr; gemeinsam gingen sie unter den Kastanienbäumen entlang.

»Die Leidenschaft für Ihre Arbeit beschert Ihnen offenbar einen langen Arbeitstag«, sagte Fanni.

Müller warf einen Blick auf die Kirchturmuhr von St. Martin, die rechter Hand über die Dächer spitzte und mehr erahnen als erkennen ließ, dass der kleine Zeiger auf sechs stand. »Einen sehr langen. Ich werde heute sogar noch für ein paar Stunden in Dr. Benats Kanzlei zu tun haben.«

»Er ist Rechtsanwalt«, stellte Fanni fest und fragte sich im Stillen, ob Berufsbetreuer unabdingbar eine juristische Ausbildung vorweisen mussten.

Müller nickte. »Und im Vertrauen gesagt, er müsste die Hälfte seiner Betreuungen abgeben, wenn er in seiner Kanzlei nicht so tüchtige Mitarbeiter hätte. Routineangelegenheiten ...« Er unterbrach sich, weil Fanni am Ende der Allee stehen geblieben war, und sah sie fragend an.

Fanni machte eine Bewegung zur Lieferanteneinfahrt hin. »Mein Wagen ist auf dem hinteren Parkplatz abgestellt.« Sie reichte dem Heimleiter die Hand. »Auf Wiedersehen.«

Müller umfasste Fannis Rechte mit beiden Händen. »Es hat mich sehr gefreut, Sie getroffen zu haben, Frau Rot.«

Fanni lächelte höflich, wollte ihm ihre Hand entziehen und endlich zu ihrem Wagen gehen.

Doch er zögerte, sie loszulassen. »Ich möchte Sie nicht wieder aufregen, aber Herr Hanno hat bei unserer Besprechung vorhin von Ihrem – ähm – merkwürdigen Erlebnis auf dem Treppenabsatz erzählt. Haben Sie wirklich Pfleger Roland mit einer blutenden Wunde dort liegen sehen?«

»Ja«, antwortete Fanni kurz – und sehr überzeugt.

Müller ließ ihre Hand los und schüttelte bekümmert den Kopf. »Unbegreiflich, wirklich unbegreiflich. Denn sehen Sie, Frau Rot, Pfleger Roland ist seit zwei Wochen im Urlaub. Was hätte er hier zu tun gehabt?«

»Das weiß ich nicht«, antwortete Fanni aufsässig, »aber ich weiß, dass ich nicht zu Halluzinationen neige, dass das, was ich sehe, auch tatsächlich da ist.«

Müller schwieg eine Zeit lang. Fanni schien es, als würde er innerlich mit sich ringen.

Er fragt sich, ob er dich für voll nehmen kann!

Nach einigen Augenblicken sagte er: »Ich glaube Ihnen. Aber das macht die Sache erst recht schwierig, wirft Fragen auf, die wir nicht beantworten können. Wo ist Becker jetzt? Warum war er überhaupt hier? Und was ist passiert? Hat ihn jemand überfallen? Wenn ja, wer? – Vielleicht sollten wir doch die Polizei einschalten. Dr. Benat hat das bereits vorgeschlagen. Aber ich muss zugeben, dass ich – genauso wie Herr Hanno, der die ganze Sache für ein Hirngespinst hält – strikt dagegen war.« Er stöhnte und verdrehte die Augen zum Himmel. »Negativschlagzeilen ...«

Fanni atmete erleichtert aus. Der Heimleiter war auf ihre Seite geschwenkt, hielt sie nicht für irre, so wie Hanno das tat.

Aber die Polizei wird dich für irre halten, so wie Hanno das tut!

Ja, musste Fanni zugeben. Deshalb antwortete sie: »Es gibt nirgends eine Spur von Roland Becker. Nichts würde meine Aussage stützen. Im Gegenteil, dass Roland Urlaub hat und ihn, wie es scheint, außer mir heute keiner in der Katherinenresidenz gesehen hat, spricht schwer dafür, dass ich mich geirrt habe. Herr Hanno hat recht. Wenn Sie die Polizei einschalten, laufe ich Gefahr, wegen groben Unfugs verhaftet zu werden.«

Müller konnte seine Erleichterung nicht ganz verbergen, als er antwortete: »Ehrlich gesagt, da muss ich Ihnen zustimmen.« Er griff nach ihrer Rechten und nahm sie noch mal in seine Hände. »Aber es widerstrebt mir, Sie mit Ihrem schrecklichen Erlebnis allein zu lassen. Sie müssen sich jemandem anvertrauen, damit Sie ruhig schlafen können – Ihrem Gatten, er wird Ihnen den Rücken stärken.«

Fanni nickte und dachte, dass ihr Hans Rot eher eins aufs Dach geben würde, wenn sie ihm damit käme.

»Und ich«, fuhr Müller fort, »werde mich die nächsten Tage in der Katherinenresidenz gründlich umhören. Vielleicht finden wir ja doch noch heraus, was es mit dieser mysteriösen Begegnung auf sich hat.« Er sah Fanni eindringlich an, und sie nickte wieder.

Vielleicht solltest du mal »Danke« sagen! Schließlich bemüht er sich geradezu rührend um dich!

Fanni riss sich zusammen. »Ich bin Ihnen wirklich dankbar, dass Sie mir so zur Seite stehen, ich …«

Müller winkte ab. »Es liegt auch in meinem Interesse, die Sache aufzuklären. Wir werden der Geschichte auf den Grund kommen, das verspreche ich Ihnen. Und scheuen Sie sich nicht, mich zu kontaktieren, falls Ihnen etwas einfällt, das dazu dienen könnte, Licht in die Angelegenheit zu bringen.« Wie zur Bestätigung seiner Worte drückte er ihre Hand. Dann ließ er sie los.

Fanni wollte gerade den Mund öffnen, um ihm nochmals zu danken und ihm einen guten Abend zu wünschen, da fügte er hinzu: »Und sollte jemand vom Personal der Katherinenresidenz taktlos gegen Sie werden – ich fürchte, Herr Hanno hat nicht nur im Laufe des Meetings auf ziemlich eindeutige Weise von Ihrer Begegnung erzählt –, dann wenden Sie sich ebenfalls sofort an mich.« Damit winkte er zum Abschied und ging davon.

2

»Wo hast du dich denn heute Nachmittag herumgetrieben?«, rief Hans Rot, kaum dass Fanni das Haus betreten hatte. »Um halb fünf hat Tante Luise bei mir angeklingelt und gefragt, wo du bleibst. Dein Handy war ja wieder mal aus.«

Schweigend öffnete Fanni den Kühlschrank und suchte darin nach der Antwort auf die Frage, die als Nächste kommen würde.

»Wie sieht's denn mit Abendbrot aus?«

»Salami, Emmentaler, Gewürzgurken«, teilte Fanni ihm mit, was in den Fächern im Innern des Kühlschranks ihren Blick auf sich zog. »Eine halbe Scheibe gebräunter Leberkäs von gestern«, fügte sie nach einer kleinen Pause hinzu.

Während Hans Rot die Leberkässcheibe mit Senf bestrich und sie, nachdem er das Messer abgeleckt hatte, in mundgerechte Stücke zerteilte, berichtete Fanni, wodurch sie aufgehalten worden war. Dabei hielt sie sich hart an die Wahrheit, erzählte allerdings nur einen unwesentlichen Teil davon: »Auf dem Weg zu Tante Luise bin ich mit dem Pflegedienstleiter zusammengetroffen und kam ins Gespräch mit ihm. Wenig später hat sich noch der Heimleiter dazugesellt. Die beiden waren auf dem Weg zu einem Meeting mit Dr. Benat, dem Anwalt, der etliche von den Senioren in der Katherinenresidenz betreut und dem viel an der Einrichtung zu liegen scheint.«

»Dr. Benat«, sagte Hans beeindruckt und verfeinerte den Happen Leberkäs zwischen seinen Zähnen mit einem Mundvoll Bier. »Du hast mit Dr. Benat gesprochen?«

»Nein«, berichtigte Fanni. »Ich habe mit dem Heimleiter gesprochen. Er hat mir von seiner und Benats Zusammenarbeit zum Wohl der Katherinenresidenz erzählt. Deshalb bin ich so spät dran.«

Hans Rot warf ihr einen beifälligen Blick zu. »Müller ist schwer in Ordnung, und Dr. Benat ist ein ganz feiner Mensch. Von allen geschätzt und doch so bescheiden. Er würde auf der Stelle in den

Stadtrat gewählt werden. Ach, was sag ich – zum Bürgermeister würde man ihn machen, wenn er je für so ein Amt kandidieren wollte.«

»Außer an Altenbetreuung liegt ihm wohl nichts an sozialem Engagement«, meinte Fanni darauf.

Hans Rot brach in wieherndes Gelächter aus. »Und das aus dem Mund einer Soziopathin.« Er schob sich eine weitere Fuhre Leberkäs mit Senf in den Mund und fügte ernst werdend an: »So kann man das nicht sagen. Dr. Benat lehnt kein Ehrenamt ab. Er sitzt in den Vorständen sämtlicher Vereine. Und er hat, wie es heißt, für alles und jeden ein offenes Ohr, einen guten Rat, ein Hilfsangebot. Nachbar Stuck hat neulich in der Schafkopfrunde erzählt, dass sich Dr. Benat nicht dafür zu gut ist, persönlich bei Behörden und Arbeitgebern vorstellig zu werden, um soziale Ungerechtigkeiten zu nivellieren.«

Soziale Ungerechtigkeiten zu nivellieren! Da hat Stuck aber eins vom Stapel gelassen!

Fanni presste die Lippen fest aufeinander, damit ihr Mann nicht merkte, wie es um ihre Mundwinkel zuckte.

Soziale Ungerechtigkeiten nivellieren! Wie macht dieser Anwalt denn das? Verteilt er Kohlköpfe bei der Tafel?

»Benat scheint wirklich wohltätig zu sein«, sagte Fanni matt.

»Was man von diesem Pflegedienstleiter nicht behaupten kann«, erwiderte Hans Rot.

Da fragte Fanni betont harmlos: »Was gibt es gegen den einzuwenden?«

»Schau ihn dir doch bloß an, wie er herumläuft«, entgegnete Hans Rot. »Anzug, Krawatte, gewichste Schuhe, Großprotzuhr. Als wäre er der Direktor vom Ritz und nicht der Pflegedienstleiter vom Katherinenheim, wo man Windeln wechseln und Gummistrümpfe über Krampfaderwaden ziehen muss.«

»Das ist als Pflegedienstleiter wohl nicht mehr seine Aufgabe«, gab Fanni zu bedenken.

Widerspruch konnte Hans gar nicht leiden, und besonders ärgerte es ihn, wenn er von Fanni kam. »Denk doch mal eine Sekunde lang nach, bevor du quatschst«, rief er und stieß seine Gabel empört ins letzte Stückchen Leberkäs. Ein Batzen Senf rutschte ab und klatschte aufs Tischtuch. »Rennt ein Polier auf der Baustelle im Frack herum?«

Fanni hob die Schultern, um zu signalisieren, dass sie mit dem Vergleich nicht viel anfangen konnte. Bevor sie jedoch dazu kam, etwas zu erwidern, läutete im Flur das Telefon. Hans Rot spülte den Rest seines Abendbrots mit einem Schluck Bier hinunter, stand auf und ging hinaus, um abzuheben.

Schon eine Minute später – Fanni hatte kaum die Teller ineinandergestellt – kehrte er unerwartet gut gelaunt zurück. »Das war Nachbar Stuck. Sein Onkel ist vorhin bei ihm aufgekreuzt. Und Böckl von gegenüber ist offenbar gerade mit dem Rasenmähen fertig geworden.« Hans grinste. »Jetzt fehlt nur noch der vierte Mann für den gepflegten Schafkopf.«

Fanni atmete auf. Innerhalb eines Augenblicks würde Hans im Nachbarhaus verschwunden sein und ihr dadurch die Gelegenheit verschaffen, das Erlebnis von heute Nachmittag dem einzigen Menschen zu berichten, der sie nicht gleich für verrückt erklären würde.

Da tust du Leni aber Unrecht und dem Heimleiter der Katherinenresidenz auch!

Fanni pflichtete ihrer Gedankenstimme uneingeschränkt bei.

Ja, Müller hatte sie ernst genommen. Und Fannis älteste Tochter würde den Bericht ihrer Mutter noch viel ernster nehmen. Leni würde ihr sicherlich nicht einreden wollen, sie habe halluziniert, als sie Roland auf der Treppe liegen sah. Aber Leni würde sich über den Vorfall Sorgen machen, würde womöglich ihre Versuchsreihen im Labor der Universität Nürnberg im Stich lassen und nach Erlenweiler kommen, um das Geschehnis mit ihrer Mutter zu besprechen. Nein, Leni sollte keinesfalls damit belästigt werden.

Gleich nachdem die Haustür ins Schloss gefallen war, eilte Fanni in den Flur und wählte eine Festnetznummer in Italien.

Sprudel hob nach dem zweiten Klingelton ab.

Sprudel hatte sich rargemacht im vergangenen Herbst. Der Grund dafür war, dass Fanni ihm spontan angeboten hatte, sich von Hans Rot zu trennen und mit ihm zu leben – wo immer er wollte.

»Nein«, hatte Sprudel gerufen. »Nicht gerade jetzt, nicht wegen deines schlechten Gewissens.«

»Deswegen doch nicht«, hatte Fanni widersprochen, aber Sprudel hatte sich nicht täuschen lassen.

Fannis Angebot war tatsächlich auch aus dem Wunsch geboren worden, gutzumachen, was sie Sprudel im Sommer angetan hatte.

Fannis Schuld war es nämlich gewesen, dass Sprudel gegen Ende der Ermittlungen im Fall »Magermilch« schwer verletzt worden war. Sie ganz allein war dafür anzuklagen, dass ein völlig ahnungsloser Sprudel dem Mörder ins Visier geriet, denn sie hatte Sprudel durchaus absichtsvoll über ihre Erkenntnisse im Unklaren gelassen.

Nach Fannis Anerbieten war Sprudel von einem Tag auf den anderen trübsinnig geworden, und Fanni musste einsehen, dass sie ihrem ersten großen Vergehen noch ein zweites, viel größeres hinzugefügt hatte. Keinen Augenblick lang hatte ihr Sprudel seine Verwundung angelastet, doch nun lastete er ihr eine wohlkalkulierte Willfährigkeit an, die ihn viel tiefer verletzte als die Blessuren und Knochenbrüche, die ihm der Mörder zugefügt hatte.

Bald darauf war er in seine Wahlheimat Italien gereist und hatte sich in seinem Häuschen an der ligurischen Küste verkrochen. Fanni war verzagt zurückgeblieben und hatte sich Geduld verordnet. Dabei verfluchte sie schier täglich ihre aufdringliche Gedankenstimme, die ihr mit Phrasen kam wie: *Jetzt hast du die Bescherung! Da siehst du, was du angerichtet hast! Und glaub bloß nicht, dass die Zeit diesen Bruch ganz von selbst kitten wird!*

Nach einigen Wochen Funkstille sagte sich Fanni, dass sie die Zeit beim Kitten eben aktiv unterstützen müsse, und begann, Sprudel regelmäßig anzurufen. Sie erzählte ihm vom beruflichen Fortkommen ihrer Zwillinge Leni und Leo, zitierte witzige und altkluge Aussprüche ihrer Enkel Max und Minna, unterhielt ihn mit Episoden von den Nachbarn in Erlenweiler. Den verflossenen Sommer erwähnte sie mit keinem Wort, klammerte ihn aus, vertuschte ihn, versuchte, ihn ungeschehen zu machen.

Das war Maskerade, aber es half. Langsam fanden Fanni und Sprudel zu einer gewissen Vertrautheit zurück.

Ende Januar reiste Sprudel wieder nach Niederbayern.

Weil sich die Schneelage in der ersten Woche als perfekt erwies und täglich eine strahlende – allerdings kaum wärmende – Sonne am blauen Himmel erschien, trafen sie sich jeden Nachmittag auf dem Kalteck, schnallten die Langlaufski an und machten sich zum Hirschenstein auf. Manchmal dehnten sie die Runde bis Ödwies aus, manchmal kehrten sie am Schuhfleck schon wieder um. Der gemeinsame Kräfteverbrauch, der ihnen kein bisschen Atemluft für Worte übrig ließ, schmiedete sie wieder zusammen.

Als das Wetter umschlug, waren sie fast die Alten.

Eines Mittags, bei Schneefall und Sturmwind, parkte Fanni ihren Wagen auf dem Feldweg unter dem Birkenweiler Hügel, wo Sprudel bereits auf sie wartete. Vom Weg aus stiegen sie zusammen über den steilen Waldpfad zu Fannis Hütterl auf. Dort angekommen, heizten sie den Herd mit dicken Scheiten, kochten Kaffee, machten es sich in den Polstersesseln bequem, und dann begannen sie endlich, über das zu reden, was sie entfremdet hatte. Sie kleideten ihre Gefühle in Worte, die sich im Verlauf der Unterhaltung immer erstaunlicher anhörten.

»Nichts wäre mir lieber«, begann Sprudel, »als den Rest meines Lebens gemeinsam mit dir zu verbringen, wo immer du willst. Aber wenn wir im vergangenen Sommer, nach meinem … Unfall damit den Anfang gemacht hätten, wäre ich wohl nie den Verdacht losgeworden, dass du nur aufgrund deines schlechten Gewissens dazu bereit warst. Selbst jetzt wäre es noch zu früh, den entscheidenden Schritt zu wagen, weil du dich noch immer schuldig fühlst. Wir müssen zuerst die Balance wiederfinden, Fanni, das Gleichgewicht, das uns erlaubt, ohne Zwang – besser gesagt ohne vermeintlichen Zwang – zu entscheiden.«

Fanni war ein bisschen traurig, als sie ihm zustimmte.

»Ich hoffe – nein, ich glaube fest daran«, fuhr Sprudel fort, »dass eines Tages der Zeitpunkt da sein wird, ab dem wir beide zusammen weitergehen. Und ich wünsche mir sehr, dass er bald da sein wird.« Er lächelte warm. »Wir werden es wissen, wenn es so weit ist.«

Da fühlte sich Fanni plötzlich, als wäre ihr eine Last genommen worden. Sprudel hatte eine Prophezeiung gemacht, und diese Prophezeiung hatte die Patentlösung enthüllt, den Ausweg aus der Sackgasse, die Lösung des gordischen Knotens.

Der Tag, der sie vereinen sollte, würde kommen, und er würde sich zu erkennen geben. Und bis dieser Tag kam, brauchte es kein Taktieren mehr. Kein Hin-und-her-Überlegen, kein zuvor festgelegtes Verhalten. Ja, nicht einmal ein ständiges Daraufachten, dass sie sich nicht leichtsinnig in eine Situation brachten, die sie zu überrollen imstande war.

Fanni war so erleichtert, dass sie übermütig wurde. »Und wo werden wir dann wohnen? Wo lassen wir uns nieder, nachdem uns unser Schicksalstag zusammengeführt hat?«

»Am liebsten gar nicht«, antwortete Sprudel mit leisem Glucksen.

»Gar nicht?« Fanni schaute so verdutzt, dass Sprudel laut herauslachte.

»Ich würde so gerne mit dir in ferne Länder reisen, Fanni, sämtliche Kontinente mit dir gemeinsam kennenlernen. Ich habe mir sogar schon überlegt, wie sich das finanzieren ließe.«

»Du würdest das Saller-Anwesen verkaufen«, riet Fanni.

Sprudel nickte. »Ich gehöre nicht hierher, und ich glaube, wenn du erst einmal von deinem Mann getrennt bist, dann wirst auch du nicht mehr hier wohnen wollen.«

»Ich wüsste nichts, was mich hält«, stimmte ihm Fanni zu. »Reisen, reisen wäre wunderbar …« Sie schloss die Augen und begann, von den Südseeinseln zu träumen, von Asien und Australien, von Sandwüsten und Berggipfeln.

»… aber auch die Lofoten«, hörte sie Sprudel sagen, während sie sich mitten in der kargen Landschaft des peruanischen Altiplano befand.

Sprudel meldete sich, wie gesagt, nach dem zweiten Klingelton, als Fanni am Mittwoch, dem 23. Juni, bei ihm anrief.

Sie hielt sich nicht mit langen Vorreden auf. »Sprudel, ich habe heute Nachmittag im Seniorenheim eine Leiche entdeckt.«

Es sprach für das tiefe Einvernehmen, das zwischen ihnen herrschte, dass Sprudel weder antwortete: »In einem Seniorenheim sollte man damit rechnen, Verstorbene vorzufinden«, noch mäkelte: »Willst du mir nicht erst Guten Tag sagen, bevor du mir einen neuen Fall auftischst?«

Es gelang ihm allerdings nicht ganz, einen Seufzer zu unterdrücken, den ihm Fanni jedoch bereitwillig einräumte. Außerdem glaubte sie, ihn »Bitte nicht schon wieder« murmeln zu hören.

Laut sagte Sprudel: »Hast du Marco verständigt?« Er machte sich offensichtlich nichts vor. Fannis Leichen waren ebenso gewiss ermordet worden, wie sich an einem Werktagmorgen der Verkehr am Deggendorfer Kohlberg staute.

»Das konnte ich nicht«, antwortete Fanni. »Als ich mit dem Pflegedienstleiter zurückkam, war der Tote weg.«

Sprudel wartete. Er wusste, dass es keiner Aufforderung bedurfte, Fanni würde unverzüglich Bericht erstatten – anschaulich, sachlich, schnörkellos.

Sie packte die Informationen in fünf kurze Sätze.

»Ein junger Pfleger«, wiederholte Sprudel. »Sportlich fit und recht kräftig. So ein strammer Kerl«, sprach er weiter, »könnte sich auch mit einer schweren Verletzung noch fortgeschleppt haben. Zu einem Arzt vielleicht. Es gibt doch bestimmt einen Arzt im Haus?«

»Die Arztpraxis liegt im anderen Flügel«, erwiderte Fanni.

»Dann ist es doch nahe liegend –«, begann Sprudel, aber Fanni unterbrach ihn.

»Natürlich. Aber warum haben sich dann keine Blutspuren gefunden – am Tatort nicht und vor allem nicht: weg vom Tatort.«

Tatort! Jetzt ist es heraus!

Sprudel seufzte wieder. »Du gehst von einem Verbrechen aus und davon, dass der Täter die Leiche verschwinden ließ. Gibt es dafür noch mehr Gründe außer den fehlenden Blutspuren, die – wie du vermutlich annimmst – vom Täter entfernt wurden?«

Fanni zögerte einen Moment, dann sagte sie kühn: »Das Verhalten des Pflegedienstleiters erschien mir sonderbar. Er vermittelte nicht den Eindruck, als würde er sich Sorgen machen, dass Roland tot oder verletzt sein könnte. Und er hat kein Wort davon verlauten lassen, dass Roland – wie ich inzwischen gehört habe –

schon seit mindestens zwei Wochen im Urlaub ist. Das hätte er als Pflegedienstleiter doch wissen müssen.«

Sie atmete durch und fuhr erbittert fort: »Hanno hat nur davon geredet, wie leicht man Trugbildern zum Opfer fallen kann. Als wäre ihm daran gelegen, mich als Irre hinzustellen.«

Sprudels Antwort kam stockend. »Ich weiß nicht recht, Fanni … Ehrlich gesagt bin ich ein bisschen skeptisch. Darf man das Verhalten dieses Herrn Hanno tatsächlich als verdächtig einschätzen? Versetz dich doch mal an seine Stelle. Was würdest du als Pflegedienstleiter denken, wenn eine – verzeih mir – ältere Dame auf dem Flur des Seniorenheims auf dich zugerannt kommt und dir außer Atem mitteilt, sie hätte ausgerechnet den Pfleger blutüberströmt auf der Hintertreppe liegen sehen, von dem du weißt, dass er schon seit zwei Wochen Urlaub macht? Du würdest denken, sie phantasiert. Trotzdem folgst du ihr zu dem angeblichen Unglücksort. Doch was stellt sich heraus?«

Da hat der Sprudel aber wieder mal recht – und wie!

Sprudel glaubt auch, ich spinne, dachte Fanni entgeistert.

Er deutete ihr Schweigen richtig und sagte eindringlich: »Fanni, ich habe nur versucht, die Szenerie mit den Augen des Pflegedienstleiters zu sehen, der dich zum einen nicht gut kennt und zum andern wohl tagtäglich bei seinen Pflegebefohlenen mit Sinnestäuschungen, Einbildungen und was weiß ich für psychischen Störungen zu tun hat.«

Es entstand eine kleine Pause, dann fuhr Sprudel fort: »Aber *ich* kenne dich, Fanni, und daher denke ich, dass es ein Verbrechen aufzuklären gibt. Ich werde also versuchen, möglichst schnell einen Flug nach München zu bekommen.«

Fanni lächelte noch, nachdem sie schon lange aufgelegt hatte.

Am Donnerstag, dem 24. Juni, trieb es Fanni schon früh aus den Federn. Sie wollte den Morgen nutzen, um das Hütterl im Wald zu lüften, sauber zu machen und mit frischen Vorräten zu bestücken.

Sprudel hatte sich am Vortag noch mal kurz gemeldet und ihr mitgeteilt, dass er am Freitag für die erste Maschine nach München gebucht war, die gegen Mittag landen würde.

Fanni würde also den morgigen Nachmittag – Hypothesen aufstellend und wieder verwerfend – gemütlich mit Sprudel in der Hütte verbringen können.

Aber jetzt musste sie sich sputen. Länger als bis elf durfte sie sich nicht am Hütterl aufhalten, weil Hans Rot Punkt zwölf am Erlenweiler Ring Nummer 8 vorfahren und Kassler mit Kraut auf dem Esszimmertisch erwarten würde sowie seine Fanni, die ihm den Teller füllen und »Guten Appetit« wünschen würde.

Als Hans Rot das Besteck aufnahm, dann aber plötzlich innehielt und »dir auch einen Guten« sagte, wusste sie, dass er ihr mit einem Anliegen kommen wollte.

Beim dritten Bissen war es so weit: »Luische kriescht heut ihwe neue Bwille.«

Fanni sah konsterniert von ihrem Teller auf. Da besann er sich, schluckte, spülte mit Bier nach und sprach deutlich: »Die neue Brille für Tante Luise ist fertig. Sie muss aber noch angepasst werden, und dazu muss Luise zum Optiker.«

»Ist es nicht Aufgabe ihres Betreuers, sie dorthin zu begleiten?«, fragte Fanni absichtlich einfältig.

Als Antwort kam undeutlich: »Anwesenheitspflicht.«

Anwesenheitspflicht, dachte sich Fanni, damit sich die leeren Schreibtische im Musterungszentrum nicht fürchten müssen, unbewacht und ganz allein sich selbst überlassen in dem riesigen hässlichen Gebäude.

Sie wollte Hans eben fragen, ob diese Anwesenheitspflicht durchgehend bis zu seiner Pensionierung gelte, was ihn auch morgen, übermorgen und kommende Woche daran hindern würde, seiner Tante die neue Brille anpassen zu lassen, da kam ihr ein verlockender Gedanke.

Du willst noch mal nach dem verschwundenen Roland Becker suchen?

Das wäre sicher genauso vergeblich wie gestern, dachte Fanni. Aber ich würde gern herausfinden, ob Roland …

Ja, was?

Ab wann Roland wieder zum Dienst eingeteilt ist, beispielsweise.

»Gut«, sagte sie zu ihrem Mann. »Ich fahre gleich nach dem Essen in die Katherinenresidenz und bringe Tante Luise zum Optiker.«

Hans Rot vergaß zu kauen. »Heute?«

»Heute«, bestätigte Fanni mit fester Stimme. »Heute um zwei. Wäre nett von dir, wenn du mich telefonisch bei deiner Tante ankündigen würdest – und uns beide beim Optiker.«

Hans nickte. Und zog es ausnahmsweise vor, den Mund zu halten.

3

Um halb zwei bereits bog Fanni in den rückwärtigen Parkplatz des Seniorenheims ein. Sie fand eine breite Lücke zwischen einem Mercedes mit dem Nummernschild DEG EH 20 – *E.H., Erwin Hanno?* – und einem Pick-up mit der Aufschrift »Elektro-Hartel«, stellte den Motor ab und blieb sitzen.

Zaudernd fragte sie sich, weshalb sie eigentlich so früh gekommen war.

Was denn? Willst du nun Nachforschungen anstellen oder nicht? Du kannst natürlich auch eine halbe Stunde lang im Auto »unser Radio« hören, bis Tante Luise ihren Mittagsschlaf beendet hat!

Fanni stieg aus.

Sie betrat das Gebäude wie üblich durch den Hintereingang, ging den kurzen Flur entlang und blieb vor der Tür des Aussegnungsraums stehen.

Glaubst du, Roland liegt aufgebahrt da drin?

Als Fanni auf die Klinke drücken wollte, wurde sie von einer Stimme in ihrem Rücken daran gehindert. »Keine Tote heute in Leichekammer.« Die Worte wurden vom Geräusch schwappenden Wassers begleitet.

Fanni drehte sich um und sah sich einer älteren Frau mit Putzwägelchen gegenüber. Die Frau sah müde aus, matt und abgekämpft. Sie steckte in einem grünen Kittel, ähnlich wie ihn OP-Schwestern tragen, allerdings um etliche Farbtöne heller.

»Aber gestern wurde der Aussegnungsraum extra für einen neuen Todesfall hergerichtet«, widersprach Fanni.

Die Putzfrau schüttelte den Kopf. »Nicht mehr tote Hausbewohner seit alte Bonner.«

Tante Luise weiß eben bestens Bescheid!

Und der Hausmeister nicht?, fragte sich Fanni.

Aufrührerisch sagte sie zu der Putzfrau: »Ich habe selbst gesehen, wie der Hausmeister frische Kerzen und Blumengestecke verteilt hat.«

Die Frau ließ ihren Lappen in den Wassereimer gleiten, bewaffnete sich mit einem Staubwedel und rückte damit einer Wandlampe zuleibe. »Nix frische Blume, kinstlich. Wenn keine Tote in Leichekammer – manchmal auch wenn arme Tote in Leichekammer –, kinstliche Pflanze von Heimleitung für hibsche Dekoration.«

Fanni fragte sich, wo die Frau wohl herkam. Tschechien? Weißrussland? Kroatien? Sie nickte ihr lächelnd zu und wollte schon die Treppe hinaufgehen. Doch dann hielt sie noch mal inne. »War diese Treppe hier gestern nicht sehr fleckig?«

Die Frau unbekannter Herkunft steckte den Wedel in eine Halterung an ihrem Putzwagen, dann schwenkte sie den Lappen ein paarmal im Eimer herum, wrang ihn aus und kam zum Fuß der Treppe. »Nix schmutzig. Alle Stufe sauber. Geländer nix schmierig wie sonst. Wand bisschen grindig schon länger, braucht frische Farbe.« Sie begann, den Handlauf an der Wand entlang abzuwischen, und stieg dabei Stufe um Stufe nach oben. Fanni folgte ihr.

Auf der letzten Stufe vor dem Treppenabsatz stutzte die Putzfrau plötzlich.

Fanni trat näher und sah, was ihr aufgefallen war. An der Wand befanden sich Flecken, unregelmäßige leicht bräunliche Flecken.

Wieso hab ich die gestern nicht bemerkt?, fragte sich Fanni und spürte, wie ihr bei der Vorstellung, was diese Flecken bedeuten konnten, siedend heiß wurde.

Weil gestern Abend das Sonnenlicht nicht drauffiel, so wie jetzt!

Die Putzfrau begann, die Flecken mit ihrem Lappen zu bearbeiten. Sie ließen sich wegreiben; auf dem Lappen blieben braune Spuren zurück. Fanni hätte der Frau am liebsten Einhalt geboten, Lenis Freund Marco, den Kriminalkommissar, angerufen und an ihn appelliert, unverzüglich ein Team der Spurensicherung herzuschicken.

Das wirst du schön bleiben lassen! Was, wenn hier nur jemand Kaffee verschüttet hat oder Schmutzwasser? Aber selbst wenn es sich um Blut handelt, wer sagt denn, dass es von Roland stammt? Nachprüfen lässt sich das ja bestenfalls, wenn er auftaucht, womit sich die Sache wiederum von selbst erledigt hätte!

Enttäuscht stieg Fanni die Treppe weiter nach oben. Sie dachte an DNA-Vergleich, an Hautschüppchen, die von Roland Beckers Arbeitskleidung sichergestellt und mit einer Probe der verfärbten Wandstelle verglichen werden konnten, musste sich aber eingestehen, dass kein Richter der Welt auf ihre unbewiesene Aussage hin so etwas anordnen würde.

Missmutig steuerte sie auf Tante Luises Zimmer zu.

Als sie an der Tür vorbeikam, hinter der laut Luise die sieche Frau Nagel ihren baldigen Tod erwartete, öffnete sie sich, und Schwester Monika trat in den Flur. Die hübsche dunkelhaarige Schwester trug ein Tablett, auf dem sich eine ganze Reihe jener winzigen durchsichtigen Plastikbecher befand, in denen in der Katherinenresidenz die Medikamente ausgegeben wurden.

Fanni grüßte, und im selben Augenblick geschah es. Schwester Monikas Mund verzog sich zu einem etwas mitleidigen Lächeln. »Fühlen Sie sich heute besser, Frau Rot?«

Fanni nickte kraftlos. Erwin Hanno hatte also tatsächlich alles herumgetratscht, hatte sie als Verrückte hingestellt – als übergeschnappt, hysterisch, meschugge.

Fanni stürzte in Tante Luises Zimmer und schlug die Tür hinter sich zu.

Luise schnitt ein Gesicht, als sie Fanni sah. »Ich kenne niemanden, der heute nicht über dich spricht. Über die Frau, der unser Pfleger Roland als Leiche auf der Treppe erschienen ist. Eine recht lebenslustige Leiche, würde ich sagen.«

»Ist Roland etwa wieder im Dienst?«, japste Fanni.

Tante Luise verneinte. »Das nicht, aber er hat sich gemeldet.«

»Gemeldet«, wiederholte Fanni dümmlich. »Bei wem?«

»Mit einem bündig gefassten Schreiben bei der Heimleitung und mit einer lustigen Karte bei Schwester Monika. Sie hat sie mir gezeigt. Vorne drauf sind hohe, schroffe Felszacken abgebildet. Ein winziges Männchen versucht, mittels einer Leiter ein Edelweiß zu erreichen, das auf der höchsten Spitze wächst – ulkig.«

»Und was steht auf der Rückseite?«, fragte Fanni unwirsch.

Tante Luise dachte einen Moment lang nach, dann heftete sie den Blick auf einen Packen Zellstofftücher, der auf einem Tischchen neben ihrem Rollstuhl lag, als ob sie den Text dort ablesen könne. »Hallo Monika, mein Goldkind, hier in den Bergen ist es so schön, dass ich einfach nicht wieder weggehen kann. Ich habe mich deshalb entschlossen, auf der Zellerhütte als Aushilfe einzuspringen, zumal der Wirt händeringend nach jemandem sucht, der was vom Kellnern, vom Bettenbeziehen und vom Kochen versteht. Schade ist bloß, dass du nicht bei mir sein kannst. Bussi, dein Roland.«

»Sind die beiden ein Paar?«, fragte Fanni.

Tante Luise blinzelte. »Paar! Wenn uns das sagt, dass sich die beiden gepaart haben, dann ja. Aber so gesehen sind auch Roland und Schwester Maria ein Paar, Roland und Schwester Else, Roland und … Ich denke nicht, dass du die Namen alle behalten kannst.«

»Er hatte mit sämtlichen Schwestern Affären?«, fragte Fanni.

»Die beiden Verwaltungsangestellten hat er auch nicht links liegen lassen«, antwortete Tante Luise trocken.

»Aber warum hat er dann nur an Monika geschrieben?«, wunderte sich Fanni. »Oder haben auch die anderen Karten bekommen?«

Tante Luise schüttelte den Kopf. »Nein, und das irritiert sie wohl mehr, als sie zugeben.«

Fanni bemühte sich, Ordnung in ihre Gedanken zu bringen. »Roland zog Frauen offenbar an wie eine Matratze Milben. Was hatte er denn, das ihn so begehrenswert machte? Eine gute Partie ist er ja nicht gewesen mit seinem Pflegergehalt.« Plötzlich merkte sie, dass sie nicht nur laut, sondern auch in der Vergangenheit von Roland gesprochen hatte. Sie biss sich auf die Lippen.

Tante Luise hob lehrerhaft den Zeigefinger. »Charme, Fannilein, Schmelz, Sex-Appeal. Das, was die großen Frauenhelden alle hatten – Casanova, Don Juan … Wer fragt schon Belami nach Geld?«

Fannis Kehle kitzelte ein Lachen, denn Tante Luise war geradezu ins Schwärmen geraten.

»Und glaub bloß nicht«, fuhr Luise fort, »dass wir alten Schachteln hier nicht mehr auf galante Burschen scharf sind. Was meinst du, wie vollgestopft das Kaffeestüberl ist, wenn Roland die Denksportstunde abhält.« Sie lächelte spitzbübisch. »Weißt du, Fannilein, solang dein Hirn noch funktioniert und du wenigstens noch aufrecht sitzen kannst, ist's wirklich spaßig hier. Jede Menge Abwechslung: Kaffeekränzchen mit Schwester Inge, Denksport mit Schwester Maria oder eben – um Klassen besser – mit Pfleger Roland, Bewegungstherapie mit Schwester Else, und zwischendurch hier ein Schwätzchen, da ein Schwätzchen.«

Fanni nickte ihr wohlmeinend zu. »Wäre ja furchtbar, wenn es dir nicht gefallen würde in der Katherinenresidenz.«

Tante Luise tätschelte Fannis Hand. »Es gefällt mir ausnehmend gut. Und wie mir scheint, könnte es ab jetzt sogar richtig spannend werden.«

Fanni sah sie fragend an.

Die Tante lachte keckernd. »Mir machst du nichts vor, Fannilein. Ich seh doch, wie es hinter deinen Stirnfalten arbeitet. So wie du dich für Roland interessierst, dürfte klar sein, dass du es nicht auf dir sitzen lassen willst, in der Katherinenresidenz als Übergeschnappte zu gelten. Am liebsten würdest du dich gleich auf den Weg zur Zellerhütte machen, um nachzusehen, ob Roland wirklich dort ist.«

Die Denksportstunden in der Katherinenresidenz scheinen geistig wirklich fit zu halten!

»Wo war Rolands Karte denn abgestempelt?«, fragte Fanni.

Tante Luise sah sie verständnislos an.

Erklär es ihr! Lass sie mitmachen! Luise ist nicht auf den Kopf gefallen! Und sie kann dir vielleicht noch sehr nützlich sein!

»Ich kenne die Zellerhütte«, begann Fanni bedächtig. »Sie ist ein Stützpunkt im Toten Gebirge – liegt am Aufstiegweg zum Warscheneckgipfel. Der nächstgelegene Ort im Tal heißt Windischgarsten. Müsste die Karte nicht dort abgestempelt sein, wenn sich Roland auf der Zellerhütte befindet?«

Tante Luise wirkte beeindruckt. Sie schaute eine Weile aus dem Fenster, dann bat sie Fanni, den Rollstuhl zum Bett zu schieben. Dort drückte sie auf eine Klingel.

Zwei Minuten später trat Schwester Monika ins Zimmer.

Tante Luise setzte eine bekümmerte Miene auf. »Meine liebe Schwester Monika, mit dem neuen Zivi hat die Heimleitung aber wirklich keinen guten Griff getan. Heute Mittag hat er schon wieder das Blutdruckmessen vergessen, und ich weiß doch, wie Sie es hassen, wenn in Ihrer Tabelle eine Lücke klafft.«

»Fein, dass Sie so mitdenken, Frau Rot«, lobte Schwester Monika. »Wir holen das Blutdruckmessen in einer Minute nach.« Sie wandte sich zum Gehen.

»Macht Frau Nagel wieder Stress?«, rief ihr Tante Luise nach. Schwester Monika nickte kurz.

Es dauerte tatsächlich nur eine Minute, bis sie mit einem Blutdruckmessgerät zurückkehrte.

Luise krempelte den rosa Ärmel auf. Sie trug an diesem Nachmittag ein rosa Blüschen, ganz ohne Glitzerapplikation, hatte aber zum Ausgleich ihre weißen Locken mit zwei perlenbesetzten Spangen hinter die Ohren gesteckt. In den Ohrläppchen baumelten Perlenohrringe.

So müsste Barbies Großmutter aussehen, dachte Fanni, käme sie je auf den Spielwarenmarkt.

»Gerade habe ich Frau Rot von der lustigen Karte erzählt«, sagte Luise zu Schwester Monika, »die Ihnen Roland geschickt hat. So eine nette Karte. Wie schade, dass ich sie der Frau Rot nicht auch zeigen konnte.«

Schwester Monika fühlte sich sichtlich geschmeichelt. Sie griff in ihre Kitteltasche und reichte Fanni eine Postkarte, die aussah, als wäre sie in jener Kitteltasche um den halben Erdball gereist.

Abgestempelt war sie am 23. Juni in München.

Fanni beeilte sich, sie umzudrehen und die Karikatur auf der Vorderseite zu betrachten. Als sie Tante Luises stechenden Blick spürte, zwang sie sich zu einem Schmunzeln.

Schwester Monika pumpte die Blutdruckmanschette auf.

Tante Luise zog plötzlich ein besorgtes Gesicht. »Sie werden uns doch nicht auch noch verlassen wollen, Schwester Monika? Sie werden doch nicht fortgehen – zu Roland in die Berge? Das dürfen Sie nicht tun!«

Die Schwester hielt das Messgerät in der Rechten und las die Zahlen auf der Skala ab. Mit der Linken tätschelte sie Luises Arm. »Aber natürlich nicht. Ich kann doch meinen Job nicht einfach hinwerfen.«

Tante Luise fuhr erschrocken zusammen. »Meinen Sie etwa, Roland kommt nie mehr zu uns zurück?«

Schwester Monika nahm ihr die Manschette ab, faltete sie zusammen und presste sie an die Brust. Ihre Stimme klang erstickt, als sie sagte: »Roland hat nicht die geringste Chance, je wieder in der Katherinenresidenz arbeiten zu dürfen. Daran hat Herr Hanno keinen Zweifel gelassen.«

»Der Hanno ist ein Saubeutel«, wetterte Tante Luise, »lacht sich ins Fäustchen, weil er jetzt eine Handhabe gegen Roland hat. Weil er endlich durchsetzen kann, dass Roland geschasst wird. Dumm«, schimpfte sie, »engstirnig, beschränkt, auf so einen hervorragenden Pfleger zu verzichten.«

Schwester Monikas Mundwinkel zogen sich bekümmert abwärts. »Alle, die Heimleitung, der Heimbeirat, sogar Dr. Benat sind sich einig, dass ein unzuverlässiger Angestellter – wie kompetent er auch sein mag – in einem renommierten Seniorenheim nicht tragbar ist.«

»Hört sich tatsächlich nach Dr. Benat an«, sagte Tante Luise.

Schwester Monika nickte. »Er ist gleich nach seinem Termin beim Oberlandesgericht nach Deggendorf zurückgefahren, damit er mittags an der Besprechung teilnehmen konnte, bei der es um die Antwort der Katherinenresidenz auf Rolands Brief ging.«

»Ach, deshalb habe ich ihn mit wehenden Rockschößen die Allee heraufrennen sehen«, meinte Tante Luise.

»Punkt zwölf fing die Sondersitzung an«, erklärte Schwester Monika. »Sie ist eiligst einberufen worden, nachdem der Heimleiter Rolands Schreiben geöffnet hatte.«

Tante Luise verdrehte die Augen. »Was für ein Aufruhr, nur weil Roland den Sommer in den Bergen verbringen will.«

»Die Aufregung ist deshalb nicht ganz unberechtigt«, erwiderte Schwester Monika, »weil Roland ab morgen wieder zum Dienst eingeteilt wäre. Seit heute ist Else im Urlaub. Maria ist seit gestern krank. Wenn die Heimleitung nicht schnellstens Ersatz für Roland auftreibt, dann kriegen wir ein Riesenproblem.«

Als sich Fanni räusperte, wandten sich die beiden Frauen ihr zu. »Wann ist denn der Brief von Roland angekommen?«

Schwester Monika sah sie überrascht an. »Na, heute Vormittag mit der Post, zusammen mit meiner Ka…« In ihrer Kitteltasche begann es zu piepsen. Sie eilte aus dem Zimmer.

Tante Luise sah ihr nach. »Die Nagel! Na ja, lang macht sie's wirklich nicht mehr.« Sie schwieg einen Moment, dann fügte sie hinzu: »Die Post, ja, die kommt immer um zehn.«

Bedeutet das nicht, dass Roland Brief und Karte gestern oder vorgestern in München in einen Briefkasten gesteckt haben muss?

Ja, dachte Fanni, das bedeutet es wohl – außer …

»Hoffentlich lässt sich Schwester Monika nicht einfallen, ihren Sommerurlaub auf der Zellerhütte zu verbringen«, unterbrach Luise Fannis Gedankengang.

Fanni schaute sie erstaunt an. Bevor sie nachfragen konnte, was daran so schlimm wäre, sprach Tante Luise weiter: »Falls Roland wirklich dort ist, würde ihr das nämlich gar nicht gut bekommen.«

»Aber wieso denn nicht?«

Tante Luise hob eine Augenbraue. »Jetzt sei nicht naiv, Fannilein. Roland verbringt doch nicht einen ganzen Sommer auf einer abgelegenen Berghütte, um dem Hüttenwirt einen Gefallen zu tun, nicht mal für die beste Bezahlung.«

»Du denkst, es ist eine Frau im Spiel?«, fragte Fanni.

Tante Luises Mund verzog sich zu einem Lachen. »Ich stelle mir das Ganze geringfügig abgeändert vor: Die Wirtin der Zellerhütte sucht händeringend …« Sie keckerte.

Fanni sinnierte vor sich hin. Plötzlich fragte sie: »Woher weiß Schwester Monika eigentlich so genau über diese Sondersitzung heute Mittag Bescheid? Sie konnte Herrn Dr. Benat ja offenbar wörtlich zitieren.«

»Meine Güte, Fanni«, rief Tante Luise, »hast du's denn immer noch nicht begriffen? Die Katherinenresidenz ist eine Anstalt – wie ein Mädcheninstitut, ein Gefängnis, ein Konvent. Und was haben alle Anstalten gemeinsam? Nachrichten und Neuigkeiten verbreiten sich in Windeseile. Rieseln wie Putz von den Wänden, rauschen durch die Wasserleitung, züngeln aus der Steckdose …« Tante Luise musste Atem schöpfen.

Fanni lachte. »Ist ja gut, Tante Luise. Ich hab's kapiert. Hab ja selbst erlebt, was man beim Blutdruckmessen alles erfährt.«

»Eben«, erwiderte Tante Luise besänftigt.

»Sag mal«, begann Fanni, nachdem es eine Weile still gewesen war, »weißt du, wo Roland wohnt? Normalerweise, meine ich.«

Tante Luise schürzte die Lippen. »Er hat mir seine Wohnung mal beschrieben – besser gesagt, die Einrichtung hat er mir beschrieben.« Sie dachte nach. »Aber wo liegt diese Wohnung ohne Küchenherd, ohne Töpfe und Pfannen? Hm, ich habe leider keine Ahnung.«

Plötzlich zwinkerte sie Fanni zu. »Aber ich krieg das für dich raus. Du kannst bei deinen Nachforschungen auf mich zählen.«

Tante Luises Zimmertür öffnete sich, und ein Putzwägelchen erschien. Dahinter tauchte ein Mädchen im grünen Kittel auf – um Äonen jünger als die Putzfrau, die Fanni im Treppenhaus angetroffen hatte.

»Ah, die Verena«, rief Tante Luise. »Heute ist die Vitrine dran, ja? Auf meinem Teeservice liegt der Staub schon zentimeterdick.«

Das Mädchen schwenkte ihren Putzwagen zur Sofaecke und stöckelte hinterher.

Fanni starrte sie an.

Verena trug den grünen Kittel auf Minirocklänge gekürzt, um die Taille eng geknüpft und am Dekolleté weit geöffnet. Sie hatte sich die Haare hochgesteckt, sodass ihre klimpernden Ohrringe voll zur Geltung kamen, hatte glitzernden Lidschatten und mohnroten Lippenstift aufgelegt – und ja, sie war auffällig hübsch.

»Sans ebba scho wieder zruck vom Bruingscheft, Frau Rot?«, sagte sie.

Fanni erschrak vor der derben Stimme und dem breiten niederbayrischen Dialekt. Beides vertrug sich schlecht mit dem Filmsternchenaussehen des Mädchens. Noch mehr erschrak sie, als ihr aufging, was die Putzhilfe soeben gesagt hatte: »Sind Sie schon wieder zurück aus dem Brillengeschäft, Frau Rot?«

Der Termin beim Optiker!

Verflixt!

Fanni hatte ihn glatt vergessen.

Auch Tante Luise war zusammengefahren. »Wir werden gut eine halbe Stunde zu spät kommen.« Sie fing sich jedoch viel rascher als Fanni. »Na und – ging halt nicht früher. Ich hatte nämlich einen Asthmaanfall.« Sie begann übertrieben zu keuchen und zu hecheln.

Fanni klemmte sich hinter den Rollstuhl und schob ihn im

Laufschritt den Flur hinunter. Beim Aufzug nahm sie die Kurve zu eng. Das linke Vorderrad blieb an der Ecke hängen, der Rollstuhl geriet in Schräglage und drohte zu kippen. Nur mit Mühe hielt Fanni ihn aufrecht.

»Fannilein, so geht das nicht«, beschwerte sich Tante Luise. »Auf fünf Minuten hin oder her kommt es jetzt wirklich nicht mehr an. Und wenn mir nach einer Achterbahnsause gewesen wäre, hätte ich mir die Malteser bestellt. Die jungen Zivis da pesen nämlich mit den Rollstühlen, als wären sie nicht in der Katherinenresidenz, sondern auf dem Hockenheimring. Aber mir, Fannilein, mir ist nicht mehr nach Autorennen, nicht nach Achterbahn und auch nicht nach Kettenkarussell. Mir ist nach Walzergondel und Ringelspiel.«

Es ging schon auf sechs Uhr zu, als Fanni und Luise Rot in die Katherinenresidenz zurückkehrten.

Nachdem die neue Brille angepasst und bezahlt war und sich Tante Luise für eines der Brillenetuis entschieden hatte, die ihr der Optiker mit der Bemerkung »Kleine Aufmerksamkeit unseres Hauses« zur Auswahl vorgelegt hatte, war es für sie nicht in Frage gekommen, den Ausflug schon zu beenden.

»So, Fannilein«, hatte sie gesagt, »wenn wir schon mal mitten auf dem Stadtplatz sind, dann gönnen wir uns ein Eis.« Dabei hatte sie ihren Zeigefinger in östlicher Richtung in die Luft gestochen. »Und zwar da drüben bei Wiedemann. Das Café gab es nämlich schon, als ich noch Petticoats getragen und mit meinem Herbert Rock 'n' Roll und Cha-Cha-Cha getanzt hab.«

Fanni hatte den Stadtgründern insgeheim dafür gedankt, dass der Deggendorfer Stadtplatz ebenflächig vor ihr lag und nicht steil anstieg wie der in Zwiesel, und hatte Luises Rollstuhl unter einen der Sonnenschirme vor dem Café Wiedemann geschoben.

Da hatten sie dann gesessen, den Stadtplatz hinauf- und hinuntergeschaut, das Treiben rings um sich herum kommentiert, und Tante Luise hatte sich nach dem Eis noch eine heiße Schokolade bestellt und einen Schokomuffin dazu. Um halb sechs hatte sie sich endlich bereit erklärt, in die Katherinenresidenz zurückzukehren. Fanni hatte den Rollstuhl eilig durch die Pfleggasse geschoben.

Auf Höhe des Westlichen Stadtgrabens hatte Luise mit ihrem Zeigefinger nach Süden gedeutet, dorthin, wo die Stadthallen und das Parkhotel lagen. »In der Grünzone hinterm Hotel hat die Nagel immer Enten gefüttert, früher, als sie noch besser dran war – vor ihrem zweiten Schlaganfall, um genau zu sein.« Luise hatte den Hals gereckt und versucht, einen Blick auf die Kreuzung zu erhaschen, hinter der sich besagte Anlage befand. Dann hatte sie angewidert den Mund verzogen. »Die Nagel konnte sich stundenlang damit beschäftigen, den paar zerfledderten Enten und dem grindigen Schwan in dem schlammigen Tümpel Brotkrumen hinzustreuen.« Gleich darauf hatte sich Luises Miene verändert, war hart und erbarmungslos geworden. »Ganz dicht war sie noch nie, die Nagel.«

Fanni hatte insgeheim dem Rot'schen Genpool dafür gedankt, dass Tante Luise den städtischen Wasservögeln und der hinfälligen Frau Nagel viel zu wenig Sympathie entgegenbrachte, um noch auf einem Abstecher in jene Grünanlage zu beharren.

Sechs, dachte Fanni. Hans wird heute wieder ein verspätetes, improvisiertes Abendbrot bekommen.

Er wird sich kaum darüber beschweren! Oder sollte er inzwischen vergessen haben, wer der eigentliche Betreuer von Tante Luise ist?

Im Schneckentempo schob Fanni den Rollstuhl durch die Allee zum Eingang der Katherinenresidenz. Sie war müde, und ja eben, auf fünf Minuten hin oder her kam es jetzt erst recht nicht mehr an.

Ein paar Schwestern auf dem Weg nach Hause eilten vorbei. Durch die Glastür zum Foyer konnte man einen schlanken, hochgewachsenen Herrn mit dem Pflegedienstleiter diskutieren sehen.

Das muss Dr. Benat sein!

Natürlich war es Dr. Benat. Fanni kannte ihn ja aus der Zeitung, und in der Katherinenresidenz war sie auch schon ein-, zweimal auf ihn aufmerksam gemacht worden.

Benat war etwa in Fannis Alter, sechzig oder knapp darüber. Er schaute freundlich, fast väterlich durch seine randlose Brille auf

Erwin Hanno hinunter und lächelte plötzlich ein derart ermutigendes Lächeln, dass sich der Pflegedienstleiter straffte, die Brust herausdrückte und das Kinn hob.

Tante Luise kicherte. »Roland hat den Betrieb hier ganz schön aufgemischt. Was er wohl gerade treibt?«

»Das wüsste ich auch gern«, entgegnete Fanni und steuerte auf die Seitentür zu, die direkt zum rückwärtigen Fahrstuhl führte. Sie öffnete sich automatisch, als der Rollstuhl den Sensor passierte. Dennoch musste Fanni davor anhalten, um eine junge Frau vorbeizulassen, die sich am treffendsten mit dem Wort »betörend« beschreiben ließ.

Die Mieze sieht aus wie ein Laufsteg-Model!

Definitiv, dachte Fanni, ellenlange Beine, schmale Taille, eng anliegendes Kleid in knalligem Rot. Sie fragte sich gerade, ob die Heimleitung der Katherinenresidenz den Senioren am heutigen Nachmittag eine Modenschau geboten hatte, da sagte Luise:

»Na, Verena, endlich Feierabend?«

Erst als das Mädchen den Mund aufmachte, erkannte Fanni die junge Putzfrau wieder.

»Ja, g'hörig langt's für heit, in d' Haut eine langt's mir«, erwiderte Verena verdrießlich. Doch gleich darauf lächelte sie, und das Lächeln ließ sie wieder zur Schönheitskönigin werden – so lange, bis sie weitersprach: »Oba jetz hob i a Deit. Is des net super?« Geschwind stöckelte sie davon.

Fanni fragte sich, mit wem Verena wohl verabredet war.

Mit einem, der amerikanisiertes Niederbayrisch versteht! Ein Date, du liebe Güte!

»Herrgott«, murmelte Fanni, »warum hast du ihr dieses hübsche Gesicht gegeben, diese tolle Figur, diesen aufregenden Gang und ihr die Schriftsprache vorenthalten?«

Tante Luise, deren Gehör durch den Sturz von der Leiter offenbar ebenso wenig Schaden davongetragen hatte wie ihr Mundwerk, kicherte. »Ach Fannilein, Grütze hätte unser Herrgott der kleinen Verena mitgeben müssen – Grips, Intelligenz, wenigstens den doppelten IQ einer Butterblume –, dann hätte sie die Schriftsprache von selbst gelernt, Englisch und Französisch gleich dazu.«

Und wäre womöglich Hostess geworden!

Ja, dachte Fanni, kein übles Sprungbrett, wie sich dort und da gezeigt hat.

Eine halbe Stunde später eilte Fanni die Allee in der entgegengesetzten Richtung wieder hinunter. Sie hatte Tante Luise auf ihr Zimmer gebracht, und sie hatten sich gegenseitig das Versprechen gegeben, »an der Sache mit Roland dranzubleiben«. So jedenfalls hatte Tante Luise ausgedrückt, was sie beide aus unterschiedlichen Motiven dazu trieb, weitere Erkundigungen über den Pfleger einzuziehen.

»Ich will ihn zurückhaben hier in der Katherinenresidenz«, hatte Tante Luise hinzugefügt. »Sobald mir zu Ohren kommt, dass Roland sein Intermezzo in den Bergen beendet hat, werde ich ein Wörtchen mit Heimleiter Müller reden. Und die Heimbeiräte werde ich so lange bearbeiten, bis sie mir versprechen, dass Roland weiterbeschäftigt wird. Sicherheitshalber werde ich auch Dr. Benat impfen. Und dann werden wir mal sehen, ob sich der Pflegedienstleiter durchsetzen kann oder ob mir mittwochs wieder Roland Milirahmstrudel bringt.«

Und ich, hatte Fanni gedacht, will Klarheit haben. Denn der leichtlebige Berghütten-Roland, den mir alle unterschieben wollen, verträgt sich denkbar schlecht mit dem tödlich Verwundeten, den ich gestern auf der Hintertreppe liegen sah.

Fanni lief an den Ruhebänken vorbei, die den mittleren Abschnitt der Allee säumten und jetzt am Abend alle verwaist waren. Alle bis auf eine.

Fanni verhielt den Schritt, als sie das Schluchzen hörte. »Verena! Ich dachte, Sie wären längst bei Ihrem Date.«

Verena hob den Arm und deutete mit ausgestrecktem Zeigefinger auf einen kleinen, offenen Pavillon, der in dem Park, der an die Allee angrenzte, auf einer kleinen Anhöhe stand. »Er is net kemma.«

Versetzt worden, die Kleine!

»Ihr Freund ist vermutlich aufgehalten worden. Bestimmt meldet er sich gleich«, sagte Fanni beschwichtigend.

Verena wedelte mit ihrem Handy. »I hob eahm scho angruafa.

›Net erreichboar‹ hoast's.« Mehr zu sich selbst fügte sie hinzu: »Soit's ebba woahr sei, wos die olle song?«

Fanni setzte sich neben das Mädchen. Verena hatte erneut angefangen zu weinen. Die Wimperntusche malte abstrakte Kunstwerke auf ihre Wangen.

»Soviel ich weiß«, erklärte Fanni in besänftigendem Ton, »kommt es öfter vor, dass sich Handyverbindungen nicht herstellen lassen. Vielleicht steckt Ihr Freund mitten in einem Tunnel im Stau. Aber sobald er wieder im Funknetz ist, werden Sie Kontakt zu ihm bekommen.« Sie lächelte Verena aufmunternd an. »Wer ist denn der Glückliche, der heute ein Date mit Ihnen hat?«

»Des deaf i net song.«

Ein Blind Date?

»Sie kennen ihn nicht?«, fragte Fanni.

»Freili kenn i eahm«, erwiderte Verena verwirrt, »oba i deaf neamad song, dass mir uns heit treffern.«

Fanni schluckte.

Verena schien ein wenig beschämt darüber, dass sie Fanni, die so freundlich zu ihr gewesen war, derartig vor den Kopf stieß. Sie grübelte eine Weile vor sich hin, dann schien sie einen Ausweg gefunden zu haben. In tiefstem Niederbayrisch begann sie Fanni zu erklären, dass derjenige, mit dem sie verabredet war, sie davor gewarnt hatte, irgendjemandem von dem Treffen zu erzählen. »Des kannt gfährli wern«, hatte er laut Verena eindringlich gesagt. »Für di, oba vor oim für mi.«

Verenas Butterblumen-IQ hat ihr wahrscheinlich nicht verraten, dass sie vernascht werden soll – von einem, der das hinterher sowieso vehement abstreiten würde!

Um wen es sich wohl handelt?, fragte sich Fanni.

Stadtrat, Pfarrer, Chefarzt – Heimleiter!

Fanni legte die Hand auf den Arm des Mädchens. »Gehen Sie nach Hause, Verena. Und wenn sich Ihr – ähm – Date wieder meldet, dann fragen Sie den Kerl, wo er heute war und ob er es ernst mit Ihnen meint. Lassen Sie sich nicht anschmieren, Verena.«

Fanni wartete, bis Verena ein zaghaftes Nicken zustande gebracht hatte. Dann stand sie auf, um die Allee hinunterzueilen. Nach den ersten beiden Schritten blieb sie jedoch stehen und drehte sich um.

»Kann ich Sie im Wagen mitnehmen?«

Verena schüttelte den Kopf. »I wart aufn Siemme-Bus. Kannt o sei …«

Fanni ahnte, worauf Verena hoffte. Eine halbe Stunde wollte sie also noch ausharren. Dann würde sie den Sieben-Uhr-Bus nehmen.

Fanni hastete weiter, um endlich auf den hinteren Parkplatz und zu ihrem Auto zu gelangen. Es stand recht einsam dort, Mercedes und Pick-up waren verschwunden. Nur ganz hinten bei den Müllcontainern sah man den Silbermetallic-Lack einer Limousine in der Abendsonne blitzen.

Als Fanni die Hintertür zuschlagen hörte, blickte sie zur Seite, sah Benat herauskommen und erkannte, dass sich ihre Wege kreuzen mussten, falls Benat zu der Silberlimousine wollte und sie weiterhin Kurs auf ihr Auto hielt.

Einen Augenblick später war es so weit.

»Guten Abend«, sagte Benat freundlich.

»Guten Abend, Dr. Benat«, antwortete Fanni.

»Wir kennen uns?«, fragte er überrascht.

»Sogar für gelegentliche Besucher im Haus sind Sie kein Unbekannter, Herr Dr. Benat«, sagte Fanni höflich und gestand sich ein, dass dieser Mann sympathisch wirkte und, da musste sie Hans Rot recht geben, achtbar.

Benat verbeugte sich galant vor Fanni und sagte: »Ich sehe mich Ihnen gegenüber schwer im Nachteil.« Nach einer winzigen Pause setzte er hinzu: »Würden Sie mir die Ehre geben, mir Ihren Namen zu nennen?«

»Fanni Rot«, antwortete Fanni akzentuiert.

Die seit gestern in der Katherinenresidenz berühmt-berüchtigte Fanni Rot!

Benat schien von seinen Gedanken denselben Hinweis bekommen zu haben, denn er machte kurz »Oh«, riss sich jedoch schnell zusammen.

»Nun«, sagte er lächelnd. »Auch Sie sind in der Katherinenresidenz keine Unbekannte.« Dann wurde er ernst. »Ich bin zutiefst darüber betrübt, dass Sie in unserem Seniorenheim ein derart schreckliches Erlebnis hatten.«

Er schien darüber nachzudenken, ob er weiterreden sollte, und entschied sich schließlich dafür. »Mir ist längst klar, dass es nur eine einzige Möglichkeit gibt, Sie vor einem Trauma zu bewahren: Sie müssen sich nächstens dem lebendigen Roland Becker gegenübersehen.«

»Das wäre äußerst hilfreich«, antwortete Fanni darauf hölzern.

Benat wiegte den Kopf. »Ja, das wäre es wohl. Aber ich muss Ihnen leider gestehen, dass sich die Heimleitung soeben entschlossen hat, den Fall ad acta zu legen. Beckers Brief soll als Kündigung gewertet werden, und Ihr Erlebnis auf Treppe als – nennen wir es Lapsus.«

»Es wird sich also niemand darum scheren, ob Roland Becker lebt oder tot vor sich hin rottet?«, fragte Fanni und wirkte sichtlich empört dabei.

Wieder dachte Benat eine Weile nach, bevor er sprach: »Ich habe die Heimleitung eindringlich davor gewarnt, die Sache Becker so zu handhaben. Nach einem ausführlichen Gespräch mit dem Pflegedienstleiter glaubte ich wenigstens ihn auf meiner Seite. Letztendlich bin ich aber weit überstimmt worden. Herr Müller, unser Heimleiter, fürchtet so sehr um den Ruf der Katherinenresidenz, dass er absolutes Stillschweigen über die Angelegenheit verlangt.« Benat schwieg bekümmert. Plötzlich berührte er Fannis Arm. »Aber wir müssen ja nicht klein beigeben.« Er zwinkerte ihr zu. »Meine Kanzlei ist ziemlich gut darin, Leute ausfindig zu machen – Erbberechtigte, Ehemänner, Schuldner. Ich werde einen meiner Mitarbeiter anweisen, den Kontakt zu Becker für Sie herzustellen, und es wird mir eine echte Freude sein, Ihnen den Seelenfrieden zurückzugeben.«

Ein gewinnendes Lächeln erschien um seinen Mund, und sein Blick umfing Fanni wie ein warmer Sommerabend.

Muss sich Sprudel jetzt vorsehen?

4

Endlich, dachte Fanni, als sie am nächsten Morgen – es war Freitag, der 25. Juni – bei strahlendem Sonnenschein die Terrassentür öffnete, um Licht und Luft ins Haus zu lassen. Endlich kann ich ihm in aller Ruhe alles erzählen. Endlich kann ich mit ihm bereden, was mir seit Mittwoch nicht mehr aus dem Kopf geht.

Du wirst doch nicht womöglich etwas gelernt haben aus den Fehlern vom vergangenen Jahr und aus den fatalen Folgen, die sie hatten?

Ich habe nicht nur etwas gelernt, dachte Fanni aufrührerisch, mir sind die Scheuklappen abgefallen.

Ein paar Stunden würde sie allerdings noch warten müssen, bis sie sich Sprudel gegenübersetzen und mit ihm sprechen konnte, denn im Moment befand er sich – der Uhrzeit nach zu schlussfolgern – noch in der Abfertigungshalle des Flughafens von Genua.

Fanni stürzte sich hektisch in die Hausarbeit, weil sie hoffte, dass damit die Stunden bis zu seiner Ankunft schneller vergehen würden.

Für die Fahrt nach Birkenweiler, rechnete sie sich zum x-ten Mal aus, muss man gut eineinhalb Stunden veranschlagen. Dazu kommt noch die halbe oder Dreiviertelstunde, die Sprudel nach der Landung benötigt, um aus dem Flughafengebäude hinaus und mit dem Hol-und-Bring-Service zu dem Bauernhof zu gelangen, wo sein Wagen untergestellt ist.

Selbst wenn er dann von Halbergmoos, ohne bei seinem Haus in Birkenweiler halt zu machen, gleich zum Wäldchen fährt und – statt im Tal zu parken und den Fußpfad zu nehmen – mit dem Auto den Wirtschaftsweg hochkommt, der ihn bis auf fünfzig Meter an die Hütte heranbringt, kann er nicht vor drei Uhr nachmittags eintreffen.

Viel zu unruhig, um noch länger zu Hause herumhantieren zu können, machte sie sich sofort nach dem Mittagessen (Topf und Pfanne, die sie normalerweise per Hand abspülte, räumte sie einfach mitsamt den Tellern in die Spülmaschine) auf den Weg zum

Birkenweiler Hügel, obwohl sie wusste, dass Sprudel erst in zwei Stunden am Hütterl sein konnte.

Bänglich hoffte sie, dass sein Flugzeug planmäßig um ein Uhr in München gelandet war.

Fanni werkelte emsig im Hütterl herum. Hin- und hergerissen zwischen dem Verlangen, dass Sprudel endlich käme, und dem Wunsch, ihm einen gebührenden Empfang zu bereiten, sah sie ständig nach der Uhr.

Wäre Hans Rot an diesem Freitag nicht außertourlich zur Mittagsmahlzeit zu Hause erschienen, weil am Nachmittag im Schützenhaus Arbeitseinsatz angesagt war und er sich davor stärken und umziehen musste, wäre sie wohl schon am frühen Vormittag hergekommen. Zugunsten der Schützen hatte Hans Rot auf das wöchentliche Weißwurstessen, das er freitags mit seinen Kollegen im Weißbräustüberl zu zelebrieren pflegte, ausfallen lassen.

Dagegen ließ sich nichts machen.

Ja, was hättest du denn bloß die ganze Zeit getan, wenn du schon seit dem Morgen hier gewesen wärst? Den Kaffeetisch zehnmal gedeckt und wieder abgeräumt? Dir Tannenzweige ins Haar gewunden? Das Klohäuschen mit Lavendelöl poliert?

Fanni hatte den Campingtisch vor das Hütterl getragen und im Schatten der Buche aufgestellt. Sie hatte eine fröhlich gestreifte Tischdecke darübergebreitet und die neuen sonnengelben Tassen aus der Keramikmanufaktur im Lallinger Winkel darauf platziert. Sie hatte die neue Zuckerdose aufgefüllt und dunkelbraunen Schokokuchen mit roten Kirschen darauf auf der neuen gelben Platte angerichtet.

Dein Arrangement sieht ja geradezu hinreißend aus!

Fanni war soeben ins Hütterl zurückgekehrt, um den Kaffee aufzugießen, da vernahm sie heftige Atemzüge. Als sie sich umdrehte, stand Sprudel in der Tür.

Sie hielten sich lange in den Armen.

»Du hast mir gefehlt«, sagte Fanni und schmiegte sich an ihn.

Früher hatte sie das nie getan. Früher hatte sie Distanz gehalten. Das schien ihr nun nicht mehr nötig.

Soll nur alles so kommen, wie es uns bestimmt ist, dachte sie.

Sie würde nicht länger taktieren, würde weder abzuwenden noch zu erzwingen versuchen, denn sie hatte entschieden, den Dingen ihren Lauf zu lassen.

»Erzähl!«, verlangte Sprudel nach dem ersten Schluck Kaffee.

Fanni sah ihn bekümmert an. »Es ist ein heilloses Durcheinander.«

Sprudel schmunzelte, hob die Hand, machte eine lockere Faust und streckte dann den Daumen nach oben. »Bisher warst du immer recht gut im folgerichtigen Aufzählen von Ereignissen und im Beifügen der entsprechenden Hypothesen.« Er schmunzelte breiter. »Du hast stets mit ›erstens‹ angefangen.«

Fanni krümelte an ihrem Kuchenstück herum.

»Erstens«, half ihr Sprudel auf die Sprünge, »hast du auf der Hintertreppe des Seniorenheims die blutige Leiche eines Pflegers entdeckt.«

»Falls ich nicht halluziniert habe«, sagte Fanni.

»Hypothese eins«, dozierte Sprudel, »Fanni Rot war zum fraglichen Zeitpunkt im Vollbesitz ihrer geistigen Kräfte. Daraus folgt: Auf der Hintertreppe lag tatsächlich ein toter Pfleger.«

»Falls er wirklich tot war«, sagte Fanni.

»Du hast ihn für tot gehalten«, erwiderte Sprudel. »Warum?«

Fannis Blick heftete sich auf ein Buchenblatt, als wäre die Szenerie im Treppenhaus der Katherinenresidenz darauf abgebildet. »Er lag so seltsam verrenkt da, seine Augen schienen blicklos, aus der Brustwunde lief kein frisches Blut mehr.« Sie schaute vom Buchenblatt weg, wieder hinüber zu Sprudel und fügte zögernd hinzu: »Roland sah aus, als wäre er unerreichbar.«

Sprudel nickte verstehend. »Hypothese zwei: Der Pfleger war nicht mehr am Leben.«

Fanni schwieg.

Sprudel streckte den Zeigefinger aus. »Das nächste Ereignis. Zweitens, Fanni.«

Stockend antwortete sie: »Fünfzehn Minuten später war die Leiche nicht mehr da. Niemand außer mir hatte sie gesehen.«

»Gut«, lobte Sprudel, »und wie lautet die Hypothese dazu?«

»Mord«, flüsterte Fanni. »Und der Mörder hat sein Opfer verschwinden lassen, während ich unterwegs war, um jemanden vom Personal zu Hilfe zu holen.«

Sprudel zog die Stirn in Falten. »Deine Hypothese klingt plausibel bis auf einen Aspekt: Wie hätte der Täter innerhalb von fünfzehn Minuten die Leiche wegschaffen und sämtliche Spuren verwischen können?«

»Du hast völlig recht«, entgegnete Fanni. Dabei wirkte sie jedoch viel weniger geknickt, als Sprudel erwartet hatte. Er fixierte sie. »Du hast eine Lösung dazu!«

»Hm«, machte Fanni. »Zu zweit hätte es sich bewerkstelligen lassen.«

»Gewagt«, konstatierte Sprudel, »sehr gewagt.« Und nach einer Pause: »Aber denkbar. Sozusagen tauglich für die Hypothese. Wie könnten die beiden vorgegangen sein?«

»Sie könnten«, erklärte Fanni, »den toten Roland Becker gemeinsam in den Aussegnungsraum getragen haben, denn der liegt gleich um die Ecke. Dann müsste einer von ihnen zurückgekommen sein, um sauber zu machen. Die schmutzigen Tücher und Lappen hätte er mit dem Müll aus dem Aussegnungsraum entsorgen können.«

»Und die Leiche?«, fragte Sprudel.

Fanni sah ihn eine Weile abwägend an, dann erwiderte sie: »Die Leiche wurde vermutlich zum verstorbenen Herrn Bonner in den Sarg gelegt.«

Sprudel sog scharf die Luft ein. »Halt, Fanni, langsam. Du überspringst, so scheint mir, Ereignisse und Hypothesen.«

Gehorsam referierte sie: »Drittens: Als ich auf der Suche nach Roland den Aussegnungsraum entdeckte, war der Hausmeister gerade dabei, dort aufzuräumen. Er hatte soeben Herrn Bonners Sarg zugemacht, der dann von zwei Mitarbeitern eines Bestattungsinstituts abgeholt wurde. Als ich später noch mal zurückkam, war ein großer Sack voll Müll bereitgestellt. Hypothese: Roland wurde in Bonners Sarg entsorgt, die Spuren der Tat mit dem Abfall, der nach Bonners Aufbahrung angefallen ist: verwelkte Buketts, halb abgebrannte Kerzen und jede Menge Zellstoff, der zum Aufsaugen von Körperflüssigkeiten verwendet wird.«

»Diese Hypothese«, entgegnete Sprudel streng, »kann ich nur dann akzeptieren, wenn sie sich irgendwie untermauern lässt.«

»Untermauern!« Fanni kaute unbehaglich auf dem Wort herum.

»Ist dir denn gar nichts weiter aufgefallen, was deine Hypothese glaubhaft erscheinen ließe?«, schraubte Sprudel seine Ansprüche herunter.

»Nun ja«, antwortete Fanni. »Es gibt da zwei … ähm – leider sind es nur Belanglosigkeiten.«

»Oft sind es gerade die auf den ersten Blick belanglos erscheinenden Dinge, die zur Lösung führen«, ermunterte sie Sprudel.

Fanni begann zögernd: »Zum einen waren die Mitarbeiter des Bestattungsinstituts deutlich überrascht, dass der Hausmeister den Verstorbenen bereits eingesargt hatte. Mir schien, als wäre das unüblich. Die beiden zeigten sich allerdings recht erfreut darüber. Schließlich ersparte es ihnen Arbeit. Zum andern hat der Hausmeister so getan, als müsse er den Aussegnungsraum eiligst wieder herrichten. Ich glaubte ihn so zu verstehen, dass neuerlich ein Bewohner der Katherinenresidenz verstorben sei und aufgebahrt werden müsse. Wie ich aber später herausbekommen habe, gab es seit Herrn Bonner keinen Toten mehr.« Nach einer kurzen Pause fügte sie hinzu: »Von Roland Becker mal abgesehen.«

»Fanni«, sagte Sprudel ernst, »was du da berichtest, halte ich mitnichten für Belanglosigkeiten. Es ist doch ein äußerst merkwürdiger Zufall, dass der Hausmeister ausgerechnet am dem Tag Fleißaufgaben macht und den Verstorbenen einsargt, an dem …«, Sprudel schien kurz nachzurechnen, »… laut unserer Hypothese zu Punkt zwei«, fuhr er dann fort, »ein Mordopfer verschwindet. Und ist es nicht ein ebenso kurioser Zufall, dass er es genau an diesem Tag auch verdammt eilig hat, den Müll aus dem Aussegnungsraum zu entfernen?«

Fanni nickte bestätigend. Ja, ihre Beobachtungen waren bedeutungsvoll gewesen.

Sie horchte auf, denn Sprudel hatte weitergesprochen: »Die Hypothese zu Punkt drei ist damit nicht nur genügend untermauert, sie lässt auch eine augenfällige Schlussfolgerung zu.« Er sah Fanni erwartungsvoll an.

Sie nickte wieder. Was bei ihrem gemeinsamen Gedankenexperiment herausgekommen war, entsprach exakt der Theorie, die ihr seit dem gestrigen Tag durch den Kopf ging.

»Der Hausmeister muss der Komplize sein«, sagte sie.

»Warum nicht der Täter?«, fragte Sprudel.

Bevor Fanni antwortete, legte sie Sprudel ein zweites Kuchenstück auf den Teller und nötigte ihn zu essen. »Du bist doch schon seit dem frühen Morgen unterwegs.«

Erst als Sprudel folgsam eine Gabelvoll zum Mund führte, sprach sie weiter. »Abgesehen davon, dass ich diesen Hausmeister nicht für schlau genug halte, so eine Aktion, wie wir sie uns denken, zu planen und durchzuziehen, hätte ja dann er einen Komplizen haben müssen. Wer sollte das denn sein?« Sie machte eine kurze Pause. »Das Ganze ergibt nur umgekehrt Sinn. Und zwar mit Erwin Hanno als Täter und dem Hausmeister als Komplizen.«

Sprudel schluckte. »Finale Hypothese: Der Pflegedienstleiter hat Roland Becker umgebracht und dessen Leiche mit Hilfe des Hausmeisters verschwinden lassen. Haben wir ein paar winzige Anhaltspunkte, die auf Hanno als Täter hinweisen?«

Fanni nickte. »Die Fährte führt geradewegs zu ihm.«

Sie wartete nicht ab, bis Sprudel, der wieder dem Kuchenstück zusprach, so weit war, eine Frage zu stellen. »Hanno hat mit allen Mitteln versucht, mir den Leichenfund auszureden, und auch er hat so getan, als müsse der Aussegnungssaum sofort wieder hergerichtet werden. Gestern hat er sich den Anschein gegeben, als hätte ihn Dr. Benat davon überzeugen können, dass die Konfusion um Roland Becker aufgeklärt werden müsse – ich habe selbst beobachtet, wie er sich in die Brust warf –, und später hat er doch dagegen …« Sie unterbrach sich, überlegte einen Moment und sprach dann weiter: »Vielleicht sollte man ihm dieses Umschwenken geringer anlasten. Die Forderung, alles unter den Teppich zu kehren, kam ja angeblich vom Heimleiter. Der hatte mir zwar zugesichert, der Sache auf den Grund gehen zu wollen, aber wie es scheint, bekam er kalte Füße, als er an mögliche Schlagzeilen in der Presse dachte.«

»Dieser Heimleiter«, warf Sprudel ein, »käme er nicht als Täter in Frage?«

»Natürlich«, gab Fanni zu. »Aber viel weniger als Hanno. Müller war ja offensichtlich, während Rolands Leiche vom Treppenabsatz verschwand – oder zumindest kurz darauf –, auf der Suche nach dem Pflegedienstleiter. Er sagte, sämtliche Teilnehmer des Meetings würden auf ihn warten. Und im Gegensatz zu Hanno sehe ich beim Heimleiter kein Motiv.«

Sprudel zog eine Augenbraue hoch.

»Es heißt«, beantwortete Fanni die stumme Frage, »Roland wollte Hanno von seinem Posten verdrängen und selbst Pflegedienstleiter werden.«

Sprudel legte nach dem letzten Bissen die Kuchengabel auf den Teller, trank einen Schluck Kaffee, lehnte sich in seinem Campingstuhl zurück und sagte: »Was für ein seltsamer Fall. Wir haben einen mutmaßlichen Täter, können sogar den wahrscheinlichen Tathergang nachvollziehen. Wir haben ein mögliches Motiv des mutmaßlichen Täters, haben seinen Helfershelfer. Nur das Opfer haben wir nicht.«

»Und deshalb«, erwiderte Fanni bedrückt, »wird sich dieser Fall wohl nicht aufklären lassen.«

Was bedeutet, dass du die Blamierte bist! Fanni Rot hat sich in der Katherinenresidenz gründlich zum Gespött gemacht!

»Vergangenes Jahr«, begann Sprudel bedächtig, »als Willi Stolzer im Deggenauer Klettergarten tödlich abstürzte, weil sein Gurt präpariert war, konnten wir uns bei den Ermittlungen nicht wie üblich auf Alibis stützen. Das hat die Aufklärung des Verbrechens sehr erschwert. Trotzdem sitzt Willis Mörder inzwischen hinter Gittern.«

Fanni wand sich. Sie wollte lieber nicht daran erinnert werden, wie knapp sie beide, vor allem Sprudel, davongekommen waren.

Er sprach indessen weiter: »In diesem Fall ist alles noch komplizierter, weil wir nicht einmal beweisen können, dass überhaupt ein Verbrechen vorliegt.« Er dachte eine Weile nach, dann fuhr er fort: »Wenn man bestreiten wollte, dass Roland Becker tot ist, müsste dann nicht der lebendige Roland Becker irgendwo stecken?«

»Deine Feststellung bringt uns zu viertens«, erwiderte Fanni. »Es gibt Nachricht von ihm.«

Sprudel aß ein drittes Stück Kuchen, während Fanni von der Karte an Schwester Monika und dem Schreiben an die Heimleitung erzählte.

»Und wie lautet deine Hypothese dazu?«, fragte er gespannt, nachdem sie ihren Bericht beendet hatte.

»Die Nachrichten sind getürkt«, antwortete Fanni wie aus der Pistole geschossen.

Sprudels Augen weiteten sich. »Du hast ein Indiz dafür entdeckt!«

»Indiz wäre zu viel gesagt«, sagte Fanni zurückhaltend. »Es handelt sich höchstens um den Anflug eines Hinweises, den Schimmer eines Anhaltspunkts.«

Sprudel beugte sich vor, klemmte eine seiner Wangenfalten zwischen Daumen und Zeigefinger, wie er es immer tat, wenn er sich konzentrierte, und sah Fanni erwartungsvoll an.

Als Antwort rekapitulierte sie eine Zeile des Textes von Monikas Karte, den sie Sprudel in voller Länge zuvor bereits aus dem Gedächtnis wiedergegeben hatte: »… ›dass der Wirt händeringend nach jemandem sucht, der was vom Kellnern, vom Bettenbeziehen und vom Kochen versteht‹. Auf einer Berghütte«, erklärte sie daraufhin, »gibt es eine Menge zu tun. Bettenbeziehen gehört nicht dazu. Wie du recht gut weißt, gibt es auf Hütten gewöhnlich Deckenlager. Wer dort übernachten will, muss seinen eigenen Schlafsack mitbringen.«

»Der Hinweis ist dürftig«, sagte Sprudel. »Es könnte eine Floskel sein, einfach so dahingeschrieben.«

»Dachte ich zuerst auch«, erwiderte Fanni. »Aber es gibt noch einen zweiten.«

Sprudel marterte seine Wangenfalte.

»Roland«, sagte Fanni, »hat Tante Luise gegenüber erwähnt, seine Mahlzeiten beziehe er aus Fast-Food-Restaurants, von Dönerständen und Imbissbuden. Weil er nicht kochen könne, habe er sich für seine Wohnung noch nicht einmal einen Herd angeschafft. Denkst du, Roland hat gleich zweimal etwas Falsches einfach so hingeschrieben?«

Die Wangenfalte noch immer zwischen Daumen und Zeigefinger schüttelte Sprudel den Kopf.

Fanni stand auf, schenkte ihm Kaffee nach, dann ging sie zum Brunnen, füllte zwei Gläser mit Wasser und brachte sie an den Tisch. »Es gäbe eine recht einfache Möglichkeit nachzuprüfen, ob Roland auf der Zellerhütte kocht, kellnert und Betten bezieht.«

Benat hat doch angeboten ...

Sprudel ließ seine Wangenfalte los und warf beide Arme hoch. »Hurra, wir fahren in die Berge!«

Das brachte Fanni zum Lachen. Sie wurde wieder ernst, als Sprudel fragte: »Sind Brief und Karte von dort gekommen?«

»Beides wurde am Hauptpostamt in München abgestempelt«, erwiderte sie.

Sprudel stutzte. »Ist das nicht auch ein Hinweis darauf, dass es sich um Fälschungen handelt?«

»Einerseits schon«, antwortete Fanni. »Andererseits bringt es unser Hypothesengebäude ins Wanken.«

Sprudel sah sie irritiert an.

»Unsere allerletzte Hypothese«, fuhr Fanni fort, »die postfinale, um an deine Zählung anzuknüpfen, müsste logischerweise folgendermaßen lauten: Nachdem Hanno und sein Komplize den toten Roland und sämtliche Spuren beseitigt hatten, schrieb Hanno den Brief und die Karte, die Rolands Verschwinden erklären und gleichzeitig verhindern sollten, dass nach ihm gesucht wird. Verständlicherweise sah Hanno davon ab, diese Post einfach in Deggendorf in einen Briefkasten zu werfen. Eigentlich hätte er sie in Windischgarsten aufgeben müssen. Aber dazu reichte die Zeit nicht. Das Problem ist, auch für München reichte sie nicht.«

Sprudel wartete schweigend, bis Fanni anfing, ihm vorzurechnen: »Ich habe Roland um vier Uhr am Treppenabsatz liegen sehen. Auf der Suche nach jemandem mit medizinischer Ausbildung bin ich dem Pflegedienstleiter in die Arme gelaufen. Unserer Theorie zufolge müsste der gerade vom inzwischen bereinigten Tatort auf dem Weg in sein Büro gewesen sein, um die getürkten Nachrichten zu verfassen. Daran habe ich ihn gut zwanzig Minuten lang gehindert. Und noch während er sich bemühte, mich loszuwerden, kam ihm Herr Müller in die Quere und schleppte ihn zu jenem Meeting. Selbst wenn diese Besprechung nur eine halbe Stunde gedauert hat, konnte er nicht vor fünf mit seinem

Vorhaben beginnen. Mal davon abgesehen, dass es noch eine Weile gedauert hätte, den Brief und die Karte zu schreiben, würde schon jetzt die Zeit nicht mehr gereicht haben, noch nach München zu fahren und beides aufzugeben. Schließen die Postämter nicht um sechs?«

Sprudel nickte.

»Eben«, fuhr Fanni fort, »Karte und Brief hätten aber am Mittwoch noch vor achtzehn Uhr am Hauptpostamt aufgegeben werden müssen, um am Donnerstagvormittag eintreffen zu können.« Sie ließ sich auf ihrem Stuhl zurückfallen und atmete seufzend aus. »Fazit: Unser Kartenhaus stürzt ein.«

»Langsam, langsam, Fanni«, mahnte Sprudel. »Hanno musste Brief und Karte ja nicht selbst aufgeben.«

»Dafür, einen Boten zu schicken, hätte die Zeit doch ebenso wenig gereicht«, rief Fanni gereizt, wurde aber plötzlich nachdenklich. »Außer – außer alles war minutiös geplant, Brief und Karte befanden sich bereits in München und wurden von einem weiteren Mordkomplizen aufgegeben, als Hanno grünes Licht dafür gab.« Sie schüttelte sich. »Sprudel, dieses Theoriengebäude wird mir zu irreal. Wir können es doch hier nicht mit einer ganzen Gang zu tun haben. Sackgasse, Sprudel. Schluss, aus, basta.«

Sprudel nahm ihre Hand in die seine. »Wenn wir in unseren früheren Fällen immer gleich die Flinte ins Korn geworfen hätten, sobald wir in eine Sackgasse geraten sind, wären wir keinem einzigen der Täter auf die Spur gekommen.«

Er sinnierte eine Weile vor sich hin, dann fügte er hinzu: »Aber wir müssen höllisch aufpassen, Fanni, dass wir uns nicht verrennen. Wir haben nämlich nichts, absolut gar nichts außer Hypothesen und einem kurzen Blick auf eine angebliche Leiche. Wir müssen diesmal besonders darauf achten, für alle Hinweise offen zu bleiben. Auf keinen Fall dürfen wir uns auf Hanno als Mörder, ja nicht einmal auf eine Mordtat versteifen.«

Nachdem Fanni ihm heftig zugestimmt hatte, sprach er weiter: »Lass uns nachschauen, ob Roland auf der Zellerhütte ist. Wenn dort niemand etwas von ihm weiß, sagt uns das, dass die Nachrichten aller Wahrscheinlichkeit nach Fälschungen sind. Sollte es sich tatsächlich so verhalten, werden wir Marco einschalten.

Ich denke, die Verdachtsmomente würden dann ausreichen, dass er amtlich tätig werden kann.«

»Als Erstes müsste Marco einen Schriftvergleich machen lassen«, sagte Fanni eifrig. »Die Schrift auf der Karte muss von einem Experten mit Rolands Schrift abgeglichen werden. Und wenn sie, wie wir annehmen, nachgemacht wurde, dann kann der Experte durch weitere Schriftvergleiche – mit der von Hanno beispielsweise – vielleicht sogar feststellen, von wem.«

Sprudel nickte daraufhin bloß zerstreut und sah sie abwägend an. Sie hob fragend die Brauen.

Da sagte er behutsam: »Das Wochenende kommt für unsere Tour ins Tote Gebirge wohl nicht in Frage?«

Darüber dachte Fanni eine Zeit lang nach.

Doch bevor sich Sprudel erkundigen konnte, was denn bei Rots am Wochenende Besonderes anlag, sagte sie: »Von Samstag früh bis Sonntagabend begeht Hans mit seinem Kegelclub irgendein Jubiläum, und dazu fährt er nach Oberammergau.« Sie winkte ab, als Sprudel deutliches Entzücken erkennen ließ. »Das will nicht viel heißen, denn gleichfalls am Samstag früh kommt Leni aus Nürnberg und bringt Max mit. Seine Eltern und Minna fahren zu Bekannten in die fränkische Schweiz, aber Max will lieber zu seinem Freund Ivo nach Erlenweiler. Deshalb bringt ihn Leni mit her. Sie und Marco machen sich dann aber gleich auf den Weg nach Klattau, wo Jonas Böckl ein Landhaus gekauft hat und Einweihung feiert.«

»Max«, schmunzelte Sprudel, »Max ist also das Hindernis.« Er stülpte die Wangenfalte über den linken Mundwinkel. »Aber ist es nicht so, dass Max sowieso die ganze Zeit auf dem Klein-Hof verbringt? Er gehört dort ja schon fast zur Familie. Olga hat sicher nichts dagegen, wenn er mal bei ihrem Sohn übernachtet.«

»Ganz bestimmt nicht«, erwiderte Fanni. »Sie hat das auch schon oft angeboten. Aber ehrlich gesagt habe ich den Kleins gegenüber ein ziemlich schlechtes Gewissen. Sobald Max nach Erlenweiler kommt, rückt er ihnen auf den Pelz. Man muss da mal ein bisschen Ausgleich schaffen, meine ich. Und deshalb hatte ich mir vorgenommen, mit Max und Ivo nach Pullman City zu fahren. Das ist eine nachgebaute Westernstadt nicht weit …«

»Ich hab schon von Pullman City gehört«, unterbrach Sprudel sie. »Und du hast völlig recht, dort würde es den beiden bestimmt gefallen – Pferde, Cowboys, Indianer.« Er zupfte an der Wangenfalte. »Aber dieser Ausflug muss ja nicht unbedingt morgen oder übermorgen stattfinden. Pullman City läuft euch nicht weg, und sicher macht es Max und Ivo nichts aus, mit dem Besuch der Westernstadt noch ein wenig zu warten, wenn wir ihnen dafür dieses Wochenende einen Trip in die Berge anbieten.«

Fanni sah ihn zweifelnd an. »Von Windischgarsten zur Zellerhütte ist es ein Fußmarsch von gut zwei Stunden, und auf dem Weg gibt es nichts, was die Buben von der Strapaze des Aufstiegs ablenken könnte. Nicht mal Kühe grasen in dem steilen Gelände. Max und Ivo würden wir mit so einer Wanderung bestimmt keinen Gefallen tun.« Sie starrte melancholisch auf ein Grasbüschel zu ihren Füßen. Plötzlich schreckte sie hoch. »Kühe!«

Sprudel sah sie verdutzt an.

»In Windischgarsten«, erklärte ihm Fanni, »gibt es einen alteingesessenen Bauernhof, auf dem Zimmer und Apartments vermietet werden. Wir haben früher ab und zu mal ein paar Tage mit den Kindern dort verbracht. Das Interessante an dem Hof ist, dass gut zwei Dutzend außergewöhnlicher Kühe im Stall stehen, irgendeine ganz besondere Züchtung. Natürlich habe ich längst vergessen, wie die Rasse genannt wird, aber ich weiß noch, dass es auffallend schöne Tiere sind – dunkelbraun mit weißer Zeichnung über dem Maul. Und jede Kuh trägt zwischen den Hörnern ein Büschel Haare, das wie eine frisch ondulierte Welle über der Stirn wippt. Und immer gibt es Kälbchen jeden Alters.« Sie lachte. »Dabei fällt mir ein, wie sich der Bauer einmal bitter darüber beklagt hat, dass in seinem Stall so viele Stierkälber geboren werden, die – das behauptete er jedenfalls damals, und es hörte sich nicht wie ein Witz an – so gut wie wertlos sind.«

Sprudel schüttelte ungläubig den Kopf.

»Der Bauer, die Bäuerin und der Sohn Walter sind ausgesprochen nette Leute«, sprach Fanni indessen weiter. »Sie bewirtschaften den Hof am Gunst – so heißt der Hügel dahinter – in dritter oder vierter Generation. Alljährlich an Weihnachten schreibt mir die Bäuerin eine Karte, doch statt zurückzuschreiben rufe ich sie an, damit wir ein wenig plauschen können. Und jedes Jahr verspreche ich zum Abschied, bald einmal ein Wochenende auf dem Hof zu verbringen.«

»Dann wird es ja wohl höchste Zeit«, meinte Sprudel.

Fanni stimmte ihm lächelnd zu. »Und der Bauer wird sicher nichts dagegen haben, wenn Ivo und Max einen Tag lang bei der Landarbeit mittun, zumal ihm die beiden Buben ganz gewiss keine Last sein werden. Die sind ja am Klein-Hof recht gut ausgebildet worden.«

»Gar kein schlechter Plan«, lobte Sprudel. »Und eine gute Weiterbildung für Ivo, den angehenden Bauer. Er wird begeistert sein.«

»Das denke ich auch«, sagte Fanni. »Olga wird sich ebenfalls freuen. Ich rede noch heute Abend mit ihr, und anschließend rufe ich gleich noch in Windischgarsten an.«

Sprudel nickte beipflichtend, dann grinste er: »Und wann geht das Abenteuer los?«

»Wir könnten es so machen«, sagte Fanni nach einem Moment des Nachdenkens. »Am Samstag brechen wir früh genug auf, um mittags beim Bauernhof am Gunst einzutreffen …«

»Das heißt wann?«, unterbrach sie Sprudel.

»Halb zehn sollte reichen«, antwortete Fanni. »Mehr als zwei Stunden dauert die Fahrt nach Windischgarsten nicht – Passau, Wels, Kirchdorf und dann durch etliche Tunnel bis kurz vor den Pyhrnpass …«

»Wir treffen also mittags am Hof ein«, half Sprudel weiter, weil Fanni offensichtlich den Faden verloren hatte.

Sie nahm ihn wieder auf. »Dort lassen wir die Buben zurück und machen uns auf den Weg zur Zellerhütte. Wir können uns ruhig Zeit lassen. Wie auf dem Klein-Hof ist auch beim Bauer am Gunst um sechs Uhr Melkzeit, und ich glaube nicht, dass Ivo und Max vor acht aus dem Stall auftauchen. Ende Juni ist es fast bis zehn Uhr taghell, sodass wir abends beim Abstieg von der Hütte sicher keine Schwierigkeiten haben werden.«

»Und dann?«, fragte Sprudel, weil Fanni verstummt war.

»Dann übernachten wir auf dem Hof. Ich werde ein Apartment für uns bestellen. Die sind mit Küchen ausgestattet. Wir werden den Kühlschrank bestücken, sodass sich Ivo und Max versorgen können. Obwohl ich glaube, dass die Bäuerin sie mit Geräuchertem und selbst gebackenem Brot, mit Schmalzkringeln und eigenem Apfelsaft reichlich verwöhnen wird.«

Fanni nickte wie zur Bestätigung ihrer Annahme ein paarmal vor sich hin. »Am Sonntag«, fuhr sie daraufhin fort, »fahren wir ganz gemütlich nach Erlenweiler zurück. Ich rechne allerdings damit, erst am späten Nachmittag daheim anzukommen, weil es nicht einfach werden dürfte, die Buben vom Hof am Gunst wegzukriegen.«

Sie sah Sprudel fragend an, denn er wirkte auf einmal sehr nachdenklich.

»Fanni …«, begann er. Doch dann brach er ab und schaute auf seine Armbanduhr. »Halb fünf«, sagte er.

»Meine Güte«, rief Fanni. »Du bist ja heute erst angekommen. Hast noch nicht mal ausgepackt …«

Sprudel wehrte ab. »Nein, nein, das eilt nicht. Was wir aber noch tun sollten, bevor wir uns auf der Zellerhütte nach Roland erkundigen, ist, an seiner Wohnungstür zu klingeln.«

»Unbedingt«, stimmte ihm Fanni zu.

Weil sie im nächsten Moment aber gestehen musste, dass sie noch immer keine Ahnung hatte, wo Roland wohnte, sollte sich für Sprudel doch noch die Gelegenheit ergeben, das Gepäck auf sein Anwesen zu bringen und dort nach dem Rechten zu sehen.

Fanni wollte in der Zwischenzeit Tante Luise nach Rolands Domizil fragen.

»Sie wird es bereits herausgefunden haben, ganz bestimmt!«

5

Als Fanni um kurz nach fünf Uhr Tante Luises Zimmer betrat, traf sie ein recht vorwurfsvoller Blick.

»Ich hätte schon viel früher mit dir gerechnet. Wolltest du nicht wissen, wo Roland wohnt? Nimmst du unsere Nachforschungen nun ernst oder nicht?«

»Ich nehme sie sehr ernst«, antwortete Fanni betont.

Luises Miene wurde freundlicher.

Das bewog Fanni, endlich mit dem Anliegen herauszurücken, das sie drückte, seit sie und Luise sich gegenseitig versprochen hatten, die Wahrheit über Roland Beckers Verbleib herauszufinden.

»Hans …«, begann sie.

Doch Tante Luise winkte ab. »Von mir erfährt er kein Sterbenswörtchen. Er würde uns den Spaß ja glatt verbieten.« Sie leckte sich die Lippen. »Was für angenehme, ereignisreiche Tage uns erwarten!«

Erst jetzt fiel Fanni der leer gekratzte Teller auf dem Tisch vor Tante Luise auf. Sie schnupperte dezent, dann war sie sich sicher. »Milchrahmstrudel.«

Luise nickte ekstatisch. »Hat mir Herr Dr. Benat persönlich gebracht.«

Weil Fanni so verständnislos dreinschaute, schien Tante Luise anzunehmen, dass sie nicht wusste, wer Dr. Benat war und welche Stellung er im Landkreis, besonders aber in der Katherinenresidenz innehatte. Darum wohl fügte sie hinzu: »Dr. Benat ist einer der angesehensten Männer der ganzen Stadt. Er hat hier im Haus etliche Berufsbetreuungen und scheint seine Aufgabe recht ernst zu nehmen. Heute Nachmittag hat er sogar eine Runde durch unser Stockwerk gemacht und mit jedem Einzelnen von uns alten Knackern ein bisschen geredet. Mir hat er Milchrahmstrudel mitgebracht.«

»Ihr habt euch unterhalten?«, fragte Fanni.

»Fast eine halbe Stunde lang«, erwiderte Tante Luise aufgeräumt.

»Habt ihr auch von Roland gesprochen?«, erkundigte sich Fanni.

Wieder nickte Luise. »Herr Dr. Benat hat mir erklärt, warum es sich die Heimleitung schlichtweg nicht erlauben kann, Roland am Ende des Sommers wieder anzustellen, falls er zurückkommt.« Sie seufzte. »Ich verstehe es ja, dass ein Seniorenheim nur mit absolut zuverlässigen Angestellten funktionieren kann. Dass der ganze Betrieb durch ein Verhalten, wie Roland es sich herausnimmt, empfindlich gestört, wenn nicht sogar lahmgelegt wird. Aber es ist halt schade um ihn, sehr schade. Er ist so ein kompetenter Pfleger, so ein gut aussehender Mann. ›Warum nicht mal eine Ausnahme machen?‹, habe ich Dr. Benat gefragt. ›Für einen, der es wert ist?‹ Und da hat er mir versprochen, die ganze Sache noch einmal zu überdenken.«

Fanni hatte nur mit halbem Ohr hingehört, denn erneut war ihr die ganze Tücke des Mordkomplotts ins Bewusstsein gekommen.

Wenn es denn eines gibt! Noch ist nichts bewiesen!

Nein, dachte Fanni, nichts ist bewiesen. Aber wenn es so war, wie ich vermute, dann liegt der ermordete Roland zusammen mit Herrn Bonner in dessen Sarg.

Plötzlich sog sie scharf die Luft ein. »Luise, wann wird denn Herr Bonner beerdigt?«

Tante Luise schüttelte unwillig den Kopf. »Fannilein, solche Gedankensprünge solltest du besser lassen, wenn du das Etikett ›bekloppte Irre‹ loswerden willst.«

»Wann, Tante Luise?«

Luise griff die Räder ihres Rollstuhls und versetzte ihnen einen Schubs, sodass sie einen halben Meter zurückrollte und neben einem Schemel zum Stehen kam, auf dem ein Stapel Zeitungen lag. Sie starrte das oberste Blatt an, während sie murmelte: »Am Mittwoch wurde Bonner abgeholt, am Dienstag ist er gestorben. Die Todesanzeige dürfte am Donnerstag erschienen sein, vielleicht aber auch am Mittwoch schon.« Sie tippte sich an die Stirn. »Am Mittwoch war sie drin.« Luise hob zwei Zeitungen hoch, nahm die darunterliegende heraus und reichte sie Fanni. »Die Todesanzeigen stehen auf der vorletzten Seite.«

Fahrig blätterte Fanni die Zeitung von hinten her auf.

Luise hatte die richtige ausgesucht. Ganz oben auf der vorletzten Seite befand sich die Todesanzeige von Herrn Bonner.

»Die Trauerfeier mit anschließender Beerdigung findet am Freitag, dem 25. Juni, um zehn Uhr in der Pfarrkirche Mariä Himmelfahrt in Deggendorf statt. Von Beileidsbezeugungen am Grab bitten wir Abstand zu nehmen«, las Fanni und ließ das Blatt sinken. »Er ist heute Morgen schon begraben worden.«

Enttäuscht fragte sie sich, ob sie und Sprudel jemals genug Beweise zusammentragen konnten, um eine Exhumierung Bonners zu rechtfertigen.

Du solltest heilfroh sein, dass Bonner nicht eingeäschert wurde!

Fanni faltete die Zeitung zusammen und gab sie Luise zurück. Die legte das Blatt an seinen Platz im Zeitungsstapel und sah Fanni misslaunig an. »Bist du nun wegen Bonners Beerdigung hergekommen oder um etwas über Roland zu erfahren?«

Fanni schreckte auf. »Hast du Rolands Adresse denn herausbekommen?«

Tante Luise zog einen Schmollmund und antwortete nicht.

»Ich bin etwas in Eile«, drängte Fanni. »Wenn wir in dem Haus, in dem Roland wohnt, nichts weiter über seinen Verbleib zu hören bekommen, werden wir uns morgen auf den Weg nach Windischgarsten machen.«

Tante Luise sah sie überrascht an.

Während ihr Fanni erzählte, was sie und Sprudel planten, hob sich Luises Stimmung wieder sichtlich.

»Ihr wollt also tatsächlich zur Zellerhütte«, sagte sie, gerade als sich die Tür öffnete und Erwin Hanno eintrat.

Er gab ihr einen durchsichtigen Becher, in dem sich die zwei Tabletten befanden, die sie abends einzunehmen hatte. Offenbar musste er, weil Roland fehlte, nun selbst Hand im Pflegedienst anlegen.

»Rolands Adresse habe ich leider nicht«, sagte Tante Luise, nachdem Hanno das Zimmer wieder verlassen hatte. »Aber«, fuhr sie fort, bevor sich Fannis Mundwinkel enttäuscht nach unten biegen konnten, »ich weiß, wo er wohnt. Das hat mir Schwester Inge ganz genau beschrieben.« Sie schluckte eine der Tabletten, trank Tee nach und begann zu erklären: »In Egg schräg gegenüber dem Schloss steht angeblich ein kleines, verwunschenes Häuschen. Die Eigentümerin – eine Witwe – wohnt im Parterre. Im ersten Stock, sagt Schwester Inge, hat sich Roland ein Loft eingerichtet.«

Ein Loft? Ist ein Loft nicht eine komplette Etage, meistens die oberste, in einer stillgelegten Fabrik: riesig, hohe Decken? Ein Loft im ersten Stock eines verwunschenen Häuschens? Das wäre ja wie eine Bohrinsel im Aquarium, wie eine Orangerie in Bauer Kleins Heustadel, wie der Mont Blanc im Sandka…!

Mit einem unwilligen Runzeln der Stirn und einem zwischen den Zähnen zermalmten »Ist jetzt eine Schraube locker?«, brachte Fanni die Gedankestimme zum Schweigen. Egal wie man Rolands Räumlichkeiten bezeichnen will, dachte sie, Hauptsache, wir wissen jetzt, wo sie liegen.

Fanni sprang auf.

Luise hielt sie mit einer Geste zurück. »Ein Loft, das ist eine Wohnung ganz ohne Türen und Zwischenwände. Nur das Badezimmer …«

»Du bist ein Schatz, Tante Luise«, unterbrach Fanni sie, gab ihr spontan einen Kuss auf die runzlige Backe und eilte zur Tür. Dort drehte sie sich noch mal um. »Und halt Augen und Ohren offen!«

»Da kannst du Gift drauf nehmen«, versprach Luise.

Auf dem Flur blockierte Hanno mit einem riesigen Servierwagen, auf dem sich Tabletts mit Medikamenten, Thermoskannen und Packen mit Zellstofftüchern befanden, den Durchgang zur Hintertreppe.

Da nahm Fanni flugs den Hauptaufgang.

Beim Queren des Foyers sah sie draußen auf der Allee Dr. Benat mit Verena, dem Putzmädchen, zusammenstehen. Fanni trat soeben aus dem Portal, als er Verena kurz übers Haar strich und sich zum Gehen wandte. Noch vor dem ersten Schritt entdeckte er sie.

»Frau Rot! Wie schön, Sie so bald wiederzusehen.«

Du hast wirklich gut daran getan, stets die Hintertreppe zu benutzen!

Gar nichts ist gut daran, dachte Fanni gereizt, dass ich dort den toten Pfleger gesehen habe – oder jedenfalls glaubte, ihn zu sehen.

Und damit du es nur weißt, kanzelte sie ihre ungeliebte Gedankenstimme ab, künftig benütze ich nur noch den Haupteingang. Das kann den Ermittlungen bloß dienlich sein.

Sie lächelte Benat freundlich an. »Ein liebes Mädchen, die kleine Verena.«

»Ja«, stimmte ihr Benat zu, »und so hübsch. Ich würde sie in meiner Kanzlei sofort als Empfangsdame einstellen, wenn sie nur ein bisschen mehr Bildung aufzuweisen hätte – vor allem was die Sprache betrifft.«

»Jung, wie sie ist«, meinte Fanni, »ließe sich doch da noch einiges vorantreiben.«

»Auf alle Fälle«, erwiderte Benat. »Ich bin gerade dabei, mich drum zu kümmern. Erst neulich habe ich sie zu einem Bekannten geschickt, der eine private Schule für Jugendliche mit diversen – ähm – Unvollkommenheiten leitet. Es wäre ja wirklich unverantwortlich, wenn man zuließe, dass dieser furchtbare Dialekt dem Kind die Freude am Leben vergällt.«

»Die Freude am Leben«, wiederholte Fanni gedankenvoll. »Ich fürchte, die wird ihr im Moment eher durch Liebeskummer vergällt.«

Benat wirkte ein wenig ratlos, als er sagte: »Für Verenas Amouren habe ich mich bisher eigentlich nicht interessiert.«

Sie waren am Ende der Allee angekommen. Benat verbeugte sich höflich vor Fanni und verabschiedete sich.

Er machte ein paar schnelle Schritte in Richtung des mannshohen Feldsteins, der den vorderen Parkplatz zur Allee hin abgrenzte, drehte sich aber plötzlich wieder um und kam zurück. »Verzeihen Sie einem alten Hohlkopf, Frau Rot, der die allerwichtigsten Dinge vergisst.« Er hob die rechte Hand mit der Fläche nach oben, wie um zu zeigen, dass sie leer war. »Ich habe in meiner Kanzlei bereits Anweisung gegeben, Kontakt zu Roland Becker aufzunehmen. Leider ist mir noch keine Erfolgsmeldung zugegangen.« Nach einer kurzen Pause fügte er hinzu: »Ich glaube aber schon, dass er gesund und munter auf dieser Zellerhütte Almdudler ausschenkt.«

Er überlegte einen Moment, bevor er weitersprach. »Gestern Nachmittag habe ich mir nämlich die Zeit genommen, schier jeden in der Katherinenresidenz nach Becker zu fragen, Schwestern, Bewohner ... Dabei fand ich heraus, dass ihn an dem Tag, an dem Sie ihn auf der Hintertreppe fanden, niemand sonst hier gesehen hat.«

Er schaute Fanni mitfühlend an und sagte halb zu sich selbst: »Vielleicht haben Sie sich einfach getäuscht.« Schnell schob er nach: »Wir werden sicher bald herausbekommen, was aus Becker geworden ist, spätestens am Montag werden wir wissen, wo er sich aufhält.« Er berührte kurz Fannis Arm. »Lassen Sie die Sache ruhen übers Wochenende und erholen Sie sich von dem Schrecken.«

Im nächsten Moment war er zwischen den parkenden Autos verschwunden.

Ein guter Rat! Aber Fanni-Terrier hat sich ja bereits auf Rolands Fährte gesetzt und drängt vorwärts!

Fanni streckte ihrer Gedankenstimme die Zunge heraus und ließ sich auf die Letzte in der Reihe von Bänken fallen, die unter den Bäumen der Allee aufgestellt waren. Geschäftig begann sie, in ihrer Handtasche nach dem Handy zu kramen. Sie musste sich mit Sprudel in Verbindung setzen. Das würde ein wenig Zeit und Aufmerksamkeit in Anspruch nehmen.

Sie drückte auf den Einschaltknopf.

»PIN-Code!«, verlangte das Handy.

Sorgfältig tippte sie das Geburtsjahr ihrer Zwillinge ein.

»Okay!«

Fanni atmete auf und drückte die Taste mit dem blauen Balken.

»Verzeichnis! Auswählen!«

Sie berührte den Pfeil, der nach unten wies.

»Sprudel!«

Fannis Fingerkuppe schoss blitzschnell zu dem blauen Balken zurück, als bestünde Gefahr, dass der Name wieder verschwinden könnte, wenn sie sich nicht beeilte.

Sprudel meldete sich nach dem dritten Klingeln.

»Wir treffen uns in einer Viertelstunde am Fallgitter von Schloss Egg«, sagte Fanni. Sie wartete kaum Sprudels Zustimmung ab, bevor sie wieder auf den blauen Balken, dann sofort auf den Ausschaltknopf drückte und das Handy in der Tasche verschwinden ließ.

Du tust grade so, als ab das Ding bissig wäre!

Wer weiß?

Als Fanni in Egg ankam, lehnte Sprudel bereits an einer der Holzplanken, die am Schlosspark entlangliefen, und betrachtete die Burg.

»Beeindruckendes Gemäuer.« Er ließ den Blick über die Ringmauer schweifen, über die Türmchen und Giebel bis zum Hungerturm.

»Vierzehntes Jahrhundert – Peter von Egg – übler Bursche«, informierte ihn Fanni bruchstückhaft, während sie das Wagenschloss einschnappen ließ und den Schlüssel verstaute.

»Aber sehenswert«, meinte Sprudel. »Ich habe schon einen Blick in den Schlosshof geworfen. Von dort führt eine Treppe zur eigentlichen Burg.«

Fanni nickte. »Im inneren Schlosshof geht man an der Kapelle, am Ritterbrunnen und am Aufgang zum Hungerturm vorbei und kommt dann zu dem prächtigen Portal, das in die Burg hineinführt.«

»Man kann sie besichtigen?«, fragte Sprudel.

»Von oben bis unten«, erwiderte Fanni. »Speisesaal, Fürstenzimmer, Rittersaal, Spiegelzimmer – alles von den diversen Grafen, die das Schloss seit Peter von Eck in Besitz hatten, aufs Prunkvollste angebaut, aufgestockt, vergrößert, renoviert.«

Sprudel öffnete den Mund, um etwas zu sagen, doch Fanni legte die Hand auf seinen Arm. »Das Schloss samt Brückchen und Treppchen, samt Park und Kapelle ist durchaus eine Besichtigung wert, Sprudel. Aber die musst du ohne mich machen, wenn wir uns nicht mit voller Absicht ins Gerede bringen wollen. Frau Pramls Tochter hält hier Führungen, Frau Itschkos Schwester arbeitet als Bedienung in der Schlossgaststätte.«

Sie musste Sprudel nicht erklären, dass mit diesen beiden Spitzeln im Schloss sich jedwede Nachricht, Erlenweiler und seine Bewohner betreffend, wie ein Lauffeuer verbreiten würde. Beim Frauenbund, dessen Vorsitzende Frau Praml war, würde man Sanktionen gegen Fanni erwägen, und Frau Itschkos Telefondraht würde heiß laufen, worunter Fanni doppelt zu leiden hätte, denn Frau Itschko pflegte ihre Telefongespräche ausschließlich im Garten hinter Fannis Thujenhecke zu führen.

Wolltest du nicht alles kommen lassen, wie es kommt? Wolltest du nicht aufhören zu taktieren, aufhören zu vertuschen?

Vor allen Dingen wollte Fanni ihrer Gedankestimme den Mund verbieten. Aber dann setzte sie sich doch mit ihr auseinander: Sprudel gegenüber will ich nicht mehr taktieren, ihn nicht mehr wegschieben, wenn er mich in die Arme nimmt; ihm nicht mehr vorschreiben, dass unsere Beziehung rein platonisch zu sein hat. Aber nach außen hin soll vorerst alles bleiben, wie es ist. Ich will Hans Rots heile Welt nicht mutwillig zerstören, werde aber auch nichts dagegen unternehmen, wenn sie eines Tages zusammenbricht.

Sprudel war deutlich anzusehen, was er dachte: Ohne Fanni verliert das Schloss seinen Reiz. Aber es kann gut sein, dass der Tag bald kommt, an dem wir auf kein Gerede der Welt mehr Rücksicht nehmen müssen.

Sie überquerten die Straße und gingen an einem Zaun entlang, bis sie eine kleine Gartenpforte erreichten. Dahinter lag ein mit Efeu fast zugewachsenes Holzhaus. Kurze Abschnitte eines ausgedehnten Balkons ragten sporadisch zwischen all dem Grün hervor, und zwei Reihen von Sprossenfenstern scheiterten schier an ihrer Aufgabe, Licht durchzulassen.

»Erbaut im vierzehnten Jahrhundert im Auftrag des Peter von Eck und bewohnt von seiner Mätresse?«, erkundigte sich Sprudel.

»Warum nicht?«, erwiderte Fanni lächelnd und ging durch den dicht wuchernden Garten auf den Hauseingang zu. Sie war noch einige Schritte entfernt, als die Tür aufging, die Öffnung aber im selben Moment von der ausladenden Figur einer Mittfünfzigerin verdeckt wurde.

Fanni fragte nach Roland Becker.

»Der ist immer noch nicht heimgekommen«, bekam sie zur Antwort.

»Von seiner Urlaubsreise?«, fragte Fanni.

»Was für eine Reise?«, fragte die Walküre verdutzt zurück.

Fanni warf einen Blick auf das Schild unter der Klingel. Die Frau hieß offensichtlich Bachl.

Sie holte Luft. »Roland hat bei seiner Arbeitsstelle vierzehn Tage Urlaub eingereicht. Wir dachten, er wollte verreisen.«

»Ist er aber nicht«, antwortete Frau Bachl. »Wer sind Sie denn überhaupt?«

Als Fanni zögerte, sprang Sprudel ein. »Wir sind Bekannte von Roland und machen uns Sorgen, weil er seit Tagen wieder zurück sein müsste.«

»Er war aber nicht im Urlaub«, wiederholte Frau Bachl. »Komisch ist allerdings …«

Fanni und Sprudel sahen sie gespannt an.

Frau Bachl wies auf zwei Bänke und einen Tisch, die rechts von der Tür an der Hauswand standen. »Im Sitzen redet sich's bequemer.«

Fanni und Sprudel teilten sich eine Bank; die andere überließen sie Frau Bachl, die schier den gesamten Platz darauf einnahm.

Die Anstrengung des Hinsetzens hatte sie außer Atem gebracht.

Fanni und Sprudel warteten geduldig.

»Also«, begann Frau Bachl kurzatmig. »Der Roland hat in der Katherinenresidenz zwei Wochen Urlaub genommen, das stimmt schon, aber fortgefahren ist er nicht. ›Bei uns, da ist es auch schön‹, hat er zu mir gesagt. ›Wir haben etliche Baggerweiher, die Donau und das Elypso. Wir haben schöne Biergärten, ebene Radlwege und den Dreitannenriegel, wenn's einem grad nach Bergwandern ist.‹«

Sie musste wieder verschnaufen. »Viel hab ich nicht gesehen von ihm in seiner Urlaubszeit«, sagte sie dann. »Aber er hat jede Nacht hier geschlafen.« Sie deutete auf ein Fenster im ersten Stock. »Sein Bett steht genau über meinem. Und in der Nacht, wenn sonst alles still ist unten, dann hört man halt allerhand Geräusche von oben.«

Sie winkte ab, als Sprudel eine Augenbraue hochzog. »Nein, nicht was Sie meinen. Er hat niemanden mitgebracht, der Roland, das hätte ich gemerkt.« Sie nickte, ihre eigenen Worte bestätigend, vor sich hin.

»Und was war komisch?«, fragte Fanni.

»Also, in der zweiten Woche von seinem Urlaub«, berichtete Frau Bachl, »ist der Roland am Mittwoch in der Früh – neun wird's gewesen sein – aus dem Haus gegangen. Aber an dem Tag ist er am Abend nicht heimkommen und gestern auch nicht.«

»Roland ist folglich seit zwei, eigentlich schon drei Tagen verschwunden«, resümierte Sprudel, nachdem es am Tisch eine Weile still gewesen war.

»Und das ist komisch«, sagte Frau Bachl.

»Sind Sie deshalb so verwundert, weil Roland Sie normalerweise informiert, wenn er verreist?«, fragte Sprudel.

»Er sagt's mir immer, wenn er über Nacht außer Haus bleibt«, antwortete Frau Bachl und lächelte ein wenig schamhaft. »Das haben wir so ausgemacht, weil ich dann die Sicherheitskette vorlege und das Hauslicht eingeschaltet lasse.«

Fanni hätte Frau Bachl gern gefragt, ob Roland oft nachts außer Haus blieb, ob er nur dann und wann Besuch hatte oder regelmäßig und von wem er Besuch bekam. Aber Sprudel hatte sie beide bei Frau Bachl als Bekannte von Roland eingeführt, deshalb wagte sie es nicht, Fragen zu stellen wie bei einem Verhör.

Sprudel sprang in die Bresche. »Na, vielleicht hat sich Roland ja eine neue Freundin angelacht und im Überschwang vergessen, Sie darüber zu informieren, dass er sich bei ihr einquartiert hat.«

Frau Bachl krauste die Nase und schüttelte den Kopf. »Nicht der Roland. Da kennen Sie ihn aber schlecht. Ein Mädel bringt den nicht aus der Spur.«

»Aber was könnte ihn dann derartig aus der Spur gebracht haben«, hakte Fanni ein, »dass er sich nicht bei Ihnen meldet?«

Frau Bachl verschränkte die Hände vor dem mächtigen Busen und wiederholte: »Ja, komisch ist das schon.«

Nach kurzem einträchtigen Schweigen kam Sprudel noch mal auf Roland Beckers Urlaubstage zu sprechen.

»Ja«, bestätigte Frau Bachl, »tagsüber war er meistens unterwegs. Seit ich im Vorruhestand bin, arbeite ich viel im Garten« – sie deutete auf etliche Gemüsebeete, die sich auf der Südseite erstreckten – »und hab ihn am Vormittag oft weggehen sehen.«

Frau Bachl dachte einen Moment lang nach. »Er hat mir aber

nie gesagt, wohin er wollte.« Sie legte die Stirn in Falten. »Das ist eigentlich auch komisch. Normalerweise hat er gern ein Schwätzchen mit mir gehalten und mir erzählt, was sich bei ihm so tut. Aber in der letzten Zeit ist er recht einsilbig gewesen – und irgendwie umtriebig.«

»Ja, das hat uns auch Sorgen gemacht«, sagte Sprudel, als hätte er Roland Becker selbst so erlebt.

»Und Sie wüssten niemanden, dem er sich anvertraut haben könnte?«, legte Fanni nach.

Frau Bachl verneinte bedauernd. Plötzlich wirkte sie alarmiert. »Sie glauben doch nicht, dass ihm etwas zugestoßen ist?«

»Wie gesagt«, antwortete Sprudel, »wir machen uns Sorgen. Vielleicht hat Roland mit jemandem Ärger gehabt, vielleicht ist es zu einem handfesten Streit gekommen, zu einer Schlägerei …«

Frau Bachl schlug sich entsetzt beide Hände vor den Mund und ließ sie nach einem Augenblick kraftlos heruntersinken. »Zusammengeschlagen … liegen geblieben … irgendwo im Wald … im Schilf … verblutet … ertrunken … der Roland …«, stammelte sie.

»Wir wollen den Teufel nicht an die Wand malen«, sagte Sprudel beschwichtigend.

»Aber auch uns wäre wohler, wenn wir wüssten, dass es ihm gut geht«, sagte Fanni und erhob sich. »Würden Sie uns Bescheid sagen, wenn Sie etwas von ihm hören?«

»Oder wenn Ihnen sonst noch etwas einfällt?«, fügte Sprudel hinzu und erhob sich ebenfalls.

Frau Bachl nickte und wuchtete ihr Gewicht von der Bank hoch.

Sprudel schrieb seine Handynummer auf ein Blatt Papier, das er aus seiner Brieftasche genommen hatte. Dann verabschiedete er sich und wandte sich zum Gehen. Fanni stand noch immer da und sah Frau Bachl nachdenklich an.

»Ob es wohl sein könnte«, begann Fanni zögernd, »dass in Rolands Wohnung etwas herumliegt, das uns Aufschluss geben …« Sie versandete.

»Ein Brief«, sprang Sprudel reaktionsschnell ein. »Eine Nachricht, die ihn dazu veranlasst hat, Hals über Kopf wegzufahren.«

Frau Bachl kämpfte sichtlich mit sich. »Also, ich weiß nicht … Das geht aber nicht … Ich kann doch nicht …«

»Vielleicht hat er ja für Sie eine Notiz hinterlassen«, schob Fanni nach.

Klar, unter seiner Matratze höchstwahrscheinlich!

Ja, dachte Fanni, Frau Bachl wird jetzt begreiflicherweise antworten, dass Roland eine solche Notiz nicht in seiner Wohnung hinterlassen hätte, sondern in ihrer oder im Treppenhaus oder an die Haustür gepinnt.

Doch zu ihrer Überraschung sagte Frau Bachl mit fester Stimme: »Wir sehen nach. Wenn ich mir vorstelle, dass ihm etwas zugestoßen sein könnte, und wir haben nicht …« Sie gab sich einen Ruck und stapfte entschlossen auf die Haustür zu.

Es dauerte einige Zeit, bis sie sich die Stufen zum Obergeschoss hinaufgequält hatte. Fanni und Sprudel folgten ihr dicht auf den Fersen.

Die Treppe endete in einem quadratischen Absatz, von dem eine einzige Tür wegführte.

Frau Bachl drückte die Klinke hinunter. Die Tür ging mit leisem Quietschen auf. »Er schließt nie ab«, sagte Frau Bachl in dem gleichen Ton, in dem man sagen würde: »Die Donau fließt ins Schwarze Meer«, und trat ein. Plötzlich blieb sie wie erstarrt stehen.

Fanni zwängte sich an ihr vorbei und machte ein paar Schritte in den Raum hinein, der sich vor ihr auftat.

Tante Luises Informantin hatte insofern recht, dachte sie, dass Roland in diesem Hexenhäuschen hier ein Domizil hat, das nur aus einem einzigen Zimmer besteht. Fanni ließ ihren Blick über den Schreibtisch schweifen, der am vordersten Fenster stand und ziemlich unordentlich mit Zetteln, Stiften, Zeitschriften –

Schreibkram halt!

– bedeckt war. Mitten in dem Durcheinander befand sich der Bildschirm eines Rechners. Er musste eingeschaltet sein, denn obwohl er dunkel war, gab er ein leises Rauschen von sich.

Fannis spionierender Blick wanderte weiter zu einer Art Theke mit drei Barhockern und zu einer Anrichte mit halb offen stehenden Türen, die eine hinreichende Sicht auf Teller, Tassen und Gläser ermöglichten. Er eilte geschwind darüber hinweg zu einem

Sofa, auf dem von Büchern bis hin zu bunten Kartons alles Mögliche herumlag, und von dort an das Ende des Raumes zu einem Paravent, hinter dem Fanni Rolands Schlafecke vermutete.

Besonders ordentlich war er ja nicht, der Gute!

Fanni hob unmerklich die Schultern. Standard heutzutage, dachte sie, in Leos Singlehaushalt sieht es ähnlich aus, soviel ich weiß.

Ihr Blick war zu Frau Bachl zurückgekehrt, und erst jetzt merkte sie, dass die Hausherrin den Atem anzuhalten schien und sich auf ihren dicken Backen rote Flecken gebildet hatten.

Herzanfall?

Bevor Fanni nachfragen konnte, rief Frau Bachl: »Wer hat denn hier herumgewühlt? Wer hat denn Rolands Schreibtisch verwüstet? Wer hat den Computer eingeschaltet?«

»Das wird er wohl selbst gewesen sein«, sagte Sprudel über die Schulter von Frau Bachl hinweg. »War anscheinend in Eile, der Junge.«

»Nein«, rief Frau Bachl. »Niemals hätte er so eine Unordnung hinterlassen. Auf seinem Schreibtisch schon gar nicht. Wo er doch immer so akkurat ist, der Roland.« Schwer atmend trat sie weiter in den Raum hinein, schaute wie gehetzt von einer Wand zur andern.

»Hier ist ein Dieb gewesen«, keuchte sie plötzlich. »Hier hat ein Dieb nach Wertsachen gesucht und dabei alles auf den Kopf gestellt. Aber wie ist der …?«

Auf einmal schoss sie wie ein gereiztes Nashorn auf den Paravent zu.

Noch bevor sie ihn erreichte, erkannte Fanni, dass sich daneben eine Tür befand. Frau Bachl riss diese Tür auf und brach in den dahinter liegenden Raum.

Fanni und Sprudel durchquerten die Wohnung nun ebenfalls und fanden Frau Bachl in einem kleinen Badezimmer, wo sie sich aus dem weit geöffneten Fenster lehnte.

»Da, da!«, schrie sie, zwängte nun auch einen ihrer dicken Arme durch die Fensteröffnung und deutete hinunter. »Da ist er heraufgeklettert. Und meine Petersilie hat er zertreten – und die Endivienpflanzen auch. Die waren aber heute früh noch in Ordnung.

Der Kerl muss mitten am Nachmittag eingestiegen sein. Um vier, als ich beim Metzger war.«

Fanni sah keine Möglichkeit, einen Blick nach unten zu werfen, weil die Fensteröffnung komplett von Frau Bachl ausgefüllt war.

Es spielt ja auch keine Rolle, dachte sie, wann und woran der Dieb heraufgeklettert ist. Bedeutsam ist, dass die Bachl von einem Einbruch ausgeht.

»Aber das Fenster ist doch völlig unbeschädigt«, hörte sie Sprudels Stimme.

Frau Bachl wand sich durch die Öffnung zurück nach drinnen und sah Sprudel verwirrt an.

»Wie soll denn der Dieb hereingekommen sein, ohne die Scheibe einzuschlagen?«, fragte der.

Frau Bachl schnaufte heftig. »Das Fenster, das Badfenster da, das steht den ganzen Sommer über offen, damit die Bretter und die Leisten nicht schimmeln.« Sie deutete an die Decke, die mit Holz verschalt war. »›Das kann man getrost offen lassen, das Badfenster‹, sagt Roland immer, ›weil es so versteckt zwischen Dachrinne und Kaminvorsprung liegt, dass es von außen so gut wie nicht zu sehen ist.‹ Und halb zugewachsen ist es auch«, fügte sie hinzu.

Was für ein Glück für einen, der hier eindringen will! Er kann sein Vorhaben bei helllichtem Tag ausführen, ohne aufzufallen!

»Wir haben es also mit einem Einbrecher zu tun«, konstatierte Sprudel, »einem Dieb, der wusste oder herausfand, wie man hier hereinkommt, der eingestiegen ist und alles durcheinandergebracht hat. Aber was hat er gestohlen? Geld?«

Frau Bachl schüttelte den Kopf. »Roland hat nie viel Bargeld in der Wohnung. Mir hat er ja auch immer eingeschärft, nur kleine Beträge von der Bank zu holen.«

Sie trat wieder in den großen Raum und sah sich um. »Aber er besitzt eine schöne Stereoanlage, einen Fernseher mit Flachbildschirm …« – beides stand unangetastet auf einem niedrigen Sideboard, wie Fanni konstatierte – »… und einen Computer«, endete sie verstört. Nach einer Weile fügte sie ungläubig hinzu: »Aber alles ist ja noch da.«

»Der *Dieb*«, sagte Fanni trocken, »hat den Rechner nicht geklaut, sondern eingeschaltet.«

»Und er hat die Wohnung durchsucht«, ergänzte Sprudel.

»Wonach denn?«, heulte Frau Bachl.

»Vielleicht nach Aufzeichnungen«, sagte Sprudel, »nach einem Schriftstück oder einem Vertrag. Hat Roland mit jemandem Geschäfte gemacht?«

Frau Bachl hob und senkte die Schultern und schüttelte gleichzeitig den Kopf. »Was denn für Geschäfte?«

Weil sie darauf keine Antwort bekam, warf Frau Bachl einen letzten Blick in die Runde und wandte sich dann der Tür zu, die in den Flur führte.

»Sie sollten die Polizei informieren«, sagte Sprudel und folgte ihr auf den Flur hinaus.

Einen Augenblick später hörte Fanni die beiden die Treppe hinuntersteigen.

Sie selbst stand noch vor dem Schreibtisch und starrte auf den schlafenden Bildschirm des Rechners. Ein Fingerklick auf die Maus ließ ihn mit einer Klangfolge zum Leben erwachen.

Plötzlich blickte Fanni in die Gesichter von Schwester Monika, von Schwester Inge, von Schwester Sowieso. Roland hatte das gesamte Personal der Katherinenresidenz auf der Startseite.

Zwischen den Gesichtern entdeckte Fanni mit undefinierbaren Symbolen bezeichnete Ordner und fragte sich, welchen sie anklicken musste, um an Rolands relevante Dateien zu kommen.

Vergiss den Rechner! Selbst wenn Roland seine Dateien nicht mit einem Passwort geschützt hat, wirst du nichts finden, was dir weiterhilft! Da ist dir eindeutig einer zuvorgekommen!

Fanni gab ihrer ungeliebten Gedankenstimme ausnahmsweise recht.

Falls der Einbrecher irgendwelche Aufzeichnungen gesucht hat, sagte sie sich, muss er Rechner und Schreibtisch gründlich durchforstet haben.

Sie fasste die offen stehende Anrichte neben der Theke ins Auge: Geschirr, Besteck, ein Wasserkocher, und in einem Extrafach: Zucker, Kaffee, Tee.

Nur Frauen bewahren ihre Geheimnisse in Kaffeedosen auf!

Und Männer?, fragte sich Fanni. Im Gehäuse der Bohrmaschine?

Sie ging zum Sofa hinüber, beäugte den Flachbildschirm.

Flach und fugenlos verschweißt!

Ein Häufchen durcheinandergeworfener Broschüren belegte auf dem Sideboard den Platz zwischen TV-Gerät und Stereoanlage.

Hier ist auch schon rumgestöbert worden!

Roland könnte das, was der Einbrecher gesucht hat, in einer der Boxen verborgen haben, dachte Fanni.

Willst du die Dinger mit einer Axt zu Kleinholz machen, um nachzusehen?

Fanni schürzte die Lippen und stand unschlüssig herum.

Plötzlich fiel ihr Blick auf den CD-Ständer, eilte an den Schmalseiten der CDs hinauf und hinunter. Im unteren Drittel blieb er an einem CD-Rücken hängen, der aus einer weißen Spirale bestand.

Fannis rechte Hand griff automatisch zu und zog einen Spiralblock im DIN-A-6-Format aus dem Ständer.

»Fanni?« Der besorgte Ruf kam vom Fuß der Treppe.

Sie eilte hinunter, wo Sprudel sie erwartete.

Aus einem der Zimmer im Erdgeschoss hörte sie Frau Bachls erregte Stimme.

»Sie telefoniert gerade mit der Polizei«, raunte Sprudel.

Fanni nickte. »Sollte sie Roland nicht auch gleich als vermisst melden?«

Wenig später standen Fanni und Sprudel neben ihren Autos am Rand des Schlossparks.

Fanni hatte den Spiralblock aus der Hosentasche gefischt und fächerte ihn auf. Sprudel war dicht an sie herangetreten und musterte die beschriebenen Seiten.

»Kürzel«, sagte Fanni. »Buchstaben – Zahlen.«

»Kryptisch«, fand Sprudel.

»Persönliche Notizen halt«, sagte Fanni.

»Die nichts bedeuten müssen«, erwiderte Sprudel. »Was schreibt man sich nicht oft für Unsinn auf?«

»Jede Menge«, meinte Fanni, »aber dann geht man nicht her und sucht ein ziemlich gewitztes Versteck dafür.«

»Du hast recht«, sagte Sprudel. »Aber ob jemals einer schlau wird aus diesem Gekritzel?«

»Da muss man sich ganz konzentriert dransetzen«, beschied ihm Fanni, »und das werden wir tun, sobald wir uns Zeit dafür nehmen können.«

Sie stopfte den Block wieder in die Hosentasche.

»Fanni«, gab Sprudel zu bedenken, »das ist Unterschlagung von Beweismaterial.«

»Das ist unsinniges Gekritzel – wie du selbst sagtest – und beweist erst mal gar nichts«, erwiderte Fanni scharf.

Sprudel seufzte. »Diebstahl ist es aber schon.«

»Setzt dieses Delikt nicht voraus, dass die gestohlene Sache einen gewissen Wert …«, begann Fanni.

Sprudel winkte ab. »Schon gut, Rolands Notizen gehören dir. Dem besten Jäger gebührt die Beute.«

Fanni grinste zufrieden. Dann wurde sie wieder ernst. »Eigentlich erübrigt sich unser Ausflug zur Zellerhütte.« Obgleich sie Sprudels enttäuschte Miene bemerkte, fuhr sie fort: »Für mich steht jedenfalls fest, dass die Karte an Schwester Monika getürkt ist.« Sie zitierte aus dem Gedächtnis: »›… hier in den Bergen ist es so schön, dass ich einfach nicht wieder weggehen kann. Kurzerhand habe ich mich deshalb entschlossen, auf der Zellerhütte als Aushilfe …‹ Im glatten Gegensatz dazu beteuert aber Frau Bachl, dass Roland noch bis vor zwei Tagen da drüben«, sie deutete über die Straße auf das Hexenhaus, »aus und ein ging.«

»Dein Argument ist überzeugend«, antwortete Sprudel lahm und kratzte mit dem Daumennagel eine Rille in die Holplanke, an der er lehnte. Dann fügte er zögernd hinzu: »Roland könnte aber trotzdem auf dieser Hütte sein. Vielleicht ist er vor zwei Tagen überstürzt, aus einem Grund, den er geheim halten will, dorthin gefahren. Unterwegs hat er die Karte und den Brief eingeworfen.«

Fanni verzog das Gesicht. »Besonders plausibel hört sich das nicht an. Aber gut, warum nicht? Sehen wir nach, ob Roland überraschenderweise auf der Zellerhütte Betten bezieht.«

Sprudels Miene hellte sich auf.

»Das heißt aber«, fügte Fanni hinzu, »dass ich jetzt schnellstens nach Hause muss. Ich muss wegen Ivo mit Olga reden, muss packen …« Sie sprang in ihren Wagen. Über die Schulter rief sie zurück: »Morgen früh – zehn Uhr – Sportplatz.« Im Rückspiegel sah sie, dass Sprudel nickte. Er hatte verstanden.

6

Fannis Konzept fürs Wochenende fand rundum Anklang.

Olga Klein zeigte sich entzückt darüber, dass Fanni und Sprudel ihren Sohn mit nach Österreich nehmen wollten.

»Ich bin Ihnen wirklich dankbar«, sagte die Bäuerin. »Wir selbst können ja immer nur für ein paar Stunden wegfahren. Mit einem Stall voll Milchkühe ist man Jahr und Tag an den Hof angehängt. So oft habe ich mir schon überlegt, wie Ivo mal zu einem längeren Ausflug kommen könnte.«

Es verstand sich von selbst, dass die Kleins nichts über Sprudels Beteiligtsein an der Unternehmung ausplaudern würden. Besser als alle anderen in Erlenweiler und Umgebung – schließlich waren es ja Sprudel und Fanni gemeinsam gewesen, die den alten Klein im Fall Mirza vor dem Knast bewahrt hatten – wussten sie über die enge Freundschaft der beiden Bescheid.

Fanni nahm an, dass die Kleins nicht einmal über den Ausflug an sich reden würden, denn sie waren ebenso wenig wie Fanni daran interessiert, in Erlenweiler wieder einmal die Klatschwellen hochschlagen zu lassen.

Begreiflicherweise hatten sie genug davon, dass über Ivo, den Tschechenbankert, hergezogen wurde, den Bene, der Kretin, adoptiert hatte. Käme nun den Erlenweilern etwas über Fannis Vorhaben zu Ohren, würde auch Ivo sofort wieder ins Gerede geraten, und den Erlenweiler Ring hinauf und hinunter würde es heißen: »Der Tschechenbankert – man fasst es nicht – tritt mit Fanni Rot und ihrem Liebhaber eine Reise an.«

Olga war also freudig einverstanden, und die Kleins würden verschwiegen sein.

Max, der wie ausgemacht am Freitagabend mit Leni in Erlenweiler angekommen war, zeigte sich enthusiastisch, als er erfuhr, dass er schier das komplette Wochenende mit seinem Freund auf einem österreichischen Bauernhof verbringen durfte.

Fanni setzte ihren Enkel allerdings erst ins Bild, nachdem sich

Hans Rot planmäßig am Samstag früh mit seinem Kegelclub nach Oberammergau aufgemacht hatte.

Als die Luft rein war, nahm Fanni ihren Enkel beiseite und berichtete ihm von den Reiseplänen.

»Mit Ivo«, jubelte Max. »Mit meinem besten Freund Ivo. Auf einen Bauernhof. Zu ganz besonderen Kühen.«

»Mit Ivo«, bestätigte Fanni. Dann sah sie Max eindringlich an. »Aber vielleicht ist es besser, dem Opa nichts von unserem Ausflug zu erzählen.«

»Opa ist ja eh nicht da«, sagte Max.

»Später, meine ich, wenn wir zurück sind und er auch«, erklärte Fanni.

Da legte Max verschwörerisch den Zeigefinger auf die Lippen. »Der Opa kann den Ivo nicht leiden, den Bene nicht, die Olga nicht und den Bauer Klein erst recht nicht. Da wäre es ja echt gemein, wenn wir ihm lang und breit von einem Ausflug mit Ivo erzählen würden.«

Fanni atmete auf. Ihr Enkel würde dichthalten. Er würde Hans gegenüber weder den Ausflug erwähnen noch Ivo, und vor allem nicht – Sprudel.

Leni zwinkerte ihrer Mutter verschwörerisch zu. »Heiße Aktion: Die Verfemten von Erlenweiler organisieren sich!«

Leni hatte von dem Hintergrund, der zu Fannis Reiseplan geführt hatte, keine Ahnung. Denn gleich nach ihrer gestrigen Ankunft war sie zum Hütterl gefahren und hatte mit Marco dort übernachtet. Erst vor wenigen Minuten war sie zurückgekommen, um zu duschen und die Kleidung zu wechseln. Und nun war sie bereits wieder auf dem Sprung, weil sie und Marco sich auf den Weg nach Klattau machen mussten.

Nachdem Leni winkend hinausgehüpft war, holte Fanni ihre Reisetasche, die sie am Freitag spätabends noch gepackt hatte, aus dem Keller. Gleich darauf stieg sie noch einmal hinunter und brachte ihren Rucksack, den Beutel mit den Bergschuhen und die Kühlbox mit den Lebensmitteln herauf. Sämtliche Gepäckstücke hatten hinter dem Bügelbrett vor Hans Rots Augen verborgen auf den Zeitpunkt der Abfahrt warten müssen.

Und der war jetzt da.

Fanni belud den Kofferraum, ließ Max und Ivo einsteigen und schickte sich an, den Wagen zu starten.

Tags zuvor, noch am Schlosspark, hatte sie Sprudel zu verstehen gegeben, dass sie ihn am heutigen Morgen gegen zehn Uhr am Sportplatz abholen würde. Sprudels Wagen konnte dort unter der Zuschauertribüne übers Wochenende stehen bleiben, ohne dass er auffiel.

Als Fanni den Zündschlüssel drehte, gab der Motor nur ein leises, sieches Röcheln von sich. Sie zog den Schlüssel heraus, steckte ihn erneut ins Schloss und ließ ihn mal nach rechts, mal nach links schnappen. Links tat sich gar nichts, rechts konnte man zuweilen ein gedämpftes Wimmern vernehmen.

Unter fachmännischer Anleitung der beiden Buben versuchte Fanni daraufhin (während sie den Zündschlüssel rechts gedreht hielt) mit verschiedensten Taktiken, den Motor zum Laufen zu bringen. Sie trat mal sanft, mal heftig aufs Gaspedal, legte verschiedene Gänge ein (einmal sogar den Rückwärtsgang), trat auf die Kupplung, ließ sie wieder los.

Der einzige Erfolg all jener Manöver war, dass auch noch das kränkliche Wimmern erstarb. Stille. Unter der Motorhaube tat sich kein Mucks mehr.

Auch die Buben verstummten und sahen Fanni mit ängstlichen Gesichtern an.

Sie zückte ihr Handy. »Dann muss Sprudel halt herkommen, und wir nehmen seinen Wagen für die Fahrt nach Windischgarsten.«

Na wunderbar! Warum setzt du nicht gleich eine Anzeige in die Passauer Neue Presse? »Fanni Rot macht sich – kaum hat ihr Hans Rot den Rücken gekehrt – mit ihrem Romeo auf ins Wochenende«!

Sollen sie uns doch alle zusehen bei unserem Aufbruch, dachte Fanni ungerührt. Und bevor sie sich das Maul zerreißen, müssten sie dringend mal überlegen, ob sie es nicht nötiger haben, vor der eigenen Tür zu kehren.

Das Umladen der Gepäckstücke in Sprudels Wagen dauerte keine Minute. Die Buben saßen bereits angeschnallt im Fond, als Fanni ihrem indisponierten Auto einen letzten missbilligenden Blick zuwarf und auf den Beifahrersitz neben Sprudel schlüpfte.

Gleich darauf bogen sie in die Hauptstraße ein.

Alle Achtung, Stellungswechsel in Rekordzeit geschafft! Aber glaub bloß nicht, dass die Nachbarn ihre Augen nur zwischen den eigenen vier Wänden hatten und das Geschehen unkommentiert lassen!

Nachdem sie das konstant überfüllte Autobahnstück zwischen Deggendorf und Passau hinter sich hatten, kamen sie gut voran.

»Die Mama hat im Bauernblatt einen Artikel über erstklassige Milchkühe gelesen, die in Windischgarsten gezüchtet worden sind«, erzählte Ivo auf der Höhe von Wels. »›Das müssen doch genau die Kühe sein‹, hat sie gesagt, ›die beim Bauer am Gunst im Stall stehen.‹ Und da bin ich jetzt echt gespannt.«

Ivo hat wirklich das Zeug dazu, den Klein-Hof zum Vorzeigebetrieb zu machen, dachte Fanni.

Aber spätestens dann wird sich die Geringschätzung, die ihm die Einheimischen jetzt schon entgegenbringen, in Neid und Missgunst verwandeln.

In Erlenweiler, stimmte Fanni ihrer altklugen Gedankenstimme zu, wobei ihr auffiel, dass sich in letzter Zeit die Einhelligkeiten häuften (was sich vermutlich aber nicht einbürgern würde), wird Ivo sein Leben lang mit dem Handicap des Geächteten fertig werden müssen. Handicaps scheinen zu den Kleins zu gehören wie Muttermale. Der Alte wurde zeitlebens als Bösewicht verteufelt, sein Sohn als Kretin, Ivo als Abschaum.

Sie hatten Kirchdorf passiert, und je näher sie ihrem Ziel am Fuß des Pyhrnpasses kamen, desto unruhiger wirkte Sprudel.

Fanni sah ihn fragend an.

Er räusperte sich. »Du hast beim Bauer am Gunst ein Apartment für uns bestellt?«

Sie nickte.

Nochmaliges Räuspern. »Ich wollte dich das gestern schon fragen.«

Fanni wartete.

Erneutes Räuspern. »Wie viele Schlafzimmer hat dieses Apartment denn?«

Fanni verbiss sich das Lachen. »Zwei«, gab sie gepresst zur Antwort.

»Zwei!« Sprudel klang alarmiert.

»Eins für die Buben, das hat Stockbetten …« Fanni verstummte.

Nun hör schon auf, ihn zum Besten zu halten.

Sprudel hatte die Hände ums Lenkrad gekrampft.

Da berührte Fanni sanft seinen Arm. »Sprudel, Sprudel. Du denkst, ich will dich reinlegen, auf die Probe stellen oder sonst was Kindisches. Schäm dich.«

Er sah jetzt so verwirrt, ja fast gequält aus, dass Fanni ihn nicht mehr länger zappeln lassen konnte.

»In dem Bauernhaus am Gunst«, erklärte sie ihm, »gibt es in der ersten Etage zwei Apartments und ein Extrazimmer mit Bad. Ich dachte mir, dieses Zimmer mit Bad hättest du gern für dich.« Sie beobachtete Sprudels Reaktion genau: Erleichterung? Enttäuschung?

Beides. Ein Widerstreit der Gefühle.

Die Buben sprangen aus dem Wagen, kaum dass er zum Stehen gekommen war, schossen auf den Stall zu, rasten durch das offene Tor und waren verschwunden.

Fanni sah ihnen kopfschüttelnd nach.

Inzwischen war die Bäuerin aus dem Haus getreten.

Nachdem sie Fanni und Sprudel herzlich begrüßt hatte, sagte sie: »Machen S' nur in aller Ruhe Ihre Wanderung. »Lassen S' sich Zeit. Ich hab schon ein Aug auf die zwei.«

Fanni dankte ihr und bat sie, die Buben – wann immer nötig – nachdrücklichst in die Schranken zu weisen.

Dann brachten sie und Sprudel das Gepäck nach oben. Während Fanni den Kühlschrank füllte, stellte Sprudel für Max und Ivo Orangensaft, belegte Brote und Kekse auf dem Esstisch bereit.

Kurz darauf stiegen sie erneut in den Wagen, um sich in Richtung Vorderstoder auf den Weg zu machen. Dort zweigte kurz hinter einer Kapelle ein schmales Sträßchen zum Schafferteich ab, dem Ausgangspunkt zur Zellerhütte.

Auf dem Parkplatz oberhalb des Schafferteichs schnürten Fanni und Sprudel ihre Bergstiefel, schulterten die Rucksäcke und stapften los.

Der Pfad führte durch einen Wald bergwärts.

Nach einer knappen Stunde querten sie eine Forststraße und merkten, dass sie sich schon rechter Hand der Talstation einer Materialseilbahn befanden, deren im Wind schwankende Stahltrosse die Zellerhütte mit allem Nötigen versorgten.

»Ab hier wird es steil«, sagte Fanni.

Sprudel wischte sich mit seinem Taschentuch die Stirn.

Nach einer weiteren Stunde hatten sie die Steilstufe überwunden. Die kleine, ebene Fläche, auf der die Hütte stand, tauchte vor ihnen auf.

Weil eine wärmende Sonne schien, die ihre schweißgetränkten T-Shirts schnell trocknen würde, wählten sie einen der Tische im Freien.

Eine Frau in den Dreißigern fragte nach ihren Wünschen.

Roland Becker!

Als ob wir mit der Tür ins Haus fallen könnten, wies Fanni ihre Gedankenstimme zurecht.

Sie bestellten Getränke und eine steyrische Brotzeitplatte. Erst später, als die Frau zum Kassieren wieder an den Tisch trat, sagte Fanni: »Wir glaubten, einen Freund hier anzutreffen. Zu Hause hieß es, er würde den Sommer über auf der Zellerhütte aushelfen.«

Die Frau verneinte erstaunt. »Ich weiß von keiner Aushilfe. Der Wirt und die Wirtin tun die ganze Arbeit allein. Ich komm nur zum Bedienen her – am Wochenende, in der Ferienzeit manchmal auch werktags. Ich bin die Rosmarie.«

»Vielleicht ist unser Freund auch einfach als Gast hier«, warf Sprudel ein. »Er heißt Roland Becker.«

»Roland …« Rosmarie dachte nach. »Also in der letzten Zeit ist kein Roland da gewesen. Aber es stellt sich ja nicht jeder mit Namen vor.«

Fanni begann, in ihrem Rucksack zu kramen. »Ich kann Ihnen den Roland mal zeigen.« Sie fand die Broschüre, mit der die Katherinenresidenz für sich warb, und schlug die Seite auf, auf der das Personal vor dem Eingangsportal abgebildet war.

»So sieht er aus.« Fanni tippte mit dem Zeigefinger auf Roland Beckers eigenwilliges Gesicht.

»Fescher Kerl«, sagte Rosmarie, »aber gesehen habe ich den noch nie.« Sie ließ den Blick über die Pflegeheim-Belegschaft gleiten.

Fanni beobachtete, wie Rosmaries Augenmerk kurz an Erwin Hannos pompöser Gestalt hängen blieb, wie ihr Blick einen Moment lang Verenas Figur abtastete, weiterwanderte, den Rand des Fotos erreichte, verweilte und dann mit einem Ruck an einen bestimmten Punkt zurückkehrte.

»Aber die da kenn ich«, rief Rosmarie und bohrte ihren spitzen Fingernagel in die blonden Locken einer hübschen jungen Frau.

Es ist eine der Schwestern, ich habe sie schon Medikamente austeilen sehen, dachte Fanni und versuchte, sich zu erinnern, wie die Blonde hieß.

Inge, es muss Schwester Inge sein, sagte sie sich nach einigem Nachdenken.

Fanni horchte auf, weil sie Rosmarie auf eine Frage von Sprudel antworten hörte, die ihr entgangen war. »Nein, nicht hier auf der Hütte, im Dilly's.«

»Dilly's?«, kam es synchron von Fanni und Sprudel.

»Das ist unser Wellnesshotel in Windischgarsten«, erklärte Rosmarie. »Da arbeite ich den Winter über im Service. Und die da«, der Fingernagel kratzte eine blinde Stelle in die Glanzschicht des Fotos, »die ist mir schon ein paarmal aufgefallen, weil sie immer allein an einem Tisch sitzt – dabei ist sie so eine Herzige.«

»Die Frau auf dem Foto hat in dem Wellnesshotel schon öfter Urlaub gemacht?«, fragte Sprudel nach.

Rosmarie winkte geringschätzig ab. »Länger als zwei Tage hat sie sich nie im Dilly's aufgehalten, hat halt immer ein Wochenendpauschalangebot genutzt.«

Am Nebentisch ließ sich soeben eine Gruppe nieder, die offensichtlich vom Warscheneck zurückgekommen war, für dessen Ersteigung die Zellerhütte als Stützpunkt diente.

»Rosmarie, willst uns verdursten lassen?«, tönte es herüber. »Rosmarie, was glaubst, wie nötig wir ein Bier haben?«

Offenbar waren es Einheimische. Rosmarie wandte sich ihnen lachend zu.

»Also dann, vier Weizen, zwei Radler.«

Nachdem Rosmarie sie wieder sich selbst überlassen hatte, kamen Fanni und Sprudel überein, dass es stümperhaft wäre, nicht auch noch Wirt und Wirtin nach Roland zu fragen.

Sie fanden die Wirtin beim Gläserspülen in der Küche und den Wirt beim Holzhacken hinter der Hütte. Beide antworteten kurz und bündig, den Namen Roland Becker hätten sie nie gehört, und der Mann auf dem Foto sei ihnen ebenso unbekannt wie alle übrigen Personen darauf.

Da verstaute Fanni die Broschüre wieder in ihrem Rucksack, schwang ihn auf den Rücken, nickte Sprudel zu, und sie begannen den Abstieg ins Tal.

Die erste steile Wegpassage brachten sie schweigend hinter sich, denn auf dem engen Pfad mussten sie hintereinander laufen und verstärkt auf ihren Tritt achten, was eine Unterhaltung schier unmöglich machte.

Als sie die Talstation der Materialseilbahn erreicht hatten, von wo an der Weg bequemer wurde, sagte Sprudel: »Kann das ein Zufall sein?«

Fanni wusste sofort, was er meinte. Auch sie hatte die ganze Zeit über einen möglichen Zusammenhang zwischen Schwester Inges Aufenthalten im Dilly's und jener Postkarte gegrübelt, die annehmen lassen wollte, Roland Becker würde den Sommer auf der Zellerhütte verbringen.

»Nein, an Zufall will ich nicht recht glauben«, antwortete sie. »Aber ich kann nicht den winzigsten – ähm – Verbindungsgrat sehen.«

Verbindungsgrat? Nun gut, wir befinden uns in den Bergen!

»Dann muss es doch Zufall sein«, brummte Sprudel.

»Auf jeden Fall ist die ganze Angelegenheit undurchsichtig und verworren«, sagte Fanni. »Es lässt sich überhaupt keine Linie erkennen, der man folgen könnte. Nur eins scheint jetzt klar zu sein: Die Nachrichten sind getürkt; das heißt, die Wahrscheinlichkeit, dass Roland tatsächlich tot ist, wird immer größer.«

»Linie«, wiederholte Sprudel versonnen. »Wenn ich mir die beiden Informationen als geometrische Figur vorstelle, sehe ich zwei Vektoren, die von der Katherinenresidenz nach Windischgarsten weisen.«

»Womöglich gibt es sogar noch einen dritten«, sagte Fanni amüsiert. »Einen, der den andern beiden die Richtung anzeigt, oder einen, der sie kreuzt.«

Sprudel sah sie missbilligend an. »Rosmarie hat aber auf dem Foto außer der Schwester niemanden erkannt.«

»Was nichts heißen muss«, entgegnete Fanni.

»Das würde ich nicht sagen«, widersprach Sprudel. »Windischgarsten ist ein recht kleiner Ort. Rosmarie arbeitet in der Gastronomie …«

»Trotzdem«, entschied Fanni. »Rosmarie kann nicht jeden kennen, der sich hier in der Gegend rumtreibt, auch wenn er fünfmal auf dem Foto abgebildet wäre.«

Weil Sprudel daraufhin schwieg, fuhr sie fort: »Aber lassen wir den hypothetischen dritten Vektor getrost beiseite. Wir haben nämlich schon genug mit den beiden zu tun, die sich uns zeigen. Wenn es sich also nicht um einen wirklich seltsamen Zufall handelt, muss es einen Zusammenhang zwischen Schwester Inges Aufenthalt in diesem Dilly's und der Falschmeldung geben, Roland befände sich auf der Zellerhütte.«

Sie hatten es jetzt nicht mehr weit zum Schafferteich. Die Sonne stand so kurz nach Johannis noch hoch.

»Sechs Uhr«, sagte Fanni mit einem Blick auf ihre Armbanduhr. »Melkzeit.«

»Du glaubst also, die Buben sind nach wie vor im Stall?«, fragte Sprudel.

»Und da werden sie allermindestens bis halb acht auch bleiben«, antwortete Fanni.

Sprudel deutete auf das grasbewachsene Teichufer, das vor ihnen lag. »Haben wir uns nicht eine kleine Rast verdient?«

»Ein halbes Stündchen könnten wir uns schon gönnen«, erwiderte Fanni. »Dann müssen wir aber zurück und fürs Abendbrot sorgen. Ich habe den beiden Spaghetti Carbonara angekündigt.«

Sie warfen die Rucksäcke in den Kofferraum des Wagens, zogen die Bergstiefel aus und liefen auf den Teich zu. Sprudel hatte eine plüschige Decke von der rückwärtigen Ablage genommen, die er unter dem Arm trug. Auf einem satten Graspolster nahe der Wasserfläche breitete er sie aus.

Und dann lagen sie in der Abendsonne, und jene wohlige Müdigkeit, die der Lohn einer moderaten Aktivität im Freien ist, überkam sie.

Sprudel nahm Fannis Hand und behielt sie in der seinen.

Fanni döste ein.

Doch das erwies sich als zerstörerisch für die Idylle.

Sie schreckte von einem Traumbild hoch, in dem die Schwestern der Katherinenresidenz mit Nagelscheren und Pinzetten auf Roland Becker einstachen.

»Was, wenn ihn eine der Schwestern auf dem Gewissen hat?«, sagte sie wachgerüttelt.

»Motiv: verschmähte Liebe«, antwortete Sprudel lethargisch.

Fanni setzte sich auf. »Aber wie hätte sie Rolands Leiche ohne Hilfe beseitigen sollen?«

Sprudel seufzte. Die Ruhepause war offensichtlich zu Ende.

Die Buben hatten bereitwillig beim Abwasch geholfen. Nun saßen sie am Esstisch, die Köpfe über einen Bildband gebeugt, den ihnen der Bauer am Gunst ausgeliehen hatte.

Kühe sämtlicher Rassen starrten Fanni von den Seiten des Buches entgegen. »Pinzgauer«, las sie als Überschrift zu einem Begleittext, »Landshorthorns« als Kopfzeile eines anderen.

Sie stellte eine Schale mit Keksen neben den Wälzer auf den Tisch.

Dann warf sie einen Blick in die Runde, registrierte befriedigt, dass die Küche ordentlich aufgeräumt und die Saftgläser der Buben gut gefüllt waren, und wandte sich Sprudel zu, der es sich auf dem Sofa in der Wohnküche bequem gemacht hatte. Auf einem niedrigen Schemel, der eigentlich als Fußstütze gedacht war, hatte er zwei Weingläser und eine Flasche Montepulciano d'Abruzzo bereitgestellt.

Sie sah ihn fragend an. »Enigma?«

Sprudel nickte ergeben. »Also gut, versuchen wir es halt.«

Fanni lächelte, eilte in ihr Schlafzimmer, nahm den Spiralblock, den sie zwischen Roland Beckers CDs gefunden hatte, aus einem Seitenfach ihrer Reisetasche, kehrte zu Sprudel zurück und ließ sich mit Schwung neben ihn aufs Sofa fallen.

Max und Ivo sahen für einen kurzen Moment irritiert von den Rindviechern auf.

»Versuchen wir also, Rolands Privat-Code zu knacken«, sagte Fanni und schlug die erste Blockseite auf.

»H.E. 2.6.09« stand wie eine Überschrift in der ersten Zeile. Die zweite und dritte Zeile waren freigelassen. Darunter befanden sich Kürzel und Zahlen:

»So 500
Ma 1000
Pu 200
Kon 400
Pi 400«.

Alle folgenden Seiten sahen ähnlich aus. Auffällig war, dass die jeweilige Überschrift manchmal ein Datum beinhaltete und manchmal nicht. Falls ein Datum dastand, sah es jedoch immer so aus, als wäre es später hinzugefügt worden.

Sprudel seufzte hörbar. »Wie sollen wir jemals hinter den Sinn dieses Geschreibsels kommen? Solche Buchstaben-Zahlen-Kolonnen können ja alles Mögliche bedeuten, Einnahmen-Ausgaben-Aufstellungen, Bestelllisten …«

»Was auch immer dahintersteckt«, erwiderte Fanni eindringlich, »es muss brisant sein. Warum in aller Welt hätte Roland die Notizen zwischen seinen CDs verstecken sollen, wenn sie nur die Ausgaben für seinen Haushalt betreffen oder … oder die Drehzahlen von Automotoren?«

Sprudel prustete vernehmlich. Erneut blickten Max und Ivo irritiert von ihrem Buch auf.

Fanni blätterte die Seiten des Blocks vor und zurück, starrte mal auf diese, mal auf jene, überlegte hin und her.

Plötzlich wiederholte sie abwägend das zuvor von Sprudel benutzte Wort »Bestelllisten«.

Sprudel zog fragend eine Braue hoch.

»Es könnte passen«, murmelte Fanni.

Sprudel wartete gelassen.

Nach einer Weile fuhr sie fort: »Möglicherweise sagen uns diese Aufzeichnungen, dass Roland Becker von den Bewohnern der Katherinenresidenz Bestellungen entgegengenommen hat.«

»Du denkst an Medikamente?«, sagte Sprudel.

Fanni nickte. »Vielleicht hat Roland illegal mit irgendwelchen Beruhigungspillen oder Ähnlichem gehandelt?«

Darüber dachte Sprudel lange mit geschlossenen Augen nach. Als Fanni schon meinte, er sei eingeschlafen, sagte er: »Müssten wir es dann nicht mit einem ganz anderen Mordopfer zu tun haben?« Er begann an den Fingern abzuzählen: »Roland Becker tätigt unerlaubte Geschäfte, der Pflegedienstleiter kommt ihm auf die Schliche, droht, ihn zu entlassen, vielleicht sogar, ihn anzuzeigen …«

»Und Roland sieht keinen anderen Ausweg, als Erwin Hanno totzuschlagen«, schloss Fanni nüchtern. »Aber Hanno lebt, und Roland ist tot – besser gesagt: verschwunden.«

Plötzlich fuhr sie zusammen. »Roland sieht keinen anderen Ausweg! Er sieht keinen anderen Ausweg, als seinen eigenen Tod zu inszenieren. Er schüttet sich Ketchup aufs Hemd, legt sich auf die Hintertreppe, stellt sich tot und wartet, bis jemand vorbeikommt. Nachdem er sicher ist, entdeckt worden zu sein, verdrückt er sich.«

Sprudel starrte sie einen Augenblick verdattert an, dann rief er: »Fanni, das ist doch Unsinn.«

Max und Ivo hoben die Köpfe, schauten sich an, nickten sich zu, nahmen Buch und Gläser und steuerten in Richtung ihres Schlafraums.

Fanni rieb sich die Stirn.

Sprudel nahm ihre Hand in die seine. »Warum sollte Becker seinen Tod vortäuschen, gleichzeitig aber Mitteilungen verschicken, die besagen, er befände sich auf der Zellerhütte? Und selbst wenn er aus weiß Gott welchen Gründen so was Verrücktes ausgebrütet hätte – nie im Leben hätte er davon ausgehen können, dass in einem Seniorenheim, wo ja wohl hauptsächlich Schwestern treppauf, treppab eilen, jemand seine vermeintliche Leiche auffinden und weglaufen würde, ohne ihr zuvor den Finger an die Pulsader zu legen. Wobei dazu noch jedem, der sich zu ihm hinuntergebeugt hätte, der Geruch von Tomatenketchup in die Nase gestiegen wäre.«

Fanni drückte seine Hand. »Habe ich zu viel Wein getrunken?«

Sprudel hob die Flasche hoch. Sie war noch zu einem Viertel voll.

»Es liegt nicht am Wein«, sagte er. »Es liegt daran, dass es in diesem Fall zu wenig Konkretes gibt und zu viele Ungereimtheiten. Das vermag einen schon mal auf Irrwege zu bringen. Wir sollten Schluss machen für heute.«

Doch das konnte Fanni nicht.

Sie nahm den Spiralblock, den sie am Rand des Sofas abgelegt hatte, und blätterte ihn zum x-ten Mal durch; las murmelnd die Überschriften. »A.S. 24.9., R.N., O.P. 13.10. …« Auf einer der Seiten stand: »L.B. 22.6.« Diesen Eintrag starrte Fanni lange an. Schließlich begann sie zögernd zu sprechen:

»Am Mittwoch, dem 23. Juni, habe ich Roland tot oder schwer verletzt auf der Hintertreppe entdeckt. Tags zuvor – also am 22. – ist Herr Bonner verstorben. Falls Herr Bonner mit Vornamen Ludwig hieß oder Leopold, handelt es sich bei den Überschriften um Initialen und Sterbedaten von Bewohnern der Katherinenresidenz.«

Sprudel wirkte beeindruckt. »Das würde auch begreiflich machen, warum nicht neben allen Initialen Daten stehen.«

Fanni nickte zufrieden. »Die Überschriften könnten damit geklärt sein. Aber was bedeuten die Kürzel und Zahlen darunter?«

»Wir müssen das überschlafen«, verlangte Sprudel.

Diesmal stimmte ihm Fanni zu.

Sie stand auf, verließ die Küche und warf einen Blick in das Zimmer der Jungen. Beide lagen schlafend auf dem unteren Bett, der Bildband offen zwischen ihnen. Ivos Kinn ruhte auf dem Euter einer schwarz-weiß gescheckten Kuh.

Wie Fanni vorhergesehen hatte, konnten sie am folgenden Tag die Heimreise erst gegen Mittag antreten. Und selbst das kostete

Fanni das feste Versprechen auf weitere gemeinsame Wochenenden von Max und Ivo im Stall vom Bauer am Gunst.

Die Bäuerin lud sie beim Abschied herzlich zum Wiederkommen ein und drückte Fanni ein Päckchen Broschüren in die Hand. »Schaun Sie sich die Prospekte an, Frau Rot, dann werden Sie selbst sehen, was unsere Region alles zu bieten hat. Zwischen Pyhrn und Priel hat sich eine Menge getan in den letzten Jahren. Ihnen wird nicht langweilig werden, wenn Sie wiederkommen.«

Fanni dankte ihr lächelnd. »Nein, langweilig wird einem hier bestimmt nicht.«

Sie und Sprudel hatten am Morgen gemütlich gefrühstückt und danach noch mal fruchtlos über Rolands Aufzeichnungen gebrütet, bis Fanni zu Sprudels Erstaunen »Jetzt reicht's mir aber« gerufen und angekündigt hatte: »Morgen besuche ich Tante Luise in der Katherinenresidenz und zeige ihr den Notizblock. Wenn jemand mit diesen Kürzeln was anfangen kann, dann sie.«

»Den Versuch ist es wert«, hatte ihr Sprudel bereitwilligst beigepflichtet.

Dann hatten sie einen kleinen Spaziergang um den Psalmenweg im Kirchenpark gemacht; nach ihrer Rückkehr auf den Hof hatten sie noch ein Schwätzchen mit der Bäuerin gehalten.

Nun saßen sie in Sprudels Wagen und fuhren in den ersten der vielen Tunnels ein, die zwischen Pyhrnpass und Voralpenkreuz für eine angenehm befahrbare Trasse sorgten. Wie für einen Sonntagnachmittag zu erwarten, war das Verkehrsaufkommen gering.

Max und Ivo unterhielten sich auf der Rückbank in gedämpftem Ton. Fanni und Sprudel schwiegen.

Nach dem dritten Tunnel begann Fanni in Sprudels CDs herumzukramen. Sie fand eine von Elvis und legte sie auf. »I want you, I need you, I love you.« Sprudel wandte den Blick von der Straße und sah sie mit einem Ausdruck an, den Fanni nicht deuten konnte.

Elvis spricht ihm – nein, singt ihm aus der Seele!

Mir auch, dachte Fanni, mir auch.

Gegen drei Uhr nachmittags passierten sie die Anschlussstelle Deggendorf-Mitte. Elvis sang zum dritten Mal »Love me tender«, denn Fanni hatte die CD immer wieder von vorn beginnen lassen.

An der nächsten Ausfahrt mussten sie von der Autobahn abfahren; dann waren es nur noch ein paar Minuten bis Erlenweiler.

Und am Erlenweiler Ring werden heute ganz bestimmt sämtliche Nachbarn Muße haben zuzuschauen, wie Fanni Rot aus Sprudels Wagen steigt, und sie werden es Hans Rot bei erstbester Gelegenheit unter die Nase reiben!

Fanni wurde es trotz aller Selbstbefreiung mulmig. Ein sonniger Sonntagnachmittag! Kaffeetrinken mit Verwandten im Freien! Jede Erlenweiler Nase würde am Gartenzaun kleben.

»Frau Rot«, kam es plötzlich von hinten. »Wollen wir nicht lieber am Klein-Hof aussteigen? Da sieht uns keiner.«

Fanni schluckte.

»Mama sagt immer«, fuhr Ivo fort, »die Leute von Erlenweiler finden mehr als genug zum Klatschen. Nicht nötig, sie noch extra mit Futter zu versorgen.«

Kluge Frau, die Olga aus Tschechien! Und ihr Sohn ist ein ganz gewitztes Bürschchen! Aber das zeigt sich ja nicht zum ersten Mal!

Bevor Fanni zu einer Antwort fand, sagte Sprudel: »Du hast recht, Ivo. Endstation Klein-Hof.«

»Prima«, rief Max, »ich muss dem Ivo sowieso einsagen, wenn er bei sich daheim vom Hof am Gunst erzählt. Gell, Ivo, du hast dir nicht alles merken können.«

Sprudel ließ also den Erlenweiler Ring links liegen und setzte den Blinker erst an der Abzweigung zum Klein-Hof.

»Ich kann Ihre Sachen auf der Schubkarre über die Wiese hinunterfahren, Frau Rot«, bot Ivo an, nachdem Fannis Gepäck ausgeladen war.

Fanni lehnte lächelnd ab. »Die Tasche ist gar nicht schwer, die Kühlbox fast leer, und der Rucksack sitzt ganz locker auf dem Rücken.« Sie wandte sich an Max. »Eine Stunde, mehr Zeit bleibt dir nicht. Leni wird bald da sein, dann müsst ihr zurück nach Nürnberg.«

Max nickte verständig. »In einer Stunde steh ich bei dir auf der Matte.«

»Und vergiss deinen Rucksack nicht«, mahnte Fanni und deutete auf das Gepäckstück ihres Enkels, das am Wassergrand lehnte.

Max reckte den Daumen hoch, dann stoben die Buben auf die Scheune zu, hinter der dumpfe Schläge ertönten. Die Kleins mussten den sonnigen Tag offenbar nutzen, um Heu einzubringen oder sonst etwas zu tun, wofür ein Bauer Schönwetter benötigte. Deshalb hatten sie wohl auch die Ankunft des Wagens nicht mitbekommen.

»Ich melde mich bei dir«, kündigte Fanni an, bevor Sprudel wieder in sein Auto stieg. »Morgen, sobald ich von meinem Besuch bei Tante Luise zurück bin.«

Sprudel nickte, strich ihr zärtlich über die Wange und fuhr davon.

Fanni hatte ihre Tasche ausgepackt und war dabei, den Rucksack in Angriff zu nehmen, als Leni zurückkam.

»Das Jagdhaus der Böckls«, berichtete sie, nachdem sie ihre Mutter begrüßt hatte, »ist nur eine winzige Winzigkeit größer als dein Hütterl am Birkenweiler Hügel.« Sie grinste. »Vier Bäder, acht Schlafzimmer, riesige Terrasse. Zwanzig Gäste waren eingeladen.«

Fanni schüttelte sich, als käme sie aus einem Regenschauer.

Leni lachte übermütig. »Ich weiß, das Beste an deinem Hütterl ist ja gerade, dass höchstens zwei Leute hineinpassen.«

»Allerdings«, meinte Fanni und erkundigte sich nach den anderen Gästen der Böckls.

»Na ja, gut die Hälfte der Gäste waren Jäger, würde ich sagen«, antwortete Leni. »Ansonsten: drei Stadträte aus Deggendorf, ein paar tschechische Verwandte von Jonas' Frau und einige gute Freunde von Jonas und Eva, so wie Marco und ich.« Sie runzelte die Stirn. »Wegen einem dieser Freunde gab es ziemliche Aufregung, weil er seit Tagen nicht erreichbar ist. Jonas hat sich ernsthaft Sorgen gemacht. Dieser Roland wollte eigentlich schon am Freitagabend mit ihm zusammen nach Klattau fahren und ihm beim Bettenbeziehen helfen. ›Niemand kann das so gut wie Roland‹, meinte Jonas, ›er ist nämlich als Pfleger in einem Seniorenheim beschäftigt.‹«

Roland Becker! Willst du deiner Tochter nicht erzählen, dass du ihn blutverschmiert auf der Hintertreppe der Katherinenresidenz gesehen hast?

Doch, dachte Fanni, das werde ich. Das werde ich auf der Stelle. Und ist es nicht höchste Zeit, dass auch Marco davon erfährt? Roland hat sich in den vergangenen Tagen weder bei seiner Vermieterin noch bei Jonas gemeldet, in dessen Jagdhaus er offenbar das Wochenende verbringen wollte; ebenso wenig ist Roland – wie uns jemand glauben machen wollte – auf der Zellerhütte. Ist das nicht genug Handhabe für Marco, Nachforschungen zu Rolands Verbleib anzustellen?

Leider kam Fanni nicht mehr dazu, mit ihrer Tochter über Roland Becker zu sprechen. Max schneite herein, und ehe sie es sich's versah, waren die beiden auf dem Weg nach Nürnberg.

Schon kurz darauf kam Hans Rot nach Hause.

»Du, Hans«, sagte Fanni, nachdem er es sich mit einer Flasche Bier in einem Gartenstuhl bequem gemacht hatte. »Am Samstag wollte ich mit dem Wagen wegfahren, aber er ist einfach nicht angesprungen.«

Hans Rot stöhnte. »Was hab ich dir denn immer gepredigt, Fanni? Du sollst den Wagen nicht raus- aus der Garage und kurz darauf wieder reinfahren, nur um den Garagenboden wischen zu können. Kaltstarts, Fanni, die schaden dem Motor, die verursachen einen Kolbenfresser!«

»Denkst du, die paar Kaltstarts haben den Kolben schon aufgefressen?«, fragte Fanni.

Hans Rot verdrehte die Augen. »Gut, sehen wir es uns an.«

Fanni folgte ihm in die Garage. Er öffnete die Motorhaube.

»Ja, da hol mich doch der …« Hans wirkte schockiert. »Ja, schau dir das an.«

Fanni lugte über seine Schulter, konnte aber nichts Auffälliges erkennen.

»Die Batterie ist abgeklemmt«, sagte Hans. »Hast du da dran rumgefummelt?«

Wenn Fanni nicht so erschrocken gewesen wäre, hätte sie laut gelacht. Stattdessen fragte sie entgeistert: »Wie käme ich dazu, an einem Automotor was anzufassen?«

Wo du doch nicht mal weißt, wie man die Motorhaube öffnet!

Eben.

Oder bist du wirklich nicht mehr recht bei Sinnen? Phantasierst dir tote Altenpfleger auf Hintertreppen, klemmst schlafwandlerisch Autobatterien ab?

»Ja, wer macht denn so was?«, murmelte Hans Rot, während er an einem Kabel herumfuhrwerkte. »Das kann nur ein Dummejungenstreich gewesen sein.« Lauter fuhr er fort: »Aber schuld an dem Unfug bist du selbst, Fanni, weil du immer die Garage offen stehen lässt und nicht mal das Auto abschließt.«

Dummejungenstreich, dachte Fanni, vor zwanzig Jahren vielleicht, als Jonas zehn war und auf jeden noch so ausgefallenen Dreh kam. Aber heute? Die Praml-Kinder? Caro Rimmer? Nein, keines von denen ist so ein Früchtchen, wie Jonas eines war.

Hans Rot schlug die Motorhaube zu. »Alles paletti. Aber trotzdem keine Kaltstarts mehr. Hast du gehört, Fanni?«

Eine Antwort blieb ihr erspart, weil Hans' Aufmerksamkeit von einem gemächlich auf dem Erlenweiler Ring dahertretenden Radfahrer abgelenkt wurde.

»Ja mei, der Sepp. Der Sepp schon wieder auf dem Weg zu seinem Neffen – auf eine Runde Schafkopf und ein paar Gläschen Obstbrand!«

Während er sprach, war Hans Rot die Zufahrt zur Straße hinuntergegangen.

Fanni schloss das Garagentor und wollte sich der Haustür zuwenden, da hörte sie ihren Mann rufen: »Ich geh auf einen Sprung mit rüber zum Stuck!«

Fanni nickte bloß. Offenbar bekam Nachbar Stuck in letzter Zeit regelmäßig Besuch von seinem Onkel.

Fanni warf einen Blick zurück. Der Radfahrer war abgestiegen und schlenderte, das Rad am Lenker mitführend, gemeinsam mit Hans Rot auf das Nachbarhaus zu. Fanni hatte einen guten Blick auf ihn, weil er auf der Rot'schen Seite der Straße ging: Knollennase, schütteres Haar, Wieselaugen – unverkennbar der Hausmeister der Katherinenresidenz.

Zufälle noch und noch!

7

Tante Luise hatte sich gereizt gezeigt, als Fanni am Montagmorgen anrief und ihren Besuch erst für den Nachmittag ankündigte.

»So lang willst du mich noch auf die Folter spannen?«

»Dafür bring ich dir auch was Interessantes mit«, hatte Fanni gesagt. »Ein ganz besonderes Rätsel, das nur du lösen kannst.«

Damit versetzte sie Tante Luise in noch größere Erregung.

Als Fanni nun auf den Haupteingang der Katherinenresidenz zuschritt (den regelmäßig zu benutzen sie sich ja vorgenommen hatte), sah sie Luise frenetisch von ihrem winzigen Balkon herunterwinken. Sie hatte sich offenbar extra hinausschieben lassen, um Fannis Ankunft mitzubekommen.

»Ihr habt ihn nicht angetroffen«, rief Luise Rot, sobald Fanni auf den Balkon hinaustrat, nachdem sie die Treppe hinauf- und weiter durch die Flure zu Luises Zimmer geeilt war. »Er war nie auf dieser Hütte.«

Fanni blieb die Antwort zunächst schuldig. Sie musste erst einmal den Anblick verdauen, den Tante Luise heute bot: Sie hatte sich oberhalb der Schläfen zwei rosa Schleifen ins Haar gesteckt. Über ihre Knie war die rosa Häkeldecke gebreitet, auf der ein herzförmiges rosa Kissen lag. Sie trug ein rosa T-Shirt, dessen Halsausschnitt kleine Wolken von silberfarbenen Schmetterlingen einfassten. Was aber Fanni fast umhaute, war das Label an der linken Seitennaht, das für sehr edel und sehr teuer stand.

Wie kam Luise zu dieser Marke? Soweit Fanni wusste, bestellte sie, seit sie in der Katherinenresidenz wohnte, ihre Kleidung aus dem Katalog. Fanni hatte schon verschiedene auf dem Couchtisch liegen sehen. Konnte man bei Versandhäusern auch derart exquisite Markenartikel beziehen?

Sie erkundigte sich danach.

Tante Luise legte verschwörerisch den Finger auf die Lippen. »Fannilein, man hat so seine Quellen. Auch wenn man im Rollstuhl sitzt und im Seniorenheim steckt.«

Fanni drückte den Knopf, der das Pflegepersonal rief. »Was ist denn nur passiert?«

»Mir ist gar nichts passiert«, antwortete Luise säuerlich, »nichts verstaucht, nichts gebrochen. Das Kissen hat den Aufprall gedämpft. Aber Rolands Notizen ist was passiert. Sie sind weg.«

Zwei Schwestern erschienen, stellten den Rollstuhl wieder auf, halfen Luise hinein und machten viel Wesens darum. »Wie konnten Sie nur umstürzen, Frau Rot? Ja, wie denn nur?«

Luise tat recht harmlos und gab sich einfältig. »Keine Ahnung. Auf einmal lag ich da. Aber es ist mir ja nichts geschehen.«

Die Schwestern traten den Rückzug an. »Falls Sie Schmerzen bekommen, Frau Rot, oder falls Ihnen schwindelig wird, müssen Sie sich sofort melden.«

Luise versprach es.

»Und was hat sich wirklich ereignet?«, fragte Fanni, nachdem sich die Tür hinter den Schwestern geschlossen hatte.

»Ein dreister Überfall«, schimpfte Luise. »Eine hinterlistige Attacke. Ich habe gerade Rolands Aufzeichnungen studiert, als ich die Tür wieder aufgehen hörte. Ich hatte ihr, wie immer wenn ich am Tisch sitze, den Rücken zugewandt, und weil ich dachte, du kommst schon zurück, habe ich mich gar nicht umgesehen. Da griffen plötzlich Hände nach dem Block und rissen ihn mir weg. Im nächsten Moment bekam der Rollstuhl einen Schubs von der Seite und kippte.«

Sie zog ein pikiertes Gesicht. »Ich hatte viel zu viel mit dem Umstürzen zu tun, als dass ich drauf hätte achten können, wer der Kerl war, der mich umgeworfen hat. Geschweige denn, dass ich Gelegenheit gehabt hätte, ihn irgendwie zu packen.« Sie hob den Arm, krallte die Finger um Fannis Handgelenk, und Fanni konnte spüren, wie kräftig ihr Griff war.

Hat sie nicht früher in ihrem Häuschen sämtliche Handwerksarbeiten selbst ausgeführt? Da muss man zupacken können!

»Kerl?«, fragte Fanni. »Wie kommst du darauf, dass es ein Mann war?«

Luise überlegte eine Weile mit geschlossenen Augen. Dann sagte sie fest: »Es waren Männerhände, die nach Rolands Notizen gegriffen haben – dreckige, schwielige Männerhände.«

Und in denen befinden sich jetzt die Informationen, die Licht in die ganze Sache hätten bringen können!

Ja, dachte Fanni, Rückschritte statt brauchbaren Erkenntnissen.

Bevor sie weiter überlegen konnte, sagte Luise: »Der Kerl war auf Rolands Notizen aus. Woher aber konnte er wissen …?« Ihre Stimme versandete.

»Wir haben uns auf dem Balkon draußen darüber unterhalten«, erinnerte Fanni sie.

Luise nickte. »Und vom Balkon der Nagel, ja sogar von ihrem Zimmer aus hätte der Kerl alles mithören können.«

»Dieser Angreifer«, sagte Fanni, »musste allerdings auch wissen, dass du – zumindest für einige Minuten – allein im Zimmer sein würdest.«

Wieder nickte Luise. »Er hat Hanno geschickt, um dich wegzulotsen.«

»Oder Hanno hat ihn geschickt, um dich zu überfallen, nachdem *er* mich weggelotst hatte«, erwiderte Fanni.

»Fanni«, sagte Tante Luise nach längerem Schweigen. »Denkst du, du könntest aus dem Gedächtnis …«

»Die Einträge in Rolands Spiralblock wiedergeben?«, vervollständigte Fanni. »Kaum. Wie soll man sich Buchstabenfolgen merken, die keinen Sinn ergeben?«

Auf Luises vorwurfsvollen Blick hin setzte sie hinzu: »Ich kann es ja versuchen, aber das Ergebnis wird mehr als bruchstückhaft sein.«

Tante Luise nahm einen Stift und ein Blatt Papier aus einer Seitentasche ihres Rollstuhls und reichte Fanni beides.

Während Fanni noch in ihrem Gedächtnis kramte, gab Luise die Buchstaben und Zahlen der ersten Zeile auf der ersten Seite wieder, die ihr offenbar selbst in Erinnerung geblieben waren: »H.E. 2.6.«

Fanni schrieb mit.

»H.E.«, wiederholte Luise. »Das sind die Anfangsbuchstaben von dem Namen meines Vorgängers in diesem Apartment hier. Kurz bevor ich in die Katherinenresidenz kam, ist er gestorben. Das Datum passt.«

Fanni nickte. »Ich habe mir auch schon gedacht, dass es sich um Initialen und Sterbedaten handelt.«

Eine ganze Weile herrschte Schweigen.

»Hast du endlich was?«, fragte Luise, nachdem Fanni lange nachgedacht und zuweilen etwas auf das Blatt Papier gekritzelt hatte.

»Zahlen und Daten kann ich mir ganz schlecht merken«, sagte Fanni entschuldigend.

Als Luise abfällig schnaubte, fügte sie schnell hinzu: »Ich habe aber drei Initialen und ein paar von den Kürzeln.«

Luise nahm ihr den Zettel aus der Hand. »R.N., war da ein Datum dahinter?«

»Nein«, antwortete Fanni. »Da bin ich mir ziemlich sicher.«

»Dann bedeutet das ›Resi Nagel‹«, sagte Luise. »Noch lebt sie ja. Und mit O.P. könnte Ottilie Pauli gemeint sein. Die ist vor einem Dreivierteljahr gestorben.«

»Es *sind* Initialen und Sterbedaten«, bestätigte Fanni entschieden. »Aber der Schlüssel zur Bedeutung von Rolands Angaben muss in den Kürzeln verborgen sein.«

Tante Luise drückte den Papierbogen an ihre Brust. »Lass mich darüber nachdenken – in aller Ruhe. Geh jetzt nach Hause und komm morgen wieder. Vielleicht geht mir bis dahin ein Licht auf.«

Fanni zögerte.

Luise sah sie fragend an.

»Ich mache mir Sorgen um dich«, bekannte Fanni. »Was, wenn ›der Kerl‹ wiederkommt?«

Luise lachte. »Er hat ja wohl, was er wollte. Und inzwischen wird er auch wissen, dass ich zum Pflegepersonal kein Wort von einem Überfall gesagt habe. Weshalb also sollte er zurückkommen?«

Fanni legte ihr die Hand auf den Arm. »Entferne dich keinen Millimeter von der Klingel«, bat sie.

Luise tätschelte ihr die Finger. »Was soll mir denn passieren? Dass der Kerl wieder auftaucht und mich totschlägt? Das lohnt doch den Aufwand nicht.«

Für den Hinausweg nahm Fanni nun doch wieder die Hintertreppe. Sie öffnete die Stahltür, die auf den Parkplatz führte, und lief unter dem von Betonsäulen gestützten Vordach, wo die Parkplätze für die hauseigenen Fahrzeuge der Katherinenresidenz ausgewiesen waren, auf ihren Wagen zu, den sie auf dem Areal für Besucher abgestellt hatte.

Hinter einer der Säulen bemerkte sie Bewegungen. Das erschien ihr nicht ungewöhnlich; die Schwestern pflegten ihre Zigarettenpäuschen im Schutz der Säulen zu verbringen. Meist standen sie zu zweit oder dritt an den rauen Beton gelehnt beieinander und pafften.

Als sie auf Höhe der Säule war, warf Fanni automatisch einen Blick seitwärts. Wer sich wohl heute Nachmittag hier zusammengefunden hatte? Vielleicht Schwester Monika, Schwester Else und die kleine pummelige Angestellte aus der Verwaltung, die immer so hohe Absätze trug, dass Fanni fürchtete, das Mädel würde sich gleich beide Beine brechen. Oder Huber vom sozialen Dienst und Schwester Inge …

Schwester Inge! Fanni ging langsamer und sah scharf hinüber. Sie hätte sich gern ein wenig mit Schwester Inge unterhalten, war ihr aber heute noch nicht über den Weg gelaufen.

Verdattert blieb Fanni stehen, als sie entdeckte, wer sich tatsächlich hinter der Säule befand. Hastig gab sie vor, in ihrer Umhängetasche nach den Autoschlüsseln zu kramen, die sie in Wirklichkeit längst in der Hand hielt, und warf dabei forschende Blicke auf die beiden Personen, die eng zusammenstanden und sich gedämpft unterhielten.

Drei Schritte nach rechts brachten Fanni näher an die Säule, doch längst nicht nah genug, als dass sie etwas von dem Gespräch hätte verstehen können.

Da nahm sie kurz entschlossen die Hand mit den Autoschlüsseln aus der Umhängtasche, bemühte sich, eine möglichst unbefangene Miene zur Schau zu tragen, und ging auf die beiden zu.

»Aber ja, meine Hübsche«, hörte sie Heimleiter Müller zu Verena sagen und beobachtete, wie er ihr liebevoll über die Wange strich. »Nur geh jetzt schnell wieder an deine Arbeit, sonst wird

Hanno unangenehm«, fügte er hinzu, bevor er sich umdrehte und sich Fanni gegenübersah.

Verenas Bemerkung »Der Hanno is a bleder oider Grantlhauer« schien er nicht mehr zu registrieren, denn er sagte bereits: »Frau Rot, wie nett. Sie haben wohl wieder Ihre Tante besucht. Geht es ihr gut?«

Fanni nickte und honorierte seine neuerliche Fürsorge mit einem knappen »Danke«.

Könnte es sein, dachte sie, dass Müller Verenas Liebhaber ist? Derjenige, von dem niemand etwas wissen darf? Derjenige, der sie neulich versetzt hat?

Müller, Verenas Brötchengeber? Nennt man so etwas nicht Unzucht mit Abhängigen?

»Ah, Ihr Wagen steht ja direkt neben dem meinen«, rief Müller, fasste sie sachte am Ellbogen und lenkte sie zu den Parkplätzen außerhalb der Überdachung.

Ein Blick zurück zeigte Fanni, dass Verena an die Säule gelehnt stehen geblieben war. Der Putzkittel war weit aufgeknöpft und hing wie eine Stola über ihren abgewinkelten Armen.

Was für ein hübsches Bild. Jeder Modefotograf würde sich die Finger lecken!

»Sie sieht so traurig aus heute«, sagte Fanni mit einer Geste zu Verena hin.

»Liebeskummer«, lächelte Müller. »Sie ist so ein armes Schäfchen.« Er entriegelte sein Auto und sagte beim Einsteigen: »Leider bin ich ausgesprochen in Eile. Ein Termin bei Gericht steht an. Aber ich hoffe, dass wir alsbald erneut zusammentreffen. Wie gern würde ich mich mal ein wenig länger mit Ihnen unterhalten.« Plötzlich tippte er sich an die Stirn. »Roland Becker! Ich habe Sie ja noch gar nicht über die weitere Entwicklung informiert. Da sich trotz gründlichster Nachforschungen kein Hinweis ergeben hat, dass Roland Becker vergangenen Mittwoch im Hause war, geschweige denn hier verletzt wurde, hat die Heimleitung einstimmig beschlossen, Becker als ausgeschiedenen Mitarbeiter zu behandeln.«

Damit fuhr er davon, und Fanni kehrte schnell zu Verena zurück, die noch immer an der Säule stand.

»Sie mögen Ihren Chef wohl sehr?«

»Auf eam kann i mi verlassen«, bestätigte Verena. »Er hoit mir d' Stang, wenn der Hanno sein Narrischen kriagt und umanandschreit.«

»Schön, seinen Chef als Beschützer zu haben«, erwiderte Fanni. »Besonders nachdem Ihr Verehrer das Date neulich platzen ließ und Sie so enttäuscht darüber waren. Hat er sich inzwischen gemeldet?«

Verena schüttelte den Kopf. »Die Schwestern da drin« – sie machte mit dem Kinn eine kleine Bewegung zum Hintereingang – »song olle, er is furt. Furt für lang.«

»Sie hatten ein Date mit Roland Becker?«, platzte Fanni heraus.

Verena schluckte. »Des soi doch koaner wissen.«

»Von mir wird es bestimmt niemand erfahren«, versprach Fanni. »Sind Sie denn schon lange mit Roland … ähm, zusammen?«

»Ob mir zamm san?« Verena dachte intensiv nach. »Woin Sie wissen, ob der Roland und i miteinand bumst ham? Na, des hammer net.«

»Roland ist also genauso ein väterlicher Freund wie Herr Müller?«

»Na, ganz anders …«

Fanni wartete auf eine Erklärung, aber es kam keine. Sie zermarterte sich noch das Hirn, wie sie aus Verena herausbekommen könnte, was genau den Unterschied ausmachte, da sagte das Mädchen: »I hätt scho meng mit'n Roland.«

»Was?«, fragte Fanni zerstreut. »Was hätten Sie mit ihm tun wollen?«

»Na bumsen hoit«, antwortete Verena in einem Ton, als hielte sie Fanni für ziemlich begriffsstutzig.

Fannis nächste Frage musste sie darin bestärken. »Sie wollten also gern mit Roland schlafen, aber er nicht mit Ihnen. Trotzdem haben Sie beide sich gedatet?«

Gibt es das Wort auch als Verb? Und rückbezüglich?

Fanni biss die Zähne zusammen. Sie fand die Unterhaltung schon kompliziert genug, musste ihr jetzt auch noch die blöde Gedankenstimme mit klugscheißerischen Bemerkungen kommen?

»Der Roland woit o a, oba erst nachher«, sagte Verena.

»Ja, wonach denn?«, rief Fanni gereizt.

Verenas Miene war zu entnehmen, dass sie es selbst nicht wusste. Stockend antwortete sie: »Oiso, oiso, er hot gsogt, wenn da – da Skandal umi is, dann … Dann deafern olle wissn, das mir uns treffern, und dann kinna mir a …«

Fanni griff sich mit beiden Händen an die Schläfen. Das Ganze ergab überhaupt keinen Sinn. Roland, der angeblich mit dem gesamten weiblichen Personal der Katherinenresidenz angebändelt, offenbar durchwegs Erfolg damit gehabt und nie ein Geheimnis daraus gemacht hatte, zierte sich ausgerechnet bei Verena, die sich ihm geradezu anbot und deren Reize wohl auch einen verknorzteren Mann als Roland überzeugt hätten.

Was er wohl mit »Skandal« gemeint hat?

Fanni kam nicht mehr dazu, Verena danach zu fragen.

Sie erschraken beide, als sie plötzlich die Stimme des Pflegedienstleiters in ihrem Rücken hörten.

»Verena, verflixt noch mal, du hast fünfzehn Minuten Pause und nicht fünfzig!«

Verena zog den Kopf ein und rannte ins Haus.

»Sie sind ja immer noch da, Frau Rot«, sagte Hanno an Fanni gewandt. »Ich dachte, ich hätte Sie schon vor einiger Zeit aus dem Zimmer Ihrer Tante kommen sehen.«

Geschieht in der Katherinenresidenz eigentlich auch irgendetwas, das diesem Zerberus entgeht?

Wenig wohl, dachte Fanni, aber zu diesem wenigen scheint ausgerechnet ein Mord zu gehören.

Erwin Hanno hatte sich wieder nach drinnen verzogen, und Fanni steuerte nun energisch auf ihren Wagen zu. Sie öffnete die Fahrertür, musste sie aber im nächsten Augenblick wieder zudrücken, weil sich ein Auto in die Lücke drängte, die durch Müllers Abfahrt entstanden war.

»Jonas!«

»Hallo, Frau Rot, Sie wollen doch nicht schon hier einziehen?«

Fanni drohte ihm schalkhaft mit dem Finger. »Ich habe Tante Luise besucht. Und du? Habt ihr etwa den Großvater in der Katherinenresidenz untergebracht?«

Jonas Böckl schüttelte den Kopf. »Ich bin auf der Suche nach einem Freund und dachte, ich seh mal an seiner Arbeitsstelle nach.«

»Roland Becker«, sagte Fanni.

Jonas wirkte so perplex, dass Fanni lachen musste. »Leni hat mir erzählt, dass du ihn auf deiner Feier vermisst hast.«

»Ich vermisse ihn seit exakt fünf Tagen«, erwiderte Jonas. »Und wenn ich ihn hier und jetzt wieder nicht antreffe und auch keine vernünftige Antwort auf die Frage bekomme, wohin er sich verzogen hat und warum er nichts von sich hören lässt, dann melde ich ihn ganz offiziell als vermisst. Wozu hat man schließlich einen Freund, der Kriminalkommissar ist«, fügte er salopp hinzu.

»Roland hat eine Ansichtskarte an Schwester Monika geschrieben«, erzählte ihm Fanni.

»Lange schwarze Haare, dunkle Augen, Stupsnase?«, fragte Roland.

Fanni sah ihn verwirrt an.

»Die Schwester natürlich«, half Jonas ihr auf die Sprünge.

Fanni nickte und berichtete ihm, was auf der Karte stand. »Angeblich«, fügte sie an, »ist mit gleicher Post ein Schreiben von Roland an die Verwaltung der Katherinenresidenz eingetroffen, in dem er mitteilt, dass er sich für den Rest des Sommers freinimmt.«

»Auf eine Berghütte hat er sich verpisst …«, murmelte Jonas.

»Im Toten Gebirge, ja«, ergänzte Fanni. »Er ist aber gar nicht dort.«

»Er ist gar nicht …? Woher …? Wieso …?« Jonas war dermaßen ins Stottern geraten, dass er es vorzog zu verstummen.

»Ich …«, begann Fanni zögernd, fuhr aber dann mit fester Stimme fort: »Ich war vergangenes Wochenende zufällig auf dieser Hütte, und weil ich von der Karte an Schwester Monika wusste, habe ich dort nach Roland gefragt.«

Jonas pfiff durch die Zähne. »Kein Wort zu seinen Freunden, kein Wort zu Frau Bachl – die habe ich schon am Freitag angerufen – und eine Karte, die Schwester Monika hinters Licht führen soll. Da stinkt doch was, Frau Rot!«

Fanni schluckte. Jonas hatte ja keine Ahnung, wie sehr es stank. Sollte sie ihm von einem blutbesudelten Roland auf der Hintertreppe erzählen? Sie entschied sich dagegen.

»Du solltest ihn schleunigst als vermisst melden«, sagte sie stattdessen. »Dann kann Marco von Amts wegen Nachforschungen anstellen.«

Und ich werde bei ihm eine Aussage machen, dachte sie entschlossen.

Jonas nickte. »Okay, ich fahre zu Marco ins Kommissariat. Da drin«, er deutete mit dem Daumen zum Hauptgebäude der Katherinenresidenz hinüber, »brauche ich ja wohl nicht mehr nachzufragen.«

Er wollte schon seine Autotür öffnen, doch Fanni hielt ihn noch zurück. »Stimmt es, dass Roland mit sämtlichen Schwestern …?« Sie wusste nicht weiter.

»Gevögelt hat?«, fragte Jonas.

Fanni nickte lahm.

Jonas stützte lässig den Ellbogen aufs Autodach. »Die Antwort ist vermutlich Ja. Aber Sie dürfen sich das nicht falsch vorstellen, Frau Rot.«

»Und wie stelle ich es mir richtig vor?«

Jonas verzog das Gesicht zu einem schiefen Lächeln. »Ich weiß nicht, ob ich Ihnen das erklären kann.«

»Du könntest es versuchen«, bat Fanni.

Jonas rieb sich die Stirn. »Schaun Sie, Frau Rot, der Roland ist kein Schürzenjäger. Er ist einfach nur … nett. Nett, aufmerksam, charmant. Und deshalb fliegen die Frauen auf ihn – alle. Sogar Ihre Tante Luise, darauf wette ich.«

»Sie will ihn unbedingt zurückhaben«, sagte Fanni lächelnd.

»Sehen Sie«, erwiderte Jonas, »alle, wie gesagt. Aber glauben Sie mir, Roland legt es überhaupt nicht drauf an. Andererseits sagt er aber auch nicht Nein, wenn's um ein Rendezvous geht, um ein Treffen zum Kaffee, um einen Kinoabend. Und wenn dann seine Begleiterin unbedingt will, dass er noch mit zu ihr kommt oder sie zu ihm, ja, dann kann er sie doch nicht einfach abweisen.«

»Verstehe«, erwiderte Fanni. »Roland hatte – ähm – hat Verführungskniffe nicht nötig.« Sie sah Jonas forschend an. »Muss es da nicht eine Menge Eifersüchteleien gegeben haben?«

Jonas wiegte den Kopf. »Was sich die Schwestern untereinander an den Kopf werfen, weiß ich nicht. Aber in unserem Freundeskreis gibt es wegen Roland nie Knatsch.«

Fanni schwieg und wartete, dass er weitersprach.

Nach ein paar Augenblicken fügte er hinzu: »Das liegt wohl daran, dass Roland alle Weibsbilder gleich behandelt, keine sichtbar bevorzugt.«

Jonas starrte eine Weile auf einen Mauervorsprung der Katherinenresidenz, dann stieß er plötzlich hervor: »Die Karte kann nicht echt sein. Sie ist deshalb nicht echt, weil Roland nicht nur an Schwester Monika allein geschrieben hätte, sondern an alle Schwestern zusammen. ›Liebe Kolleginnen, liebe Mädels, ihr Lieben …‹ Was weiß ich.«

Fanni überließ Jonas eine Zeit lang seinen Gedanken, dann sagte sie: »Mit dem Pflegedienstleiter kommt Roland anscheinend viel weniger gut aus als mit dem weiblichen Personal in der Katherinenresidenz.«

Jonas' Mundwinkel zogen sich abfällig nach unten. »Erwin Hanno? Über den spricht Roland nur ganz selten. Neulich hat er allerdings gesagt, der Hanno hätte Scheuklappen wie Türflügel. Weiß der Teufel, was er damit gemeint hat.«

»Kennst du Erwin Hanno persönlich?«, fragte Fanni.

Jonas nickte. »Sein Schwiegervater ist bei uns im Stadtrat. Sitzt neben mir auf dem Bänkchen. Hanno hat auch dahingehende Ambitionen.« Er gluckste. »Wissen Sie, was er sich hat einfallen lassen, Frau Rot? Donnerstags haben er und seine Frau offenes Haus! Was tut man nicht alles für Wählerstimmen? Wenn's denn nützt. Aber eins muss man den beiden lassen: Ein schickes Häuschen haben sie, und die Häppchen, die sie immer servieren, sind erstklassig.«

Noch während er sprach, war Jonas in seinen Wagen gestiegen und hatte den Zündschlüssel gedreht. Er winkte Fanni zum Abschied zu, schloss die Autotür und fuhr davon.

Letztendlich stieg auch Fanni in ihren Wagen. Sie startete, bog auf die Hauptstraße ab und schlug den Weg nach Hause ein. Doch kurz vor dem Ziel tat sie etwas, das sie sich nur sehr selten erlaubte. Dort, wo sie in den Erlenweiler Ring hätte einfädeln müssen, fuhr sie geradeaus weiter. Sie setzte den Blinker erst bei dem Hinweisschild »Birkenweiler« und steuerte stracks auf das ehemalige Saller-Anwesen zu, das Sprudel vor zwei Jahren von einer Verwandten mütterlicherseits geerbt hatte.

Sie parkte in aller Öffentlichkeit neben Sprudels Gartenzaun.

Willst du das Stillschweigen deines Mannes so lange strapazieren, bis er beim besten Willen den Kopf nicht mehr in den Sand stecken kann?

Fanni biss sich auf die Lippen. Ich muss aber dringend mit Sprudel reden, verteidigte sie sich vor sich selbst. Und für ein konspiratives Treffen auf der Hütte ist ja wohl keine Zeit mehr, wenn das Abendbrot für Hans pünktlich auf dem Tisch stehen soll.

Sie hatte die Haustür noch nicht ganz erreicht, als die sich bereits mit Schwung öffnete.

»Fanni!« Sprudel zog sie ins Haus und in seine Arme und küsste sie mitten auf den Mund.

Ihre widerstreitenden Gefühle waren Fanni offenbar deutlich anzusehen, denn Sprudel schmunzelte.

»Schon gut, ich habe gar nicht vor, unser Abkommen mit dem Schicksal ad hoc zu brechen.«

Er führte sie in den sonnigen Anbau auf der Westseite des Hauses und rückte ihr einen Sessel zurecht. »Ich weiß doch, du bist nicht aus romantischen Gründen hier. Wir haben vermutlich Denkarbeit zu leisten.«

Er eilte davon und kehrte kurz darauf mit einer Flasche Mineralwasser und zwei Gläsern zurück. »Konnte Tante Luise mit Rolands Notizen mehr anfangen als wir?«

»Sie hat unsere Annahme bestätigt, dass es sich bei den Überschriften um Initialen und Sterbedaten handelt. Aber bevor sie sich mit dem Rest befassen konnte, hat man sie überfallen und den Notizblock gestohlen.« Fanni berichtete, was sich am Nachmittag in Luises Zimmer zugetragen hatte.

»Sie sagt, es war ein Mann, der sie angegriffen hat«, wiederholte Sprudel nachdenklich Fannis letzten Satz. »Erwin Hanno kann es aber nicht gewesen sein. Er war ja mit dir zusammen in seinem Büro.«

»Wohin er mich wahrscheinlich unter einem Vorwand gelockt hat«, erwiderte Fanni. »Unsere Hypothese, wonach er Roland auf dem Gewissen hat und den Hausmeister als seinen Handlanger benutzt, erweist sich als immer wahrscheinlicher.«

»Aber warum sollte sich der Hausmeister für so etwas hergeben?«, fragte Sprudel. »In dieser Hinsicht, scheint mir, hat unsere Hypothese ein unschönes Loch.«

Fanni widersprach ihm. »Hanno hat den Hausmeister doch in der Hand. Er kann ihn erpressen: mitmachen oder Job weg.«

»Dann ist die Hypothese wohl dicht«, gab Sprudel zu. »Und was hätten wir als Motiv zu bieten? Ja klar, Hannos Befürchtung, durch Roland von seinem Posten verdrängt zu werden.«

»Ich glaube inzwischen, das spielt nur eine untergeordnete Rolle«, sagte Fanni. »Das Hauptmotiv muss in Rolands Notizen zu finden sein. Sonst hätte Hanno nicht alles darangesetzt, sie in die Finger zu bekommen. Bestimmt ist er auch für den Einbruch in Rolands Wohnung verantwortlich. Er hat dort danach gesucht oder danach suchen lassen.«

»Aber woher konnte er denn wissen, dass du sie gefunden hast?«, wandte Sprudel ein. »Du hattest den Spiralblock die ganze Zeit in der Tasche, hast ihn mir erst vor dem Schloss gezeigt.

»Vermutlich bin ich schuld daran, dass er davon erfahren hat«, sagte Fanni. »Ich habe Luise draußen auf dem Balkon von den Notizen erzählt.«

»Hm«, machte Sprudel. »Wenn der Pflegedienstleiter Roland Becker tatsächlich auf dem Gewissen hat, ist es ziemlich wahrscheinlich, dass er deine Gespräche mit Luise zu belauschen versucht.«

Fanni zuckte plötzlich zusammen. »Als ich Tante Luise am Freitag erzählt habe, dass wir zur Zellerhütte wollen, stand Hanno auf einmal im Zimmer. Er muss es mitbekommen haben. Und als ich am Samstag losfahren wollte, sprang das Auto nicht an, wie du weißt. Hans hat später herausgefunden, warum.«

Sie sah Sprudel bedeutungsvoll an. »Die Batterie war abgeklemmt. Und weißt du, wer regelmäßig seinen Neffen am Erlenweiler Ring besucht, wobei er direkt an meiner Garage vorbeikommt? Der Hausmeister von der Katherinenresidenz.« Sie berichtete, dass jener Hausmeister ein Verwandter ihres Nachbarn Struck war, mit dem Hans Rot regelmäßig Schafkopf spielte.

»Wir müssen endlich Marco informieren«, sagte Sprudel. »Die Sache wird mir zu brenzlig. Was, wenn es Hanno nicht reicht, Rolands Notizen an sich gebracht zu haben? Was, wenn er fürchtet, du wärst inzwischen mit Hilfe deiner Tante hinter ihre Bedeutung gekommen?«

8

Sprudel hatte keine Ausflüchte gelten lassen. Er hatte sogar gedroht, Fanni persönlich am Erlenweiler Ring abzuholen, wenn sie nicht in der Früh um neun am Parkplatz des Supermarktes stehen würde, um zu ihm ins Auto zu steigen und mit ihm zum Polizeipräsidium nach Straubing zu fahren, wo sich Marcos Dienststelle befand. Sie müsse unverzüglich ihre Aussage machen, hatte Sprudel verlangt, egal ob von Jonas schon eine Vermisstenanzeige vorlag oder nicht.

Fanni hatte letztendlich eingewilligt und sich am Dienstagmorgen, dem 29. Juni, auf besagtem Parkplatz eingefunden. Sie war mit Sprudel nach Straubing gefahren und hatte ihre Aussage gemacht.

Allerdings nicht bei Marco, sondern bei Kommissaranwärter Schulz. Marco war kurz vor ihrer Ankunft im Präsidium an einen Tatort gerufen worden. Es konnte Stunden dauern, bis er zurückkehrte. So lange hatte Fanni nicht warten wollen. Sprudel hatte nachgegeben, und deshalb hatte Fanni dem jungen Anwärter von ihrer Begegnung mit dem vermutlich toten Roland Becker erzählt und davon, dass der lebendige Becker sich nicht auf der Zellerhütte befand, wie eine sehr wahrscheinlich getürkte Karte glauben machen wollte.

Schulz ließ entschlüpfen, dass Roland Becker betreffend tags zuvor bereits zwei Vermisstenmeldungen bei der Behörde eingegangen waren – eine von Herrn Jonas Böckl und eine von Frau Emilia Bachl. Dann studierte er eine ganze Weile die Notizen, die er sich während Fannis Aussage gemacht hatte.

»Schlimm«, meinte er schließlich, »geradezu verhängnisvoll, dass die Entdeckung, die Sie da auf der Hintertreppe gemacht haben, schon fast eine Woche zurückliegt.«

»Was hätte es denn genützt«, verteidigte sich Fanni, »wenn ich damals die Polizei informiert hätte? Der Pflegedienstleiter hätte energisch dagegengehalten, dass ich mir den toten Pfleger nur eingebildet habe. Das dachten sowieso alle in der Katherinenresidenz. Sobald die Karte eingetroffen war, erst recht. Und vermisst wurde Roland vergangenen Mittwoch ja noch von niemandem – selbst am Donnerstag noch nicht.«

Der Kommissaranwärter wirkte verunsichert, was er mit betont resoluter Stimme zu verhehlen suchte. »Sie hätten auf der Stelle Anzeige machen müssen. Über die Relevanz der gemachten Beobachtung entscheidet in so einem Fall die Polizei und nicht der Bürger, der …«

Bla, bla, bla!

Fanni stand auf. »Dann wollen wir die Polizei bei ihren Entscheidungen nicht weiter stören.«

Kurz nach zehn befanden sich Fanni und Sprudel bereits wieder auf dem Rückweg nach Deggendorf.

»Eigentlich bleibt mir noch ein Stündchen, bevor ich zu Hause an den Herd muss«, sagte Fanni.

Sprudel schaute sie freudig an. »Wie wollen wir das Stündchen nutzen?«

»Ich denke an einen Spaziergang«, antwortete Fanni. »Einen Bummel durch die Zugspitzstraße.«

»Zugspitzstraße«, wiederholte Sprudel verwundert. »Ich habe keine Ahnung, wo die Zugspitzstraße …«

Fanni förderte aus ihrer Handtasche einen Stadtplan zutage. »Hier, das Viertel liegt auf einer Anhöhe im Westen der Stadt: Zugspitzstraße, Wendelsteinstraße … Gut die Hälfte der oberbayrischen Berge ist vertreten – namentlich jedenfalls.«

»Und diese Namen ziehen dich dorthin?«, fragte Sprudel.

Fanni verneinte. »Was mich dort hinzieht, ist ein Eintrag im Telefonbuch, den ich mir gestern Abend herausgesucht habe: ›Erwin und Ida Hanno, Zugspitzstraße 11‹.«

»Ach, Fanni«, seufzte Sprudel. »Was versprichst du dir davon, an Hannos Wohnung vorbeizuspazieren?« Er warf ihr einen scharfen Blick zu. »Du willst doch nicht etwa einbrechen?«

Fanni schüttelte den Kopf. »Natürlich nicht. Ich möchte nur nachsehen, ob sein Haus zu seinem Wagen und zu seinen Anzügen passt.«

Es passte.

In der Zugspitzstraße gab es ausnahmslos hübsche Häuser – großzügig, gepflegt, gediegen.

Nummer 11 zeigte sich als eines der großzügigsten, gepflegtesten, gediegensten. »Ida und Erwin Hanno« stand auf einem wie eine Blüte geformten Keramikschild, das an der Granitsäule neben dem schmiedeeisernen Gartentor angebracht war.

Fanni und Sprudel schlenderten daran vorbei und an der Gartenmauer entlang bis zum Nachbargrundstück.

Dort blieb Fanni stehen. »Man sollte mit Ida ein Schwätzchen halten.«

Sprudel zog eine Augenbraue hoch. »Du willst klingeln?«

Fanni nickte.

Sprudels zweite Augenbraue folgte. »Und wenn Hannos Frau öffnet, willst du sagen: ›Hallo, Ida, halten wir ein Schwätzchen?‹«

»Ich werde jemanden zu sprechen verlangen«, entgegnete Fanni. »Kaspar Friedrich.«

»Kaspar Friedrich?«

»Ich werde so tun«, erklärte Fanni und machte sich auf den Weg zurück, »als hätte man mir Kaspar Friedrichs Adresse mit ›Zugspitzstraße 11‹ angegeben.«

Sprudel folgte ihr bis zu einem überhängenden Ast an der Mauer. »Ich warte lieber hier auf dich.«

Fanni zögerte, verhielt den Schritt. Doch dann sagte sie zustimmend: »Du hast recht. Es wird wohl besser sein, wenn wir nicht zu zweit aufkreuzen.«

Forsch eilte sie auf die Gartenpforte zu, drückte kühn die Klinke hinunter und trat ein. Sie hatte erst ein kleines Stückchen des gepflasterten Weges, der aufs Haus zuführte, hinter sich gebracht, als sie von rechts eine Stimme hörte. »Da ist niemand daheim.«

Fanni wandte sich in die Richtung, aus der die Stimme gekommen war. Hinter einer Grundstücksbegrenzung aus bogenförmig geschwungenen Holzelementen entdeckte sie eine ältere Frau, die dabei war, ihre Tomatenpflanzen zu düngen. Eine lange Reihe entsprechend bestückter Töpfe zog sich an einem Mäuerchen auf dem Nachbargrundstück entlang.

»Ich dachte …«, begann Fanni zögernd.

Die Nachbarin war an den Zaun herangetreten. »Den Tag der offenen Tür haben die am Donnerstag. Und auch da erst ab halb sechs.«

»Ich weiß«, entgegnete Fanni nun mit fester Stimme. »Aber ich hatte gehofft, Ida trotzdem anzutreffen.«

Die Nachbarin sah sie vorwurfsvoll an. »Die Ida arbeitet doch jeden Tag von acht bis fünf. Die ist doch Geschäftsführerin in der Firma von ihrem Vater.«

Während die Frau redete, hatte Fanni den Blick über die Fassade des Hauses gleiten lassen.

Kostspielig!

»Ich wusste gar nicht, dass der Erwin und die Ida so ein schönes Haus haben«, sagte sie in das plötzlich entstandene Schweigen.

»Arm sind die nicht«, meinte die Nachbarin daraufhin, und es klang ein bisschen neidisch.

»Erwin scheint ja recht gut zu verdienen«, sagte Fanni.

»Der?« Die Nachbarin machte eine wegwerfende Handbewegung. »Der könnte sich allein nicht mal ein Gartenhäuschen leisten.« Sie streckte den Zeigefinger durch einen der rautenförmigen Zwischenräume des Zauns, um besser auf Hannos Haus deuten zu können. »Das ganze Geld kommt vom Schwiegervater. Der besitzt nämlich eine Drogeriekette.«

Sie schien einen Augenblick mit sich zu kämpfen, dann siegte offenbar die Gehässigkeit. »Und deswegen kann der Hanno auch daherkommen, als wär er ein Bankdirektor. Dabei ist er bloß Altenpfleger, der Hanno.«

»Sie mögen ihn nicht«, stellte Fanni fest.

Die Nachbarin bog die Mundwinkel nach unten. »Mir ist der Dickwanst eine ganze Portion zu aufgeblasen.« Damit wandte sie sich wieder den Tomatenpflanzen zu, und Fanni blieb nichts anderes übrig, als den Rückzug anzutreten.

Sprudel stand wartend unter dem überhängenden Ast.

Während Fanni ihm kurz Bericht erstattete, gingen sie langsam weiter und schwenkten, ohne darauf zu achten, wohin sie sich wandten, in die Alpspitzstraße ein.

»Hanno lebt also tatsächlich auf viel größerem Fuß, als es sein Gehalt erlauben könnte«, sagte Sprudel.

»Eindeutig«, antwortete Fanni. »Aber nach dem, was die Nachbarin über seinen Schwiegervater verlauten ließ, muss das nicht unbedingt heißen, dass Hanno seinen hohen Lebensstandard durch kriminelle Geschäfte finanziert.«

Sprudel blieb stehen und sah sie an. »Dahingehend interpretierst du also Rolands Aufzeichnungen. Du glaubst, Hanno nimmt die Senioren in der Katherinenresidenz auf ganz infame Art und Weise aus und Roland hat, so weit ihm das gelang, darüber Buch geführt, um den Nachweis zu erbringen.«

»Bist du noch nicht auf diesen Gedanken gekommen?«, fragte Fanni. »Aber es ist ja auch nur eine Möglichkeit unter vielen.«

»Allerdings eine recht plausible«, sagte Sprudel.

Schweigend gingen sie weiter.

»Fragt sich also«, resümierte Sprudel nach einiger Zeit, »ob dieser Schwiegervater nur als Alibi amtiert oder ob er wirklich so spendabel ist.«

»Wie sollen wir das herausfinden?«, fragte Fanni murrend.

»Wir müssen halt mit ein paar Leuten vom Personal der Katherinenresidenz reden«, erwiderte Sprudel. »Der Hausmeister könnte uns eine ganze Menge zu erzählen haben, und Schwester Inge …«

Fanni seufzte. »Ich habe das Gefühl, wir geraten immer weiter in eine Sackgasse, Sprudel.«

»Das tun wir allerdings«, antwortete er und blieb abrupt stehen.

Sie waren nach der Alpspitzstraße noch ein-, zweimal abgebogen und befanden sich nun am Ende einer Häuserzeile.

Der Weiterweg war von Steinbrocken versperrt, die wie Wächter über die Wildnis wirkten, die sich dahinter ausbreitete: Sträucher, Efeu, Grasbüschel, Röhricht, alles wucherte durcheinander.

»Ein verfallenes Haus auf einem brachliegenden Grundstück«, murmelte Sprudel. »Hier in diesem gepflegten Viertel.«

Erst jetzt erkannte Fanni, dass die Steinbrocken von einer fast zerstörten Mauer stammten, und als sie den Blick hob, entdeckte sie in einiger Entfernung ein bemoostes Hausdach.

»Brünnsteinstraße 17«, las Sprudel von einer Platte aus Ton ab, die zerbrochen vor seinen Füßen lag.

Fanni machte ein paar Schritte hinter die einstige Grundstückseinfassung und versuchte, durch das Dickicht zu spähen. »Ob wohl das Haus noch bewohnt ist?«

»Schwer vorstellbar«, antwortete Sprudel. »Die Bewohner bräuchten eine Machete, um zu ihrem Domizil vorzudringen.« Er warf ihr einen alarmierten Blick zu. »Du wirst es doch nicht herausfinden wollen?«

Fanni schüttelte den Kopf.

»Wir müssen sowieso zurück zum Wagen«, sagte sie nach einem Blick auf die Armbanduhr. »Es ist schon nach elf.«

Sprudel war in ein Geviert aus Bretterwänden getreten, das sich nur wenige Meter innerhalb der Grundstücksbegrenzung befand und den Einsturz der Mauer unbeschadet überstanden hatte. Es mochte einmal als Unterstand für die Mülltonnen gedient haben.

»Oh«, hörte Fanni.

Sie folgte ihm und versuchte, ihm über die Schulter zu blicken. Sprudel machte ihr Platz.

»Oh«, kam es nun auch von Fanni.

Offenbar waren hier Jugendliche zu einer Art Fete zusammengekommen. Haufenweise Müll lag herum, Reste von Schokoriegeln, Keksen, Chips samt den Fetzen der zugehörigen Verpackungen, eine vergessene Socke, ein zerrissener Schal, ein Häufchen Reißnägel, das Ausläufer nach links und rechts bildete, und außerdem jede Menge leerer Schnapsflaschen, einige davon in Scherben, dazwischen eingetrocknete Pfützen von Erbrochenem.

Sehen so die Schlupfwinkel aus, in denen sich die Kids zum Komasaufen treffen?

Anscheinend, dachte Fanni.

Sprudel schaute nachdenklich auf den Unrat. »Haben es die Jugendlichen heutzutage satt, in hübschen Häusern zu wohnen, wo klares Wasser aus einem glänzenden Hahn fließt, neben dem ein flauschiges angewärmtes Handtuch hängt, wo …«

Fanni ließ ihn nicht weitersprechen. »Ach Sprudel.« Sie nahm ihn bei der Hand und zog ihn weg.

Eilig liefen sie die Brünnsteinstraße zurück und fanden sich in der Wendelsteinstraße wieder. Dort wussten sie nicht, ob sie nun nach rechts oder links abbiegen mussten, um zur Zugspitzstraße zurückzugelangen.

»Das ist ja wie in einem Labyrinth hier«, beschwerte sich Fanni.

»Einem Labyrinth, in dem die Namen oberbayrischer Berge für beträchtliche Konfusion sorgen«, stimmte ihr Sprudel zu.

Sie versuchten es links, doch nach etwa zweihundert Metern mündete die Straße in einen Waldweg. Hastig eilten sie zurück, versuchten es rechts und kamen wieder in die Alpspitzstraße.

»Es kann jetzt nicht mehr weit sein«, sagte Sprudel.

Das wäre es auch nicht gewesen, wenn sie nicht noch mal eine falsche Abzweigung gewählt hätten.

»Halb zwölf«, stöhnte Fanni, als sie endlich vor Sprudels Wagen standen.

Sprudel betätigte die Entriegelung, blieb jedoch neben der Fahrertür stehen. Über das Autodach hinweg sagte er zu Fanni: »Vor dem Supermarkt, bei dem du geparkt hast, gibt es so eine Hähnchenbraterei wie auf den Volksfesten. Warum überraschst du deinen Mann nicht mit einem gegrillten Hühnchen zu Mittag?«

Fanni grinste. »Hans wird begeistert sein.«

Als sie in Sprudels Wagen stieg, sah sie an ihrer Schuhsohle etwas aufglänzen. Sie schaute genauer hin und erkannte, dass sie sich einen Reißnagel eingetreten hatte.

Die Fahrt zum Supermarktparkplatz dauerte nur wenige Minuten. Bevor Fanni die Autotür öffnete, sagte sie: »Am Nachmittag werde ich Tante Luise besuchen. Womöglich hat sie es geschafft, Rolands Code zu knacken.« Sie zögerte. »Magst du mitkommen? Ich habe Luise schon von dir erzählt. Ich vertraue ihr, sie wird nicht petzen bei Hans.«

Sprudel lehnte ab. »Die Tante vielleicht nicht. Aber im ganzen Haus wird sich wie ein Lauffeuer verbreiten, dass Fanni Rot in Begleitung eines fremden Herrn kam. Irgendjemand wird herausfinden, um wen es sich dabei handelte, und es morgen oder übermorgen deinem Mann stecken. Wir wollen nicht vorsätzlich Ärger heraufbeschwören, Fanni.«

Sie legte ihm die Hand auf den Arm. »Dann melde ich mich bei dir, sobald ich die Katherinenresidenz wieder verlassen habe.«

Sprudel nickte und stieg aus.

Fanni sah ihn fragend an. »Fährst du nicht nach Hause?«

»Doch«, antwortete Sprudel. »Aber zuvor hole ich mir auch ein Brathähnchen als Mittagessen.«

9

Als Fanni um zwei Uhr nachmittags zu Tante Luise ins Zimmer trat, lehnte eine der Schwestern an der Tischkante und hielt offenbar einen Plausch mit ihr.

Das ist diejenige, die Rosmarie auf dem Foto erkannt hat.

Ja, dachte Fanni, das ist Schwester Inge, einer der beiden Vektoren, die nach Windischgarsten weisen. Es trifft sich gut, dass sie nichts Besseres zu tun hat als mit Luise zu palavern.

»Wir haben uns gerade über die Region unterhalten, in der diese Zellerhütte liegt, wo sich Roland gerade aufhält«, sagte Luise zu Fannis Begrüßung. »Leider bin ich nie dort gewesen.«

»Und Sie, Schwester Inge?«, fragte Fanni.

Die Schwester sah sie erschrocken an. »Nein, nein, ich auch nicht.«

»Ach«, entgegnete Fanni. »Und ich meinte mich zu erinnern, dass ich Sie mal im Dilly's gesehen hätte.«

Schwester Inge schluckte.

»Im Dilly's in Windischgarsten«, sagte Fanni betont.

»Windischgarsten, ja, natürlich.« Schwester Inge bemühte sich sichtlich, den Eindruck zu vermitteln, als wäre ihr eben erst ein Licht aufgegangen.

»Nette Hotelanlage«, fuhr Fanni fort. »Aber nicht billig.«

Schwester Inge kaute auf ihrer Unterlippe. »Ich … ich hab den Aufenthalt dort geschenkt bekommen. Selbst könnte ich mir so etwas gar nicht leisten.«

»Schwester Inge, Schwester Inge!« Tante Luise drohte schelmisch mit dem Finger. »Sie scheinen ja einen spendablen Freund zu haben.«

Inge schüttelte den Kopf. »Frau Rot, Sie wissen doch, dass ich unglücklich verheiratet war und erst vor Kurzem geschieden wurde.«

»Und wer hat Ihnen dann dieses Geschenk gemacht?«, fragte Luise unumwunden.

Schwester Inge blieb die Antwort schuldig.

Da sagte Fanni: »Es war kein Geschenk. Es war eine Belohnung, ein Entgelt.«

Schwester Inge wurde blass.

Ganz schön frech, was du da von dir gibst, Fanni!

Frech? Das Wort brachte sie ins Schlingern. Die fünf Buchstaben standen plötzlich vor ihren Augen und ließen sich nicht wegwischen.

Frech!

Das ist ein Attribut für Kinder, dachte Fanni. Wenn Minna sagen würde: »Oma, du bist heute angezogen wie eine Vogelscheuche«, dann wäre das frech. Kinder sind oft frech. Sie gehen zu weit, weil sie die Grenzen erst ausloten müssen. Erwachsene gehen auch zu weit. Aber das kann man genauso wenig mit dem Wort »frech« bezeichnen, wie man das Verhalten eines ausgewachsenen Elefanten oder Nilpferds als »frech« bezeichnen würde. Erwachsene sind dreist oder ungehobelt, taktlos oder grob. Bei Erwachsenen muss man differenzieren.

Bist du noch bei Trost, Fanni? Willst du nun Informationen von Schwester Inge bekommen, oder willst du über die richtige Wortwahl nachgrübeln?

»Wer gute Arbeit leistet«, vernahm sie plötzlich von Schwester Inge, »der verdient sich halt auch eine Belohnung.«

Bevor Fanni verdauen konnte, was sie gehört hatte, sagte Luise: »Die Heimleitung hat Ihnen ein Wochenende in diesem Dilly's bezahlt? Nobel, nobel.«

Schwester Inge wand sich. Ein Piepton erlöste sie. Hastig lief sie hinaus.

Fanni sah Tante Luise an. »Was meinst du? Werden beim Personal der Katherinenresidenz besondere Anstrengungen im Pflegedienst mit einem Aufenthalt im Wellnesshotel prämiert?«

Tante Luise lachte sich schlapp. »Wie in meiner Schulzeit, erste Klasse. Wer die schönsten O malt, kriegt ein Gutzetterl. Für zehn Gutzetterl gibt's ein Heiligenbild. Nein, so läuft das hier nicht, Fanni. Und wenn, dann wüssten alle davon. Die Schwestern würden sich gegenseitig überbieten, um an so ein Dingswochenende zu kommen. Sie machen ihre Arbeit, Punkt, Schluss, aus. Der Einzige, der immer mehr tat, als er musste, war ...«

»Roland«, brachte Fanni den Satz zu Ende und registrierte, dass inzwischen auch Luise von dem Pfleger, den sie so schätzte, in der Vergangenheitsform sprach.

»Und du bist sicher«, fragte sie nach einer versonnenen Pause, »dass Schwester Inge hier in der Katherinenresidenz keine besonderen Aufgaben übernommen hat, Funktionen, die besonders honoriert werden?«

»Quatsch«, antwortete Luise. »Ausgerechnet Schwester Inge. Das ist doch die Nachlässigste von allen. Die hat immer Zeit, sich an die Tischkante zu lehnen und einem Löcher in den Bauch zu fragen. Für alles interessiert sich die. Für jeden Furz, egal ob von vorhin oder von vor fünfzig Jahren. Roland hat sie immer ›unsere Verhörexpertin‹ genannt.«

Fannis Augen weiteten sich. »Soll das heißen, sie horcht die Bewohner der Katherinenresidenz systematisch aus?«

»Wie sagen sie in den Fernsehkrimis immer so schön?«, erwiderte Tante Luise. »Nicht nachweislich! Schwester Inge unterhält sich halt gern mit ihren Schutzbefohlenen, interessiert sich für ihre Belange.«

»Und was sie erfährt«, sagte Fanni nachdenklich, »das gibt sie an jemanden weiter, der sie mit einem Wochenende im Dilly's dafür bezahlt.«

Luise pfiff durch die falschen Zähne. »An dir ist ja eine Miss Marple verloren gegangen, Fanni.«

Fanni wedelte Luises Bemerkung mit der Hand weg, um den Faden nicht zu verlieren. »Hat Roland Becker Schwester Inges Mitteilungen in Form von Kürzeln in sein Notizbuch eingetragen?«

»Und sie dafür bezahlt?«, fragte Luise. »Mit Aufenthalten im Nobelhotel? Hätte er sich das denn leisten können?«

»Mit seinem Gehalt als Pfleger wohl kaum«, antwortete Fanni. Mehr zu sich selbst sprach sie leise weiter: »Aber es gibt einen in der Katherinenresidenz, der offensichtlich genug Geld für Extravaganzen hat.« Dann sagte sie laut zu Tante Luise: »Die Kürzel, hast du darüber nachgedacht?«

Luise glättete den Bogen Papier, den sie zusammengerollt wie einen ägyptischen Papyrus auf dem Schoß gehalten hatte. »Gä,

Ma, Pu, Pi. Ich habe die halbe Nacht darüber nachgedacht. Aber mir fallen nicht einmal Wörter ein zu diesen Abkürzungen. Außer zu Pi. Pi wie Pillen.«

»Pillen«, wiederholte Fanni. »Es könnte sich also doch um Medikamente handeln. Lass mich mal überlegen.«

Sie starrte eine Weile mit gerunzelten Brauen auf das, was sie tags zuvor aus dem Gedächtnis hingeschrieben hatte.

»Ich glaube, ›Pi‹ stand unter fast allen Namen und hinter dem Schrägstrich daneben Zahlen von hundert bis tausend.«

Tante Luise wirkte auf einmal geistesabwesend. »Bonner ... Bonner hat mir einmal von einer Frischzellenkur erzählt, die er sich geleistet hat. ›Bringt neuen Schwung für Körper und Geist‹, hat er zwinkernd gesagt und: ›Gibt's aber nicht bei Aldi für zwei Euro neunundneunzig.‹«

Fanni sog scharf die Luft ein. »Das könnte passen. Mittelchen gegen das Altern – Stärkungsampullen, Pflanzenextrakte, Vitaminpräparate, das Zeug ist sicherlich gefragt. Aber Ginseng und Co ist teuer. Da kommen leicht mal ein paar hundert Euro zusammen.«

»Mag sein«, sagte Luise. »Aber es ist doch nicht verboten, so was einzunehmen.«

»Und ebenso wenig dürfte es verboten sein, Bewohner eines Seniorenheims damit zu versorgen«, stimmte ihr Fanni zu. »Außer man würde die Kunden übervorteilen und sich dabei über Gebühr bereichern.«

»Meinst du, Roland hat das getan?«, fragte Luise.

Fanni sah sie an. »Das müssen wir irgendwie herauskriegen.«

Da lächelte Tante Luise spitzbübisch und drückte auf den Klingelknopf. »Holen wir uns doch mal eine der Schwestern her und melden Bedarf an gewissen Pülverchen an. Es ist sowieso höchste Zeit für eine frische Pampers.«

Als sich die Zimmertür öffnete, bauschten sich die Gardinen im Wind. Fanni stand auf und schloss die Balkontür.

Du musst dich besser vorsehen. Hattest du nicht neulich schon den Verdacht, dass von da drüben gehorcht wird?

»Schwester Monika, Schatzilein«, zwitscherte Luise, kaum dass die Schwester eingetreten war. »Ich fühl mich unten herum ganz nass.«

Die beiden verschwanden im Badezimmer.

Fanni zögerte keinen Augenblick, an der Tür zu horchen.

»Eine Frischzellenkur«, lachte Schwester Monika, »aber Frau Rot, das haben Sie doch nicht nötig.« Gleich darauf klang ihre Stimme ernst. »Das ist doch reine Abzocke. Alles bloß Sprüchemacherei. Solche Mittel haben längst nicht die Wirkung, die uns gewisse Anzeigen in Illustrierten glauben machen wollen.«

Was Luise darauf sagte, konnte Fanni nicht verstehen. Die Antwort von Schwester Monika hörte sie jedoch wieder klar und deutlich.

»Niemand kann oder wird Sie daran hindern, frei verkäufliche Arznei- oder Nahrungsergänzungsmittel einzunehmen. Aber der Pflegedienstleiter hat angeordnet, dass wir vom Personal den Senioren nichts davon besorgen dürfen.«

»Aber wieso denn?« Tante Luises Stimme klang quengelig.

»Herr Hanno meint«, erwiderte Schwester Monika, »dass unsere Senioren durch Dr. Tomen medizinisch optimal versorgt werden. Ein Darüberhinaus sei unsinnig. Wobei allerdings nichts dagegenspricht, dass unsere Senioren mal eine Flasche Doppelherz oder Klosterfrau Melissengeist geschenkt bekommen.«

»Von der Heimleitung?«, fragte Luise in naivem Ton.

»Natürlich nicht«, antwortete Schwester Monika. »Die Heimleitung verschenkt eine Flasche Rotwein zum Geburtstag. Das wissen Sie doch, Frau Rot.«

Wasserrauschen hinderte Fanni daran, den folgenden Teil der Unterhaltung zu verstehen; kurz darauf sah sie, dass die Türklinke hinuntergedrückt wurde. Schnell flüchtete sie in eine andere Zimmerecke.

Schwester Monika schob Luise heraus und sah dann abwartend auf sie hinab.

»Stellen Sie mich an der Balkontür ab«, sagte Tante Luise auf ihre stumme Frage. »Damit ich auf die Allee hinunterschauen kann und mitbekomme, was sich da tut.«

Schwester Monika tat ihr den Gefallen. Bevor sie sich zum Gehen wandte, tätschelte sie Luise den Arm. »Glauben Sie mir, Frau Rot, nichts kann den Alterungsprozess aufhalten.« Damit eilte sie hinaus.

Luise nickte bestätigend vor sich hin. »Nichts kann dem Tod ein Schnippchen schlagen.«

Fanni räusperte sich. »Wenn wir also davon ausgehen, dass sich Herr Bonner die Ampullen für seine Frischzellenkur nicht im Internet bestellt hat, dann setzt sich jemand in der Katherinenresidenz über Hannos Anweisungen hinweg. Oder konnte Bonner selbst zur Apotheke …«

Luise ließ sie nicht ausreden. »Der doch nicht. Dem haben sie ja vor zwei Jahren das linke Bein amputiert.«

»Gut«, sagte Fanni. »Was haben wir also herausgefunden? In der Katherinenresidenz darf das Personal keine Zusatzmittelchen auf private Rechnung für die Senioren besorgen. Das ist aber geschehen.« Sie stutzte. »Verwandte könnten es für Bonner getan haben.«

»Schwer möglich«, entgegnete Luise. »Soviel ich weiß, lebt seine Tochter im Ausland und hat schon Jahre nichts mehr von sich hören lassen.«

»Bonner und – falls wir Rolands Notizen richtig interpretiert haben – auch noch einige andere Senioren«, fuhr Fanni fort, »wurden also heimlich mit speziellen Medikamenten versorgt. Aber wir haben noch immer keinen konkreten Hinweis, wer dahintersteckt.« Sie runzelte nachdenklich die Stirn. »Wir können noch nicht einmal die Frage beantworten, ob Roland selbst unerlaubte Geschäfte betrieben hat oder ob er die eines anderen dokumentierte.«

»Mir hat Roland nie …«, begann Tante Luise.

»Doch«, unterbrach sie Fanni.

Luise sah sie perplex an.

»Hat dir Roland nicht einmal etwas besorgt? Ein T-Shirt?«, fragte Fanni.

In Luises Augen blitzte Begreifen auf, doch im nächsten Augenblick wackelte sie bedeutungsvoll mit dem Zeigefinger. »›Das ist eine einmalige, einzigartige Ausnahme‹, hat Roland gesagt, als er es für mich bestellt hat. ›Und ich mache das nur, weil Sie sich heute so ausgestoßen fühlen.‹ Ich habe ihm nämlich leidgetan, weil Muttertag war und alle zu Hause bei ihren Familien hockten – sogar die Männer. Irgendwann kam Roland zum Blutdruckmessen zu mir rein, und als er gesehen hat, wie traurig ich rumhing, hat er mich mit ins Stationszimmer genommen. Von den Schwestern war ja sowieso keine da. Roland hatte gerade dieses Ebay am Computer an, und da hat er mir halt gezeigt, was man da so alles ersteigern kann. Und stell dir vor, da seh ich auf einmal dieses exquisite Oberteil.«

Fanni konnte Rolands Verhalten gut nachvollziehen. Es passt nicht, dachte sie. Es passt nicht zu einem, der en gros Geschäfte mit Medikamenten betreibt.

Sie setzte sich an den Tisch, stützte die Ellbogen auf, legte das Gesicht in die Handflächen und kniff die Augen zu.

Konzentrier dich! Welche Lösung erscheint logisch, stichhaltig, einleuchtend, sinnvoll …

Hinter ihren geschlossenen Lidern tanzten Sterne, als sie sich darüber klar war.

»Es muss umgekehrt sein«, rief sie so laut, dass in Luises antiker Vitrine die Gläser klirrten. »Nicht Roland handelt mit Medikamenten und auch niemand sonst vom Personal, sondern Hanno selbst. Deshalb hat er es auch den anderen so strikt verboten. Deshalb kann er sich die teuren Anzüge und protzigen Armbanduhren leisten, die ihm wohl kaum sein Schwiegervater kauft. Roland ist Hanno draufgekommen, hat die Verkäufe aufgelistet und war kurz davor, ihn auffliegen zu lassen. Deshalb hat Hanno ihn umgebracht. Und damit bestätigt sich auch meine anfängliche Theorie, dass Hanno der Mörder sein muss. Es fügt sich nahtlos zusammen!«

Luise bewegte stumm die Lippen, als würde sie beten. Fanni nahm an, dass sie sich bemühte zu erfassen, wie alles zusammenhing.

Nach einer Weile fragte sie gedankenvoll: »Und was hat Hanno mit dem toten Roland gemacht?«

Als Fanni es ihr erklärt hatte, schüttelte Luise den Kopf. »Wenn von uns Alten hier einer stirbt, dann läuft das so: Die Leiche wird ins Leichenkammerl geschafft.« Sie winkte ab, als Fanni dagegen Einspruch erheben wollte. »Ja, schon gut, offiziell heißt es ›Aussegnungsraum‹. Dort wird sie aufgebahrt, bis der Bestatter sie abholen kommt. Der bringt einen Sarg mit, packt sie ein und servus.« Luise hob den Zeigefinger. »Hast du gehört, Fanni? *Der Bestatter* bringt den Sarg mit, und *er* packt sie hinein!«

»Ja, das habe ich verstanden«, entgegnete Fanni. »Bei Bonner aber ist es anders gelaufen, und ich weiß auch, warum. Als die Herren vom Bestattungsinstitut mit dem Sarg eintrafen, konnten sie Bonner nicht mitnehmen, weil der Totenschein fehlte. Deshalb mussten sie wieder abziehen und später noch mal kommen. Den Sarg haben sie natürlich inzwischen stehen lassen.«

Luise nickte. »Hanno hat dafür gesorgt, dass ihm ein leerer Sarg zur Verfügung steht, und er hat ihn doppelt …« Sie unterbrach sich und deutete hinaus auf die Allee, deren mittlerer Teil über die Balustrade des Balkons hinweg gut einzusehen war. »Dein Mann ist im Anmarsch. Willst du dich lieber verdrücken? Er wird sonst wissen wollen, was du außertourlich hier machst.«

Fanni war an die Scheibe getreten und beobachtete Hans Rot, der abwartend stehen geblieben war.

Wem blickt er denn entgegen?

Gleich darauf sah sie es. Benat und Hanno kamen auf ihn zu. Er grüßte, sie grüßten zurück. Dann sagte einer der Herren etwas, und Hans Rot antwortete sichtlich geschmeichelt. Sie kamen ins Gespräch.

»Ich nehme die Hintertreppe«, sagte Fanni und schaute Luise mit gespielter Strenge an. »Und verrate bloß Hans nichts von unseren Ermittlungen, Tante Luise.«

Luise legte ihre beiden Zeigefinger überkreuzt auf die Lippen.

Fanni nickte ihr zu, dann wandte sie sich zur Tür. Dort drehte sie sich noch mal um. »Wer wohnt eigentlich in dem Apartment neben dir, dessen Balkon an deinen grenzt?«

Luise sah sie irritiert an. »Die Nagel natürlich. Seit Tagen reden wir doch von ihr und davon, dass sie es nicht mehr lang macht. Spätestens zum Wochenende werde ich eine neue Nachbarin haben.«

Fanni wollte die Tür schon öffnen, da unterbrach sie ihr Vorhaben erneut. »Ich lasse mein Handy eingeschaltet. Ruf mich an, falls dir noch etwas zu den Kürzeln einfällt. Je mehr wir darüber herausfinden, desto besser ist das für die Ermittlungen. Hast du die Nummer aufgehoben, die ich dir neulich aufgeschrieben habe?«

Luise deutete auf die Kommode neben ihrem Esstisch, wo in einem geschnitzten Kästchen diverse Zettel steckten, und machte das Victory-Zeichen.

Fanni winkte ihr lachend zu und verließ endlich das Zimmer.

Sie hastete die Hintertreppe hinunter, stieg in ihren Wagen und fuhr davon. Beim Einbiegen in die Hauptstraße riskierte sie einen Blick aus dem Seitenfenster und sah, dass sich Hans Rot noch immer mit Benat und dem Pflegedienstleiter unterhielt.

Fanni fuhr weiter bis zu einer Parkbucht an der Mettener Straße, wo sie kurz anhielt, um mit Sprudel zu telefonieren.

»Mir bleibt genügend Zeit heute«, sagte sie, »sodass wir uns noch am Hütterl treffen können. Hans hat von vier bis acht Kassenprüfung beim Schützenverein.«

Deshalb ist er jetzt schon bei Luise aufgekreuzt, fügte sie in Gedanken hinzu.

»Ich geh voraus und koche Kaffee«, bot Sprudel an. »Dazu gibt es Hefeschnecken vom Birkenweiler Bäcker.«

Schmunzelnd unterbrach Fanni die Verbindung. Sie wusste, dass Sprudel in der Dorfbäckerei Stammkunde war. Nicht weil er von den Erzeugnissen des Bäckermeisters besonders angetan gewesen wäre, sondern weil Olga Klein den Laden dienstags und freitags mit böhmischen Spezialitäten belieferte.

Als Fanni in die Hütte trat, duftete es bereits nach Kaffee, nach frischem Backwerk und nach dem herben Rasierwasser, das zu Sprudel gehörte wie die tiefen Wangenfalten, die etwas zu großen Ohren und das besondere Lächeln, das nur für Fanni reserviert war. Sie fühlte ein Kribbeln im Magen.

Holla, Liebesgefühle! Sprießen bei Fanni Rot etwa die Knospen des zweiten Frühlings?

Sprudel nahm sie in die Arme. Sie schmiegte sich an ihn, und heimlich stahl sich die Gewissheit in ihren Verstand, dass sich in den vergangenen Monaten in ihrer Empfindung für Sprudel eine Menge verändert hatte.

Er ist vom Kumpel zum Objekt der Begierde avanciert!

Warum erst jetzt?, fragte sich Fanni, während sie ihre Nase in seine Wangenfalte grub. Nach so vielen Jahren tiefer, jedoch rein platonischer Freundschaft, die ich für unser Alter und für die gegebenen Umstände als bedeutend schicklicher empfand.

Weil vergangenen Herbst ernsthafte Gefahr bestand, ihn zu verlieren!

Mag sein, gab Fanni ihrer Gedankenstimme recht. Mag sein, dass mir die Vorstellung von einem Leben ohne ihn die Augen geöffnet hat.

Sprudel hatte in der Hütte den kleinen Tisch zwischen den Polsterstühlen gedeckt, denn draußen war es empfindlich kühl geworden. Seit Mittag wehte der Wind dunkle Wolken über den Birkenweiler Hügel.

Er führte Fanni zu ihrem Stuhl, nahm ihr gegenüber Platz, schenkte die Tassen voll und legte jedem ein Stück Gebäck auf den Teller.

Sie sahen sich über den Rand ihrer Tassen hinweg an, als sie den ersten Schluck tranken.

Erst nach einiger Zeit fragte er nach den letzten Neuigkeiten im Fall Roland Becker.

Fanni hatte ein wenig Mühe, sich darauf zu besinnen, was sich während des Besuches bei Tante Luise ergeben hatte. Entsprechend stockend begann sie. Mit der Zeit kamen die Sätze flüssiger.

»Darum glaube ich, Hanno selbst versorgt die Senioren mit allerlei Medikamenten und verdient sich eine goldene Nase damit«, beendete sie ihre Ausführungen. »Für alle anderen hat er ein Verbot erlassen, damit ihm niemand ins Geschäft pfuschen kann.«

Sprudel wirkte beeindruckt. »Das hört sich absolut einleuchtend an. Zumal er ja recht offensichtlich auf ziemlich großem Fuß lebt.«

»Eigentlich fast *zu* offensichtlich«, sagte Fanni und fügte auf Sprudels fragenden Blick hinzu: »Ist es nicht merkwürdig, dass er seinen Reichtum ausgerechnet in der Katherinenresidenz so zur Schau …« Sie schrak zusammen, als ihr Handy zu klingeln begann, das sich, seit sie es besaß, wohl noch keine drei Mal gemeldet hatte.

Wie sollte sich ein meist ausgeschaltetes Mobiltelefon auch melden können?

»Fanni«, sagte Tante Luise, »die Nagel ist tot. Komm schnell her, wenn du kannst.«

Fanni brachte mühsam ein stammelndes »Aber wieso? Was hat …?« zustande, als Luise ihr ins Wort fiel: »Komm her, ich muss dir was zeigen.«

Bevor Fanni antworten konnte, war die Verbindung unterbrochen.

»Fahr doch mit«, sagte sie, nachdem sie Sprudel über Luises lakonische Aufforderung informiert hatte. »Luise scheint etwas Wichtiges herausgefunden zu haben.« Weil Sprudel so befremdet schaute, fügte sie hinzu: »Lass sie ruhig darüber klatschen – alle miteinander.«

Ein wenig widerstrebend erhob er sich.

10

Als sie das Zimmer betraten, saß Tante Luise in ihrem Rollstuhl am Esstisch, wo neben dem Blatt Papier, auf das Fanni die ihr aus Rolands Notizblock in Erinnerung gebliebenen Kürzel geschrieben hatte, eine Fotografie in einem Holzrahmen lag.

»Setzt euch«, ordnete Luise an. Sie wirkte kein bisschen überrascht, Sprudel an Fannis Seite zu sehen, schien ihn beinahe erwartet zu haben.

Ohne Einleitung begann sie: »Schwester Monika hat mich vorhin gefragt, ob ich mich noch von der Nagel verabschieden will, bevor sie in den Aussegnungsraum hinuntergebracht wird. Schließlich haben wir die ganze Zeit Tür an Tür gewohnt und Bett an Bett geschlafen.« Sie deutete auf die Wand, die ihr Apartment vom Nachbarzimmer trennte. »Natürlich wollte ich der Nagel Adieu sagen, wollte sehen, was der Tod aus ihr gemacht hat. Man muss sich ja ab und zu vor Augen halten, was einen demnächst erwartet.« Sie wedelte Fannis Einwand mit der Hand weg. »Ein schöner Anblick war sie nicht, die Nagel. Ehrlich gesagt, ich hab gleich wieder weggeschaut. Und da ist mein Blick an dem Foto hängen geblieben.«

Sie stellte es auf, sodass Fanni und Sprudel das Bild gut erkennen konnten. Es zeigte ein schönes Wohnhaus mit einem gepflegten Garten drum herum. »Das ist das Haus der Nagel. Sie war sehr stolz darauf und hat die Fotografie oft herumgezeigt.«

»Und was ist damit?«, fragte Fanni, als ihr die Pause, die folgte, zu lang wurde.

»Das Haus hat mich auf die Idee gebracht, was einige von den restlichen Kürzeln bedeuten könnten«, antwortete Luise und schien über die gespannten Mienen von Fanni und Sprudel ausnehmend befriedigt.

»Die Nagel war gut situiert«, fuhr sie fort, »sehr gut situiert sogar. Ihr Mann soll zu Lebzeiten Bundestagsabgeordneter gewesen sein. Sie bezog eine dicke Pension von ihm – viel, viel mehr, als sie hier verbrauchen oder sonst wie ausgeben konnte. Kinder hatten die Nagels ja keine. Aber weil wohl jeder ein Steckenpferd braucht, für das er Geld verschwenden kann, hat sie eine Menge dafür vergeudet, das Haus in Schuss zu halten. Obwohl sie sich doch spätestens nach dem Oberschenkelhalsbruch denken konnte, dass sie nie mehr dorthin zurückkehren würde, und auch niemanden hatte, dem sie es vererben wollte. Na ja, man wird halt sonderlich im Alter.« Luise zog die Decke über ihren Knien zurecht und schwieg.

»Die Kürzel, Tante Luise«, brachte sich Fanni in Erinnerung.

»Die Kürzel, ja. Schau dir mal den Garten an. Die Rosen, die Hecken. Wen beauftragt man denn, um Rosen zu schneiden und Hecken zu stutzen?« Luise tippte auf eine bestimmte Stelle auf dem Zettel mit den Kürzeln.

»Gä«, las Fanni. »Gärtner.«

Luise strahlte sie an. »Das würde ich auch meinen.«

»Ma«, las Fanni das nächste Kürzel ab.

»Maurer«, schlug Sprudel vor.

»Maurer?«

»Oder Maler«, ergänzte er. »Mit der Zeit fallen sicherlich eine Menge Ausbesserungsarbeiten an.«

»Stimmt«, lobte ihn Luise.

»Pu«, las Fanni.

»Wo gearbeitet wird, fällt Dreck an«, sagte Sprudel, »den eine Putzfrau oder eine Putzkolonne wegschaffen muss.«

Luise nickte. »Selbst wenn nicht gearbeitet wird, fällt Dreck an. Spinnweben hängen von den Balken, Schimmel macht sich breit, Staub deckt die Möbel ein, tote Fliegen liegen auf Fensterbrettern und …«

»… der Regen verschmiert den Ruß an den Scheiben«, beendete Fanni den Satz.

Es war ein Weilchen still im Zimmer. Dann sagte Sprudel: »Gä wie Gärtner, Ma wie Maler, Pu wie Putzfrau, Pi wie Pillen. Wenn ich mich recht erinnere, finden sich nicht bei allen Namen die gleichen Kürzel.«

»Spricht das nicht dafür, dass wir richtig liegen?«, erwiderte Fanni. »Gä habe ich bestimmt nur einmal gelesen, und es ist ja auch recht unwahrscheinlich, dass mehrere der Senioren einen

Gärtner beschäftigen.« Sie dachte einen Augenblick nach. »Am häufigsten, glaube ich, waren die Kürzel Pi und Kon.«

»Kon?«, fragte Luise. »Das hast du aber gar nicht aufgeschrieben, Fanni. Kon?«

»Nehmen wir also mal an«, sagte Sprudel, »die Abkürzungen stehen einerseits für Dienstleistungen, die für die Senioren erbracht wurden, und andererseits für Arzneien. Beruhigungs- und Aufputschmittel womöglich, Lebenselixiere, was weiß ich.«

»Vielleicht auch für Alkohol, Zigaretten, Kosmetika«, fügte Fanni hinzu.

»Kos! Nein, Kon«, murmelte Tante Luise. Laut sagte sie: »Die Nagel hatte ja immer ganz edles Parfüm. Und meistens hatte sie Champagner vorrätig. Bonner liebte teure Zigarren …«

»Konsumgüter«, rief Sprudel. »Kon.«

»Treffer«, rief Fanni begeistert.

Dann wurde es wieder still, bis sie sagte: »Roland hat alles, was er über diese Geschäftemacherei herausfand, heimlich aufgelistet. Vielleicht konnte er anhand seiner Buchführung irgendwie nachweisen, dass die Senioren nach Strich und Faden betrogen wurden.«

Sprudel hob mahnend die Hand, so als wolle er Fanni stoppen, weil sie zu weit vorpreschte.

Sie sah ihn fragend an.

»Eigentlich«, begann er bedächtig, »geben uns die Kürzel keinen Hinweis auf einen Betrug, oder? Wir können aus ihnen nur schlussfolgern, dass Dienstleistungen erbracht wurden – nicht aber, dass sie nicht erbracht oder betrügerisch erbracht wurden.«

»Hm«, machte Fanni.

»Quatsch«, sagte Luise entschieden. »Natürlich geht es um Betrug. Wegen ein bisschen Geschäftemacherei hätte Roland ja nicht zum Schweigen gebracht werden müssen. Der Betrüger ist dahintergekommen, dass Roland ihn im Sack hat, und hat die Gefahr schleunigst beseitigt.«

Fanni nickte. »Anschließend hat er in Rolands Wohnung nach belastenden Unterlagen gesucht, jedoch nichts gefunden. Aber ein paar Tage später hat er mitgekriegt, wie ich dir das Notizbuch gab, und hat nicht gezögert, zuzuschlagen.«

»Müssen wir noch lange ›betrügerischer Geschäftemacher‹, ›Schuldiger‹ und so weiter sagen, oder können wir den Kerl beim Namen nennen?«, fragte Luise trocken.

»Ja, alles deutet auf Hanno hin«, erwiderte Sprudel ernst. »Von Anfang an hat alles auf ihn hingedeutet. Was freilich noch nicht klar ist ...« Er verstummte.

Fanni wartete geduldig, dass er fortfuhr, aber Luise hielt sich nicht zurück. Sie klopfte wieder einmal einen Trommelwirbel auf die Armlehne ihres Rollstuhls und verschoss auffordernde Blicke.

Da beeilte sich Sprudel zu sagen: »Wie kam Roland Becker an seine Informationen? Woher hatte er die Beträge, um die es ging? Oder sind das keine Geldbeträge, die hinter den Kürzeln stehen?«

»Bestimmt sind das Geldbeträge«, antwortete Luise überzeugt. »Und die Nagel zum Beispiel konnte ihm auf den Pfennig genau vorrechnen, wie viel sie gerade wieder in ihr Haus gesteckt hatte, das wusste sie nämlich auswendig.«

»Wie Hanno wohl vorgeht?«, sagte Fanni halb zu sich selbst.

»Wie könnte er wohl vorgehen?«, variierte Sprudel ihre Frage.

Fanni hatte die Fotografie mit dem Haus von Frau Nagel in die Hand genommen und studierte sie. In der rechten Ecke konnte sie ein Stück Mauer und einen Begrenzungspfeiler erkennen. Auf dem Pfeiler befand sich ein Schild. Fanni kniff die Augen zusammen und versuchte, die Aufschrift zu entziffern. »Brü-nn-ste-in.«

Brünnstein?

»Tante Luise«, fragte sie, »hattest du nicht immer eine Lupe – für das Kleingedruckte?«

Luise deutete auf das Kästchen mit den Zetteln darin, und Fanni angelte die Lupe heraus.

Es dauerte ein Weilchen, bis sie den richtigen Abstand zwischen Lupe und Aufschrift gefunden hatte, um alles entziffern zu können.

»Brünnsteinstraße 17«, stieß Fanni erregt hervor, »genau da sind wir heute Vormittag gewesen.«

»Im Haus der Nagel?«, fragte Luise verdutzt.

»An der Gartenmauer«, antwortete Fanni. »Sie steht nicht mehr, und im Garten selbst blüht keine einzige Rose.«

Sprudel nickte bestätigend. »Was Frau Nagel in ihr Haus gesteckt hat, ist offenbar in Hannos Taschen geflossen.«

»Aber es würde doch Jahrzehnte dauern, bis so eine Mauer aus behauenen Steinen einstürzt«, wandte Fanni ein.

»Sie ist gar nicht eingestürzt«, entgegnete Sprudel. »Sie wurde abgetragen. Es lagen ja nur ein paar abgesprengte Brocken herum.«

»Und wie lang dauert es, bis ein Garten derart verwildert?«, fragte Fanni. »Drei Jahre? Fünf?«

»Die Nagel hat mir heuer bei der Maifeier erzählt, dass sie vor sechs Jahren in die Katherinenresidenz gezogen ist«, meldete sich Luise.

Fanni wollte gerade zu einem neuen Einwand ansetzen, da öffnete sich die Tür, und Verena trat ein. Sie trug einen Teller vor sich her, auf dem ein Stück Milchrahmstrudel in seiner Sahnesoße schwamm.

Luise leckte sich die Lippen.

»I hob a Extraschmankerl für Sie.« Verena platzierte den Teller vor Luise auf dem Esstisch. »Oba eigentlich kim i zum Pfüat-Godsong.«

Luise hatte sich bereits über ihr Leibgericht hergemacht und sagte mit vollem Mund: »So schnell hat es geklappt? Dr. Benat ist ja wirklich phänomenal.« Sie schluckte den kaum gekauten Bissen hinunter und wandte sich lebhaft an Fanni und Sprudel. »Dr. Benat hat Verena in einem Institut untergebracht, wo sie unsere schöne deutsche Schriftsprache lernen wird – und sonst hoffentlich auch noch so einiges.«

»Am Ersten kann i ofanga«, erklärte Verena. »Der is übermoing. Oba moing soi i scho kemma.«

Fanni erinnerte sich, dass Benat ihr erzählt hatte, er wolle Verena in einer Einrichtung für – wie hatte er sich ausgedrückt? – Jugendliche mit »Unvollkommenheiten« unterbringen.

Was meint er eigentlich damit?

Eine Art Förderschule wohl, dachte Fanni, unter privater Führung vermutlich.

Sind Privatschulen nicht dafür bekannt, dass sie enorm teuer sind?

»Haben Sie sich nicht erst letzte Woche vorgestellt?«, fragte Fanni.

»Ja«, antwortete Verena. »Am zworazwanzigsten. Am zworazwanzigsten bin i z' Minga gwen.«

Erstaunt bemerkte Fanni, dass Tante Luise nach dem ersten Bissen ihren Löffel beiseitegelegt und sich zurückgelehnt hatte. Ein wenig irritiert davon wandte sie sich wieder Verena zu.

Sie versuchte, sich zu konzentrieren. Das Mädchen war also in München gewesen. Fanni begann zu rechnen. Genau einen Tag bevor die Karte abgestempelt worden war, die Roland angeblich an Schwester Monika geschrieben hatte, war Verena in München gewesen.

Was für ein Zufall!

Allerdings, dachte Fanni, und deshalb würde mich jetzt mal interessieren, was Verena am 22. in München alles so gemacht hat.

»Hatten Sie einen schönen Aufenthalt in der Stadt?«, klopfte sie auf den Busch.

Verena strahlte sie an. »U-Bahn bin i gfohn, glei vom Bahnhof weg – mit der U6 auf Schwabing. Der Herr Benat hot mir gsogt ghabt, wia des geht.«

Fanni lächelte sie aufmunternd an. »Und was haben Sie in Schwabing gemacht?«

Verena dachte lange nach. »Umanandergrennt, Schaufenster ogschaugt, Leit ogschaugt, Kaffee drunga und a Stickl Tortn dazu gessen.«

»Alleine?«

»Ja, wer hätt denn mit mir mitgehn soin?«, fragte Verena verdutzt.

Fanni biss die Zähne aufeinander. Das Mädchen hatte sich in Schwabing vergnügt. Gut, aber dazu war Verena ja nicht nach München gefahren.

Wenn du herausfinden willst, wie sie die gesamte Zeit in München verbracht hat, wirst du sehr geduldig vorgehen müssen – Schritt für Schritt!

Fanni unterdrückte einen Seufzer. »Und nach dem Kaffeetrinken sind Sie in das Institut gegangen?«

»Ähm, ja«, antwortete Verena. »In so an Bau hoit, mit vui Klinglknöpf an der Tür.«

»Und bei welchem Namen haben Sie geklingelt?«

»Des is auf mein Zettl gstandn, wo i leiten muass.«

Es hat keinen Sinn, dachte Fanni. Da kann ich fragen und fragen …

»Man hat Sie eingelassen«, versuchte es Sprudel, »und in ein Büro geführt.«

Verena nickte.

»Dort hat man Ihnen Fragen gestellt«, machte Sprudel weiter.

Verena nickte unbehaglich.

Sie hat sich nicht wohlgefühlt dort!

»Hast du etwa was aufsagen und was vorlesen müssen?«, erkundigte sich Tante Luise.

Verena schniefte.

Sie haben das arme Kind gepiesackt!

»Hat diese – äh – Aufnahmeprüfung lang gedauert?«, fragte Fanni.

Verena verneinte.

»Sie konnten also bald wieder gehen. Oder mussten Sie noch in anderen Büros vorsprechen?«

Wieder verneinte Verena, fügte jedoch hinzu: »Bloß no die Papiere obgem, wo in dera Mappen warn.«

»Ihre Zeugnisse wohl«, meinte Sprudel.

Verena schwieg.

Fanni wurde dieses fruchtlose Hin und Her langsam zu bunt. »Und nach dem Test sagte man Ihnen, dass man Sie schon am 1. Juli aufnehmen könne und …«

»Na, des hot mir der Herr Benat gsogt.«

»Schön«, nahm Fanni den Faden wieder auf, »darüber wurde also Herr Benat informiert. Sie jedenfalls verließen das Schulgebäude und suchten nach einem Briefkasten, an dem Sie die Post loswerden konnten, die Ihnen Herr Hanno zum Aufgeben mitgab.«

Verena starrte verdattert von einem zum andern. »Der Hanno hot o gor net gwisst …«

Sense! So leicht lässt sich der schwarze Fleck, der deine schöne Theorie verunziert, eben nicht aus der Welt schaffen!

»Was haben Sie denn noch gemacht, nachdem das Vorstellungsgespräch beendet war?«, fragte Sprudel.

Verena wickelte eine Haarsträhne, die dekorativ vor ihrem rechten Ohr hing, um den Zeigefinger. »I bin dann wieder zruck zum Bahnhof, und weil no Zeit war – der Zug is erst um fünfe ganga auf Gleis siemazwanzg –, bin i zum Karstadt eini, und do hob i mir an superkuhln Neckhoider kauft.« Sie begann wieder zu strahlen.

Verena hat in München ein cooles Neckholder-Shirt für sich erstanden! Womit das Highlight ihrer Reise in unsere Landeshauptstadt genügend beschrieben wäre!

Und wir wissen noch immer nicht, dachte Fanni, wie der Täter es bewerkstelligt hat, dass Brief und Karte zum richtigen Zeitpunkt in der Katherinenresidenz eintrafen. Nicht zu früh, solange Roland noch lebte und jemandem hätte über den Weg laufen oder die Fälschungen selbst in die Hand bekommen können, und nicht zu spät, um unerwünschten Fragen über seinen Verbleib einen Riegel vorzuschieben.

Sie schrak auf, weil Verena plötzlich ausrief: »Mei, Frau Rot, meng Sie ebba heit koan Milirahmstrudel? Und mia ham dacht …«

»Doch, doch«, beeilte sich Luise zu versichern. »Ich esse ihn gleich auf. Und vielen Dank auch.«

»Feit se nix«, kam daraufhin von Verena die bayerwäldlerische Version des hochdeutschen »gern geschehen«, des amerikanischen »welcome«, des französischen »mon plaisir«. Daraufhin sah sie Luise grüblerisch an, als müsse sie überlegen, weshalb sie eigentlich hier war. Nach einigen Augenblicken fiel es ihr offenbar ein. Sie streckte die Hand mit den lila lackierten Fingernägeln aus. »Ja nacher, Pfüat God, Frau Rot.«

Luise hielt Verenas Hand lange in ihren beiden, wünschte dem Mädchen alles Gute für die Zukunft und fragte zum Schluss ganz beiläufig: »Wo haben Sie denn heute einen Milchrahmstrudel für mich aufgetrieben, Verena?«

»Den hot mir wer mitgebn, der wo woaß, wia gern Sie so an Strudel meng. Oba i derf eam net verrotn, weil er 'n in der Küch einfach hot mitgehn lassn.«

Daraufhin verabschiedete sich Verena auch von Fanni und Sprudel, die ihr ebenfalls gute Wünsche mit auf den Weg gaben.

Sie war schon an der Tür, als Luise sie noch mal zurückrief und ihr einen Geldschein zusteckte.

Dafür bedankte sich Verena lächelnd mit einem »Gelt's God, Frau Rot«.

Die altmodische Dankesformel, die bedeutete: »Gott möge dir vergelten, was du für mich getan hast« und als Antwort »Segn's God« verlangte, zu Hochdeutsch: »Gott segne, was du erhalten hast«, war Fanni schon lange nicht mehr untergekommen.

Luise schien diese Art des Dankens ganz aus dem Kopf geschwunden zu sein, denn sie erwiderte: »Keine Ursache, mein Kind!«, was Verena etwas ratlos zurückblicken und zögerlich die Klinke hinunterdrücken ließ.

Als sich die Tür hinter ihr geschlossen hatte, musterte Fanni den kaum angerührten Milchrahmstrudel und blickte dann fragend zu Luise.

»Schmeckt heute ganz eklig«, sagte die. »Gar nicht wie sonst.«

»Verdorben?«, fragte Fanni. »Milchrahmstrudel gibt's doch immer mittwochs. Vielleicht stand das Stück schon die ganze Woche lang in der Küche herum.« Sie nahm den Teller in die Hand und schnupperte. »Riecht aber nicht so, als wäre die Milch sauer geworden.«

Luise grub mit ihrer Gabel einen Tunnel durch den Strudel, den Fanni wieder auf den Tisch zurückgestellt hatte. »Die Äpfel sehen wässrig aus.«

»Dann könnte das Stück eingefroren gewesen sein«, meinte Fanni, »und Verena hat es in der Mikrowelle aufgetaut.«

»Macht die Mikrowelle, dass Milchrahmstrudel wie Terpentin schmeckt?«, erkundigte sich Luise.

»Eigentlich nicht«, antwortete Fanni.

»Eben«, sagte Luise, »und Verena hat ihn bestimmt nicht aufgetaut. Sagte sie nicht: ›Den hot mir wer mitgebn‹?« Luise ahmte den ihr längst nicht mehr geläufigen Dialekt recht gekonnt nach.

Fanni nickte. »Verena wurde als Überbringerin eines Stücks Milchrahmstrudel benutzt, das anders schmeckt, als es sollte.« Sie stand auf, trat in Luises winzige Küche, nahm einen frischen Löffel aus einer Schublade und wollte den Strudel kosten, aber Sprudel hinderte sie daran.

»Fanni, nicht!«

»Lass lieber die Finger davon«, sagte Luise gleichzeitig.

»Es hat womöglich nichts Gutes zu bedeuten, wenn jemand Verena als Handlangerin benutzt und ihr aufträgt, seinen Namen nicht zu nennen«, fügte Sprudel hinzu.

Fanni schloss für einen Moment die Augen. Beunruhigt ließ sie die Ereignisse der vergangenen Tage wie eine Diashow in ihrem Kopf ablaufen.

Roland Becker war ermordet worden. Der Täter hatte es – vermutlich mit Hilfe eines Komplizen – geschafft, Rolands Leiche zu beseitigen und die Belegschaft mit gefälschten Lebenszeichen in die Irre zu führen. Dummerweise war ihm Fanni kurz nach dem Mord in die Quere gekommen. Deshalb hatte er begonnen, ihr auf die Finger zu sehen. Er hatte ihr nachspioniert und ihre Gespräche mit Luise Rot belauscht. Als er gehört hatte, sie wolle sich auf der Zellerhütte nach Roland erkundigen, hatte er dafür gesorgt, dass ihr Auto nicht ansprang, wobei er allerdings nicht mit Sprudels tatkräftiger Mitwirkung gerechnet hatte.

Es wurde eng für Rolands Mörder, als Fanni mit der Auskunft zurückkehrte, Roland sei nie auf der Zellerhütte gewesen, und zudem auf einmal Aufzeichnungen besaß, nach denen er selbst vergeblich gesucht hatte. Als Fanni jene Notizen Luise überließ, brachte er den Spiralblock gewaltsam in seine Hände.

Irgendwann danach, überlegte Fanni, ging ihm auf, dass sich Luise die Kürzel schon genau angesehen haben und es ihr gelingen konnte, hinter deren Bedeutung zu kommen. Deshalb hat er ihr heute durch die einfältige Verena einen vergifteten Milchrahmstrudel zukommen lassen.

Überzeugendes Resümee, wenn auch noch ein paar Fragen offen sind!

Sprudel und Luise waren offenbar zu demselben Ergebnis gelangt wie Fanni.

Luise griff sich an die Kehle und gab Würgelaute von sich. »Schieb mich ins Badezimmer, Fanni, da steck ich mir den Finger in den Hals. Ich muss diesen Bissen Milchrahmstrudel wieder loswerden.«

Fanni brachte sie rasch vor dem Waschbecken in Stellung und legte ihr den Arm um die Schultern.

Aber Luise winkte ab und schickte sie hinaus.

Während – gedämpft durch die geschlossene Tür – beredte Geräusche an ihre Ohren drangen, sagte Sprudel zu Fanni: »Ich versuche auf der Stelle, Marco zu erreichen.« Während er die Nummer in seinem Handy wählte, fügte er hinzu: »Ich werde keine Ruhe geben, bis ich persönlich mit ihm sprechen und ihm alles berichten kann, was wir seit heute Vormittag herausgefunden haben. Marco muss schleunigst diesen Pflegedienstleiter vernehmen. Selbst wenn sich beim Verhör keine Handhabe ergibt, ihn zu verhaften, wird sich Hanno hüten, so schnell wieder in Aktion zu treten.«

Fanni legte ihm die Hand auf den Arm. »Mach Marco ausfindig und triff dich mit ihm, um die ganze Sache mit ihm zu bereden. Aber mit einem Verhör wird es heute wohl nichts mehr werden. Es ist ja schon nach sechs …«

Sprudel hatte bereits ins Handy zu sprechen begonnen. »Wir müssen uns treffen. – Jetzt. – Du bist gerade in Niederwinkling. – Messerstecherei. – Gut, auf halber Strecke. – Ja, ich kenne die Schlosstaverne in Offenberg.«

»Beeil dich«, drängte Fanni. »Du hast den weiteren Weg. Ich kümmere mich schon um Luise. Am besten nehme ich sie mit nach Hause, damit sie außer Gefahr ist.«

Sprudel nahm Fanni für einen Moment in die Arme und drückte sie fest an sich.

Er war schon an der Tür, als er sich umdrehte und noch einmal zurückkam. »Ich nehme den Milchrahmstrudel mit. Marco soll ihn zur Untersuchung ins Labor schicken.« Er zupfte eine kleine Plastiktüte aus einer Box, die auf Luises Nachttisch stand, kratzte den Inhalt des Tellers hinein, verknotete sie zweimal und steckte sie in die Jackentasche.

Bevor er sich erneut der Tür zuwandte, nahm er Fannis Gesicht in beide Hände und küsste sie auf den Mund.

»Bitte gib acht auf dich, mein Herz.«

Sprudel war bereits verschwunden, als Luise aus dem Badezimmer nach ihr rief. Fanni schob sie vor den Kleiderschrank und bat sie, Wäsche für ein, zwei Tage herauszusuchen. »Du musst sofort hier weg. Du bist nicht mehr sicher in der Katherinenresidenz.«

Luise lachte schallend. »Fannilein, da braucht es schon ein bisschen mehr als verdorbenen Milchrahmstrudel, um mich aus meinen vier Wänden zu vertreiben. Glaub mir, heute wird nichts mehr passieren. Hanno wird ja so einen Trick wohl nicht noch mal versuchen.«

»Er hat genug andere Möglichkeiten, dich zum Schweigen zu bringen«, gab Fanni zu bedenken, und um diesem Argument Nachdruck zu verleihen, fügte sie hinzu: »Er kann hier hereinspazieren und dich erschlagen, erwürgen, ersticken. Und falls er sich nicht selbst die Hände schmutzig machen will, kann er seinen Komplizen schicken.«

»Was hast du nur für eine ungesunde Phantasie«, rügte Luise sie. »Aber gut, ich werde mich vorsehen. Die Stellung räumen werde ich allerdings nicht.«

Obwohl sie wusste, dass sie auf verlorenem Posten stand, versuchte Fanni noch eine Zeit lang, Luise zu überreden, wenigstens die kommende Nacht in Erlenweiler zu verbringen.

Als jedoch Luise ihr rosa Platzdeckchen auf die Armlehne ihres Rollstuhls klatschte und »Nein, Fanni, bestimmt nicht« rief, gab sie auf und wandte sich zum Gehen.

»Ich sage im Stationszimmer Bescheid, dass du dir den Magen verdorben hast. Dann werden die Schwestern ein Auge auf dich haben.«

Luise winkte sie hinaus.

11

Obwohl die Birkdorfer Kirchturmuhr erst Viertel vor sieben schlug, als Fanni zu Hause ankam (bei Ostwind konnte man die Schläge in Erlenweiler recht gut hören), war ihr Mann bereits da.

Während sie ihre Straßenschuhe auszog und in Pantoffeln schlüpfte, tauchte er im Flur auf und fragte schlecht gelaunt: »Wo treibst du dich denn die ganze Zeit herum?«

»Ich war auf einen Sprung bei Tante Luise«, antwortete Fanni wahrheitsgemäß, weil ihr die Zeit fehlte, sich eine Lüge auszudenken.

Hans Rot sah sie misstrauisch an. »Du scheinst ja neuerdings eine Menge Zeit bei ihr zu verbringen.«

Fanni erschrak. Sie hatte Luise doch gebeten, nichts über ihre konspirativen Treffen verlauten zu lassen. Hatte sich die alte Dame verplappert?

Fanni entschied, auf die Bemerkung ihres Mannes einfach nicht einzugehen, und sagte stattdessen: »Die Kassenprüfung beim Schützenverein ist wohl schneller über die Bühne gegangen, als du dachtest. Hast du schon zu Abend gegessen?«

»Bin gerade dabei«, brummte Hans Rot und verschwand im Esszimmer.

Als Fanni hineinkam, saß er vor einem Brettchen, auf dem zwei Brezen und ein großes Stück Presssack lagen.

»Wo kommt denn …«, begann Fanni.

»Hab ich mir schnell beim Birkdorfer Metzger geholt«, beantwortete er die vorhersehbare Frage. »War ja nichts da.«

Jedenfalls nichts, was Hans Rot hätte essen wollen!

Fanni erschrak von Neuem, als ihr Blick auf ein Heftchen fiel, das aufgeschlagen neben Hans' Bierglas lag. Es handelte sich um die Werbebroschüre aus Windischgarsten.

»Wo hast du …«

Hans Rot war ihrem Blick gefolgt, und wieder beantwortete er ihre Frage, ehe sie gestellt war. »Hab ich in der Kommodenschublade im Flur gefunden: Prospekte aus der Pyhrn-Priel-Region. Die müssen wir mitgenommen haben, als wir das letzte Mal dort waren.«

Fanni atmete auf. Ihr Mann hatte offenbar die Jahreszahl links unten am Deckblatt übersehen.

Er schob sich ein Stück Presssack in den Mund, wischte die Finger an der Hose ab und blätterte ein wenig zurück. »Schau, wer da abgebildet ist.«

Fanni beugte sich über die aufgeschlagene Seite.

Das Foto, auf das Hans Rots noch fettglänzender Finger deutete, zeigte eine Gruppe von Personen, die zusahen, wie ein älterer Herr mit einer Schere ein Band durchschnitt, das quer über eine Straße gespannt war – offensichtlich die feierliche Eröffnung eines neuen Verkehrswegs. Fanni sah sich den Herrn mit der Schere an und entschied, dass sie ihn nie zuvor gesehen hatte. Sie betrachtete zwei Männer und eine Frau links neben ihm, konnte die Gesichter jedoch niemandem zuordnen, den sie kannte.

»Hier«, rief Hans Rot und klatschte den Zeigefinger auf eine Figur am rechten Bildrand, wobei er sie von den Knien bis zum Hals verdeckte.

Der Kopf jener Person, der jetzt wirkte, als würde er aus Hans Rots Fingernagel herauswachsen, kam Fanni bekannt vor. Volle weiße Haare, randlose Brille, Seriosität im Blick.

»Das ist ja Herr Benat«, sagte sie.

Hans Rot nickte bestätigend.

»Was macht er auf einem Foto im Werbeprospekt der Pyhrn-Priel-Region?«, wunderte sich Fanni. »Eigenartig …«

»Eigenartig«, äffte Hans Rot sie nach. »Was ist denn daran eigenartig? Der Herr Dr. Benat ist ein aufgeschlossener Mann mit einem weiten Horizont. Der knüpft Kontakte, schlägt Brücken. Heutzutage, wo alle von Globalisierung reden, ist es nicht mehr zeitgemäß, dass jede Gemeinde ihr eigenes Süppchen kocht, sich abkapselt, statt sich den nahen und fernen Nachbarn zu öffnen.«

»Aber Benat hat gar keine offizielle Funktion in unserm Landkreis«, wagte Fanni einzuwenden.

»Er sitzt nicht im Kommunalrat«, gab Hans Rot zu, »das stimmt schon. Aber hab ich dir nicht gesagt, dass er eine Menge Ehrenämter innehat, dass er vielen Vereinen als erster oder zweiter Vorsitzender zur Verfügung steht? Dr. Benat ist einer der würdigsten Vertreter unserer Kreisstadt und unserer Gemeinden.«

Mag ja sein, dachte Fanni, aber seltsam ist es schon, dass Benat ausgerechnet in Windischgarsten …

So seltsam auch wieder nicht! Es ist doch seit Jahren groß in Mode, dass sich Städte am laufenden Band – verschwistern? – verbrüdern? – Partnerschaften eingehen nennt man es wohl!

Trotzdem.

Hans Rot hatte seinen Presssack verputzt. Während er auf dem letzten Bissen der zweiten Breze kaute, sagte er: »Der Birkdorfer Metzger hat heute früh geschlachtet, darum gab es ganz frische Blut- und Leberwürste. Schlachtschüssel haben wir schon eine Ewigkeit nicht mehr gegessen, Fanni.« Er sie vorwurfsvoll an. »Das wäre endlich mal was Gescheites, hab ich mit gedacht. Für morgen Mittag zum Beispiel. Mein Fannilein weiß sowieso nie, was es auf den Tisch bringen soll.«

»Da hast du deinem Fannilein die Qual der Wahl abgenommen.«

Hans Rot nickte. »Die Würste liegen im Kühlschrank. Du machst doch Sauerkraut dazu und Pellkartoffeln, oder?«

Fanni bejahte zerstreut. Die dritte Linie, die von der Katherinenresidenz nach Windischgarsten führte, geisterte in ihrem Kopf herum.

Sauerkraut! Hast du noch genügend?

Widerwillig kehrte Fanni in die Alltäglichkeit zurück und machte sich auf den Weg in die Speisekammer, um nachzusehen.

Sauerkraut war keines da – weder in Beuteln noch in Dosen –, und die Anzahl der Kartoffeln im Säckchen war auf drei zusammengeschmolzen.

Fanni sah auf die Uhr: sieben vorbei.

Auf dem Klein-Hof oberhalb der Wiese, die hinter dem Rot'schen Haus lag, würden Bene, Olga, Ivo und der alte Klein soeben die Stallarbeit beenden.

Die beste Zeit, sagte sich Fanni, dort anzuklopfen und nach Kartoffeln und einer Portion von dem selbst hergestellten Sauerkraut zu fragen, das man am Hof bekommen kann, solang der Vorrat reicht.

Bauer Klein pflegte alljährlich nach der Weißkrauternte eine ordentliche Ladung Kohlköpfe eigenhändig zu hobeln und einzusalzen. Das Eintreten der Kohlschichten besorgten glücklicherweise Olga und Ivo. Aber selbst wenn der alte Klein persönlich mit seinen schwieligen, verhornten Plattfüßen in dem Kraut herumgestampft wäre, hätte das der Beliebtheit des Erzeugnisses wohl keinen Abbruch getan. So sehr die Leute aus Erlenweiler und Umgebung Bauer Klein verabscheuten, so sehr liebten sie sein Kraut.

Fanni hoffte, dass noch ein halbes Pfündchen für sie übrig war.

An der Tür des Hofhauses traf sie auf Bauer Klein.

Als sie seiner ansichtig wurde, ließ sie vor Verblüffung die Schüssel fallen (die zum Glück aus Kunststoff bestand), in der sie das Kraut nach Hause befördern wollte, das der Bauer herkömmlicherweise mit einer Kelle aus einem Holzfass schöpfte.

Was Fanni so ungeheuer erstaunte, war nicht der Bauer selbst. Der sah aus wie immer: Auf seinem spärlichen Haar saß der speckige Filzhut, der ihm zwei Nummern zu klein war. Um seinen mageren Oberkörper hing ein kariertes Flanellhemd, das einmal Hans Rot gehört hatte. »Für den Stall taugen die alten Hemden mit den durchgescheuerten Manschetten und den ausgefransten Krägen«, hatte der Bauer vor Jahren zu Fanni gesagt und trug seither Hans Rots alte Oberbekleidung auf. Um seine dürren Beine schlackerte ein verschossener Blaumann, und die Plattfüße steckten in den obligaten Latschen, die Klein selbst herstellte, indem er von ausgedienten Schuhen die Fersenteile abschnitt.

Was Fannis Schüssel abrupt zu Boden poltern und über die Gred hüpfen ließ, war das Handy, das sich Bauer Klein ans Ohr hielt und in das er von Zeit zu Zeit so etwas wie ein Bellen schickte.

Fanni beeilte sich, die Schüssel aufzuheben. Gebückt wischte sie Sand und Grashalme, Kalkbrösel und winzige Steinchen davon ab, die von dem rauen Belag der Gred daran kleben geblieben waren.

Als sie sich aufrichtete, ließ Bauer Klein das Handy soeben in seiner ausgeleierten Hosentasche verschwinden.

Er klopfte mit der Hand dagegen. »Also eines muss ich sagen, Frau Fanni, praktisch sind die Dinger schon. Zuerst wollte ich es ja auf den Mist werfen, das Handy (aus dem Mund des Bauern klang das Wort wie »Hendi«). Gleich als Olga es mir vor die Nase gehalten und gesagt hat: ›Bauer, du brauchst ein eigenes Handy‹, wollte ich es auf den Mist werfen. Aber inzwischen …«

Er nahm den Hut ab, kratzte sich den Hinterkopf und setzte den Filzlappen wieder auf. »Sie hat wirklich recht gehabt, die Olga. Wie oft ist es denn früher so gewesen, dass der Bene ums Schmierfett für den Traktor ins Lagerhaus gefahren ist? Und kaum war er weg, hat sich herausgestellt, dass nicht mehr genug Kraftfutter da war. Da hat dann das ganze Fluchen nix genützt. Seit aber die Olga dafür gesorgt hat, dass jeder von uns mit so einem Hosentaschentelefon ausgerüstet ist, brauch ich bloß auf zwei Knöpfe drücken und hab den Bene in der Leitung.«

Während er redete, war Olga aus dem Haus gekommen. Sie hatte offenbar das meiste von dem, was der Bauer gesprochen hatte, mitgehört, denn sie zwinkerte Fanni verschwörerisch zu.

Dann wandte sie sich an ihren Schwiegervater. »Stimmt es also, was der Anwalt gesagt hat?«

Der Bauer winkte unwillig ab. »Schaut ganz danach aus. Aber was soll das schon für eine Hinterlassenschaft sein? Eine saure Wiese an der Lusenhäng?«

Fanni fühlte sich fehl am Platz. Die Privatangelegenheiten der Kleins gingen sie nicht das Geringste an. Sie schickte sich an, zum Stall hinüberzugehen, um dort zu warten, bis Olga und der Bauer ihr Gespräch beendet hatten. Da sagte Olga zu ihr: »Der Bene hat eine Erbschaft gemacht.«

»Das ist doch eine gute Nachricht«, erwiderte Fanni, weil der Bauer dazu ein Gesicht machte, als hätten sich in seinem Sauerkraut Borstenwürmer eingenistet.

»Heute Vormittag«, fuhr Olga fort, »ist im Seniorenheim eine Frau verstorben. In ihrem Nachttisch hat man einen Brief gefunden, in dem steht, dass der Bene ihr Erbe ist.«

»Ein Testament«, warf Fanni ein.

Olga schüttelte den Kopf. »Der Anwalt, der am Nachmittag hier war, hat gesagt, als Testament ist das Schriftstück nicht gültig, weil die Verstorbene es nicht eigenhändig geschrieben hat. Das konnte sie wohl nicht mehr. Aber es war auch nicht nötig, weil Bene sowieso der rechtmäßige Erbe ist. Der Brief hatte nur den Sinn, das kundzutun.«

»Sonst wäre ja nie jemand draufgekommen«, brummte der alte Klein dazwischen.

»Zumindest hätte es eine ganze Weile gedauert«, präzisierte Olga.

»Haben Sie denn nicht gewusst, dass Sie mit der Verstorbenen verwandt sind?«, fragte Fanni den Bauern.

»Der Kontakt zur Nagel-Linie ist wohl schon in den Sechzigern abgerissen«, antwortete Olga an seiner Stelle.

Nagel!

Fanni sah so überrascht aus, dass sich der Bauer veranlasst sah, ihr zu erklären: »Meine Alte war eine geborene Nagel.« Er schaute Olga an, als er weitersprach. »Und die Nagels haben nix gehabt als wie eine marode Bruchbude unterm Lusen, drei lausige Kühe und zwei spindeldürre Mädel. Ich hab mir die Jüngere genommen, die Ältere hat es dann eh nicht mehr lang gemacht.« Wieder klopfte er auf das Handy in seiner Hosentasche. »Der Bürgermeister von dem Nest am Lusen hat mir gerade bestätigt, dass die ganze Sippschaft inzwischen ausgestorben ist.«

Olga nickte. »So ähnlich steht es auch in dem Brief. Aber da steht noch mehr drin: Es gab auch einen Sohn – ein ganzes Stück älter als die Mädchen –, der allerdings bei einer Tante in der Stadt aufgewachsen ist. Er ist Bundestagsabgeordneter geworden. Ende der Achtziger hat er die jetzt in der Katherinenresidenz verstorbene Frau Nagel in Bonn geheiratet. Die beiden hatten keine Kinder. Nach der Pensionierung zogen sie nach Niederbayern, wo Herr Nagel bald verstarb. Offenbar begann sich Frau Nagel daraufhin für die Familie ihres Mannes zu interessieren, stellte Nachforschungen an und fand die Spur, die zu Bene führte.« Olga sah ehrlich bekümmert aus, als sie weitersprach: »Frau Nagel muss schon sehr hinfällig gewesen sein, als sie erfuhr, wie der einzige Verwandte hieß, denn sonst hätte sie ja den Brief selbst geschrieben oder sich direkt an uns gewandt. Bestimmt hätte sie den Neffen ihres Mannes gern kennenlernen wollen.«

»Soviel ich weiß, war Frau Nagel längere Zeit bettlägrig«, sagte Fanni. Als sie die verdutzten Gesichter von Olga und dem Bauern sah, beeilte sie sich zu erklären: »Frau Nagel wohnte in der Katherinenresidenz in einem Apartment neben dem der Tante meines Mannes. Ich habe sie zwar nie persönlich gesehen, aber Tante Luise hat oft von ihr gesprochen.«

Fanni dachte kurz nach, dann fügte sie vorsichtig hinzu: »Mir ist so, als hätte ich aufgeschnappt, dass Frau Nagel ein Haus in Deggendorf hinterlassen hat – zumindest ein Grundstück«, verbesserte sie sich schnell.

»Der Anwalt hat auch von einer hochwertigen Immobilie gesprochen«, erwiderte Olga und warf ihrem Schwiegervater einen raschen Blick zu. »Von wegen saure Wiese.«

»Wird sich ja früher oder später herausstellen«, brummte der Bauer.

»Bald schon.« Olga lächelte. »Der Anwalt hat nämlich gesagt, dass sich sämtliche Unterlagen in seiner Kanzlei befinden, weil er Frau Nagel viele Jahre lang als Berufsbetreuer zur Seite gestanden hat. Es wird allerdings ein paar Tage dauern, alles zu sichten.«

Natürlich, die Nagel hatte einen Betreuer! Musste einen haben!

Fanni schluckte. »Der Name des Anwalts, ist der …«

»Dr. Benat«, antwortete Olga.

Auf dem Nachhauseweg schlenkerte eine Tüte voll Kartoffeln an Fannis rechtem Arm; in ihren Händen wippte die Krautschüssel, und in ihrem Kopf fuhren die Gedanken Karussell.

Hans Rot hatte es sich mit der »ADAC Motorwelt« in einem Korbstuhl im Wintergarten bequem gemacht.

Fanni überließ ihn seiner Lektüre und setzte sich allein ins Wohnzimmer, um nachzudenken. Verbissen versuchte sie, Ordnung in ihrem Kopf zu schaffen. Aber schon nach kurzer Zeit gab sie seufzend auf.

Sprudel müsste hier sein, wünschte sie sich. Mit ihm zusammen ließen sich die neuen Anhaltspunkte zu einem vernünftigen Ganzen zusammenfügen. Ob er wohl von dem Treffen mit Marco schon zurück ist?

Wie würde Sprudel denn jetzt vorgehen, wenn er hier wäre?

Fanni nickte einsichtsvoll.

Er würde zu jenem Behelf greifen, der sie schon so oft weitergebracht hatte.

Hypothese eins, begann sie: Wir könnten uns geirrt haben.

»Fanni, komm mal!« Hans Rots Stimme drang aus dem Wintergarten zu ihr.

Sie stand auf und ging zu ihm hinaus.

Er hatte die »ADAC Motorwelt« weggelegt und eine alte Ausgabe der »Passauer Neue Presse« aufgeschlagen.

Seit jeher sammelte er auf einem Tischchen neben der Fächerpalme, streng nach Datum geordnet, diejenigen Zeitungen, die er am Tag ihres Erscheinens – aus welchen Gründen auch immer – nicht hatte lesen können. Die Höhe des Stapels ungelesener Exemplare schwankte, je nach Hans Rots aushäusigen Aktivitäten, zwischen zehn und vierzig Zentimetern.

Fanni warf einen Blick auf die Kopfzeile. »8. Januar.« Die Zeitung war gut ein halbes Jahr alt.

»Haben wir uns nicht gerade vorhin erst darüber unterhalten«, sagte Hans, »was Herrn Benat wohl mit der Pyhrn-Priel-Region verbindet?«

Fanni nickte interessiert.

Hans Rot tippte auf einen Artikel unter der Überschrift »Übers Land«, in dem die Worte »Dr. Benat« und »Welt des Bauens« fett gedruckt waren. »Er besitzt dort ein Baugeschäft.«

Perplex starrte Fanni auf die aneinandergereihten Beiträge, die sie für Klatschkolumnen hielt und nie las, weil sie einerseits die Leute, von denen hier die Rede war, sowieso nicht kannte und sich andererseits nicht im Mindesten dafür interessierte, was es über diesen oder jenen im Landkreis zu schwatzen gab.

Sie stierte den Fettdruck »Welt des Bauens« an, und beklemmend beschlich sie das Gefühl, dass diese drei Worte eine Menge erklären könnten.

Endlich gab sie sich einen Ruck, sagte kraftlos: »Aha« und kehrte ins Wohnzimmer zurück.

Erneut versuchte sie, sich zu konzentrieren.

Jetzt reiß dich aber mal zusammen, Fanni!

Was hat Benats Firma »Welt des Bauens«, die – weiß der Kuckuck, weshalb – irgendwo zwischen Wurzeralm und dem Stodertal angesiedelt ist, mit dem Altenpfleger Roland Becker und dessen mutmaßlichem Tod zu tun?, fragte sie sich verzweifelt.

Nichts, falls du keine besseren Belege für einen Zusammenhang findest als ein dummes Gefühl! Seit wann darf denn jede dahergelaufene Empfindung bei Ermittlungen mitmischen?

Fanni unterdrückte einen Seufzer. Sie musste mit Sprudel reden, dringend.

Aber Hans saß wie angeklebt vor seiner antiquierten Zeitung im mucksmäuschenstillen Wintergarten. Er würde jedes Wort verstehen, das sie im Flur ins Festnetztelefon sprach.

Das Handy war ebenfalls keine Option. Wo sollte sie damit hingehen? In eine Gartenecke, so wie ihre Nachbarin Frau Itschko? Hans würde sie beobachten, womöglich lauschen. Und auf der anderen Seite der Hecke würde vielleicht auch Frau Itschko interessiert zuhören.

Sollte sie sich in eines der ehemaligen Kinderzimmer im ersten Stock verziehen? Hans Rot würde sich fragen, wo sie steckte, und sie aufspüren.

Fanni sah nach der Uhrzeit. Kurz vor neun.

Verflixt, dachte sie, wieso ruft Stuck nicht an? Braucht er ausgerechnet heute keinen vierten Mann fürs Kartenspiel?

Sie trat wieder in den Wintergarten und sah zu Stucks Haus hinüber. Ein altes Fahrrad lehnte an der Hausmauer.

»Schau«, sagte sie zu ihrem Mann, »Stuck hat offenbar wieder Besuch von seinem Onkel. Musst du heute die Schafkopfrunde nicht komplett machen?«

Hans Rot warf einen missbilligenden Blick aus dem Fenster. »Der versoffene Herr Onkel hat sich am Wochenende mit Sack und Pack bei Stuck einquartiert. Stuck sagt, wenn er ihn nicht bald wieder loswird, zieht seine Frau aus. Ich habe Stuck geraten, den Alkohol wegzusperren. ›Hab ich längst‹, hat er mir geantwortet. ›Aber der Sepp ist immer noch da.‹ Mir scheint, den treiben inzwischen die Entzugserscheinungen um. Es heißt, dass er die halbe Nacht durch die Siedlung geistert. Am Samstag soll er Frau Weber, die nach dem Dunkelwerden von einer Sitzung des Frauenbunds zurückkam, dermaßen erschreckt haben, dass sie gegen Böckls Zaun rannte und sich eine Platzwunde an der Stirn zuzog.«

Fanni trollte sich enttäuscht. Keine Schafkopfrunde heute.

Offensichtlich nicht! Offensichtlich hat heute niemand Verwendung für Hans Rot. Deshalb bleibt er bei seiner Fanni zu Hause, obgleich die am allerwenigsten Verwendung für ihn hat!

Aber seine Fanni bleibt nicht bei ihm zu Hause, lehnte sie sich plötzlich auf.

Kurz entschlossen rannte sie in den Keller, schlüpfte in Jogginghose, T-Shirt und Fleecejacke und erschien eine Minute später neben Hans Rot.

»Ich lauf noch ein Stückchen. Die Luft ist so schön klar. Und es ist ja noch eine gute Stunde hell draußen.«

Hans blickte auf und sah sie einen Moment lang abwägend an. Dann sagte er deutlich verstimmt: »Aber es ist so ein kalter Wind aufgekommen.«

Fanni zog die Ärmel der Fleecejacke über die Hände. »Darauf bin ich eingerichtet.«

Bevor Hans zu einer weiteren Entgegnung ansetzen konnte, machte sie sich davon.

Sie lief den Erlenweiler Ring hinunter, bog in die Hauptstraße ein und kam unter den Fichten, die das Grundstück Erlenweiler Ring 1 zur Hauptstraße hin abschirmten, zum Stehen.

Ein wenig außer Atem zog sie das Handy aus der Tasche, wählte Sprudels Nummer und hoffte, dass er bereits zu Hause war.

»Ich bin gerade zu Fuß auf dem Weg zu dir«, sagte sie, nachdem er sich gemeldet hatte. »Könntest du mir entgegenfahren?«

Wie sie erwartet hatte, fragte Sprudel nicht lange »Wieso? Warum?«, sondern antwortete schlicht: »Selbstverständlich« und legte auf.

Fanni war noch keine fünfzig Meter weiter, als sein Wagen bereits neben ihr hielt.

Sie sprang hinein. »Fahr zu dir nach Hause«, verlangte sie. »Fürs Hütterl reicht die Zeit nicht.«

12

Fanni hatte es sich in Sprudels gemütlichem Wohnzimmer auf der Couch bequem gemacht.

Sprudel schenkte Rotwein für sie ein und füllte auch das Glas auf, das sie beim Eintreten halb voll auf dem Tisch stehen gesehen hatte. Dann stellte er die Flasche ab und schaute sich unschlüssig um.

Fannis Lächeln bewirkte, dass er den Polstersessel auf der anderen Seite des Tisches keines weiteren Blickes würdigte, sich zu ihr aufs Sofa setzte und den Arm um sie legte.

»Marco ist sehr besorgt«, sagte er, »und sehr aufgebracht, denn das Protokoll deiner Aussage ist nie auf seinem Schreibtisch gelandet. Gleich morgen in aller Frühe will er Hanno verhören.«

Sprudel wirkte erleichtert, fast ein wenig aufgekratzt, als wäre der Fall Roland Becker bereits gelöst und Hanno hinter Gittern.

Er begann, Fanni zu küssen. Doch sie entzog sich ihm.

»Sprudel«, sagte sie, während sie beide Hände auf seine Schultern legte und ihn an die Sofalehne drückte. »Was, wenn hinter Hanno ein anderer die Fäden zieht?«

Sprudel runzelte die Stirn. »Kannst du es denn nie genug sein lassen, Fanni?«

Sie ging nicht darauf ein. »Stehen Hanno wirklich all die Möglichkeiten zur Verfügung, die nötig sind, um in der Katherinenresidenz Betrügereien großen Stils zu begehen?«

»Das wird Marco schon herausfinden«, antwortete Sprudel.

Fanni gab nicht auf. »Lass uns doch probehalber einmal annehmen, dass Hanno Rückendeckung von Heimleiter Müller hat und von ihm Instruktionen bekommt.«

»Aber weshalb denn?«, wandte Sprudel ein.

»Weil Müller dazustieß, als ich mit Hanno vor dem Aussegnungsraum stand, in den vermutlich der tote Roland soeben gebracht worden war. Weil Müller als Heimleiter eng mit dem Berufsbetreuer und Anwalt Benat zusammenarbeitet und durch ihn an sämtliche Informationen herankommen kann, die das Vermögen der Senioren in der Katherinenresidenz betreffen. Müller kann womöglich sogar Benats Kontakte zu kommunalen Stellen und so weiter nutzen. Und weil es Müller war, der dafür gesorgt hat, dass ›der Fall Roland Becker‹ schleunigst ad acta gelegt wurde, obwohl er mir gegenüber so getan hat, als wolle er ganz gründlich nachforschen.«

Sie machte eine Pause und wartete auf Sprudels Reaktion, doch der blieb stumm. Da kam ihr ein weiterer Gedanke. »Natürlich käme auch Lex – das ist der Chef von der Verwaltung – als Drahtzieher in Frage. Schließlich geht jedes einzelne Schriftstück über seinen Tisch. Oder Benat selbst …«

Sprudel straffte sich. »Benat zu verdächtigen ist unmoralisch.«

Fanni sah ihn verständnislos an.

»Betreuer im Allgemeinen, aber Berufsbetreuer im Besonderen«, erklärte ihr Sprudel, »genießen einen erstklassigen Ruf. In all den Jahren im Polizeidienst ist mir nicht ein einziges Mal zu Ohren gekommen, dass gegen einen von ihnen wegen Betrügereien ermittelt werden musste. Zudem wird ihre Arbeit vom Gericht überwacht.«

»Wie, überwacht?«, fragte Fanni.

»Soviel ich weiß«, antwortete Sprudel, »müssen folgenschwere Rechtsgeschäfte, die der Betreuer für die hilfsbedürftige Person abschließt, und vermutlich auch größere Entnahmen aus dem Vermögen dieser Person gerichtlich genehmigt werden. Außerdem wird wohl eine genaue Buchführung verlangt.«

Fanni schwieg eine Zeit lang, dann sagte sie rebellisch: »Gestatten wir uns trotzdem mal die gewagte Annahme, in den höchst ehrbaren Stand der Berufsbetreuer hätte sich ein schwarzes Schaf eingeschlichen. Weil es in jener Herde noch nie eines gab, glaubt man an Sinnestäuschung und lässt es als weiß durchgehen. Damit hat man ihm den Hauptgewinn zugeschanzt, denn es kann unter dem Schirm der Ehrbarkeit wandeln und unbehelligt sein verbrecherisches Tagwerk ausüben.«

Nur zu, Fanni! Wer könnte denn noch als der große Unbekannte hinter Hanno in Frage kommen? Der Landrat? Unser bayrischer Finanzminister? Die Bundeskanzlerin? Anstatt dich in haltlosen Anschuldigungen zu versteigen, solltest du lieber den Heimweg antreten.

Fanni wollte nach ihrem Weinglas greifen, um einen Schluck zu trinken, da merkte sie, dass es kaum noch sichtbar war. »Sprudel, es ist schon fast dunkel. Hans wird mir nicht abnehmen, dass ich so lange joggen war.« Sie sprang auf.

Obwohl Sprudels Miene offenbarte, dass er sie lieber zurückgehalten hätte, stand er ebenfalls auf. »Mit dem Wagen sind wir in zwei Minuten am Erlenweiler Ring.«

Fanni bat Sprudel, sie nur bis zur Abzweigung nach Erlenweiler zu fahren.

Nach weniger als zwei Minuten stieg sie unter der Fichtenhecke beim Haus Nummer 1 aus und blieb stehen, um Sprudel zum Abschied zu winken.

Als sie sich gerade in Trab setzen wollte, hörte sie es hinter sich rascheln.

Fanni dachte an Eichhörnchen, die vielleicht in der Hecke ihre Wohnung hatten, an Webers Katze, die möglicherweise auf nächtlichem Raubzug war. Sie dachte an Mäuse und Siebenschläfer, bis sie merkte, dass das Rascheln näher kam und sich anhörte wie schlurfende Schritte.

Verdammt, renn weg! Renn nach Hause! Wer weiß, was für ein Strolch sich hier herumtreibt!

Fanni stand im Schatten der Fichten und rührte sich nicht.

Die Schritte kamen näher, verhielten, schlurften zögernd weiter.

Fanni biss die Zähne zusammen, um nicht zu keuchen.

Zehn oder fünfzehn Jahre früher hätte man davon ausgehen können, dass Jonas Böckl herumspukt, um zu testen, wer sich im Dunkeln Angst einjagen lässt! Aber Jonas ist kein Lausbub mehr! Und du tust verdammt noch mal gut daran, endlich die Beine in die Hand zu nehmen!

Fanni machte eine abrupte Bewegung nach links, und das rettete sie vor dem Knüppel, der auf sie niedersauste.

Hau ab von hier!

In welche Richtung denn?, dachte Fanni panisch. Sie konnte den Angreifer nicht sehen. Was, wenn sie ihm direkt in die Arme lief?

Sie ging in die Knie und kroch zwischen die Fichtenstämme,

kroch weiter und weiter bis ans Ende der Hecke. Immer wenn sie anhielt, hörte sie die schlurfenden Schritte. Sie schlappten parallel zu ihr die Straße entlang.

Er ist außerhalb des Grundstücks, draußen auf der Straße! Du musst versuchen, quer durch den Garten in Richtung Praml zu entkommen!

Fanni hatte das Grundstück Erlenweiler Ring 1, das von der Hauptstraße aus durch die Fichtenhecke vor neugierigen Blicken geschützt war, noch nie betreten. Es gehörte einem älteren Ehepaar, das ein von ihren Nachbarn abgeschottetes Leben führte, und lag in dem rechten Winkel, den der Erlenweiler Ring mit der Hauptstraße bildete, grenzte mit der Nordseite an den hintersten Ausläufer der Klein-Wiese und mit der Westseite an eine Stichstraße, die die Zufahrten von Rasch und Praml mit dem Erlenweiler Ring verband.

Es gab nur eine einzige Stelle, von der aus man einen Blick in das Anwesen werfen konnte, und die befand sich – von der Hauptstraße aus gesehen – einige Meter hinter der Abzweigung des Erlenweiler Rings, dort wo die Fichtenhecke endete und die Rhododendronbüsche begannen.

Von dieser Stelle aus hatte man jedoch eine schöne Sicht auf den weitläufigen Garten, den kleinen Teich, die Blumenrabatten und das Gartenhäuschen, und Fanni fuhr selten vorbei, ohne einen Blick hinüberzuwerfen. Am westlichen Ende des Grundbesitzes lag das Wohnhaus, zu dem die Zufahrt führte. Über diese Zufahrt war der Praml'sche Garten erreichbar, und von dort konnte Fanni quer über den Rasen, an den Beerenstauden vorbei und übers Grenzmäuerchen ungesehen nach Hause gelangen.

Also dann los!

Die Schritte hatten angehalten.

Fanni lauschte. Eine leichte Brise war aufgekommen, ließ Büsche und Bäume leise miteinander flüstern. Und über dieses Flüstern legte sich rhythmisch ein schweres Atemholen. Vorsichtig wandte Fanni den Kopf in die Richtung, aus der das Atemgeräusch kam. Im nächsten Augenblick traf sie ein Luftzug, der mit dem Gestank nach abgestandenem Bier und saurem Wein beladen war.

Stucks Onkel! Sagte nicht Hans, dass der sich nachts herumtreibt? Dass er Frau Weber erschreckt hat?

Fanni richtete sich auf.

Denk an den Knüppel!

Der sauste soeben zwischen zwei Fichtenstämmen hindurch auf ihre linke Schulter zu.

Der Kerl will dich nicht nur erschrecken, der hat es auf dich abgesehen! Womöglich treibt er sich deshalb seit Tagen in der Siedlung herum, weil er dir auflauern wollte!

Fanni sprintete bereits auf das Gartenhäuschen zu, das wie ein Schemen vor ihr aufragte.

Hinter ihr barsten Zweige. Ihr Verfolger war offenbar dabei, sich durch die Fichtenhecke zu zwängen.

Fanni hatte die Strecke zur schützenden Deckung fast hinter sich gebracht, als ein Stein sie seitlich in den Rücken traf.

Sie strauchelte, fing sich und humpelte weiter, bis sie sich mit beiden Händen an den rauen Brettern des Gartenhäuschens abstützen konnte.

Mach bloß nicht schlapp! Er kommt näher!

Fanni hielt sich die Seite und schlich zur Rückseite des Häuschens. Sie würde ab hier gut zwanzig Meter freie Fläche zu überwinden haben, die von den hellen Fenstern des Wohnhauses schummrig beleuchtet wurden, bevor sie wieder in Schatten eintauchen konnte. Für weitere Steinwürfe würde sie also ein gut sichtbares Ziel abgeben.

Du musst im Zickzack laufen!

So, wie es in ihrer rechten Flanke stach, konnte sie sich überhaupt nicht vorstellen zu laufen.

Fanni hatte sich bis zum Ende der Rückwand vorgearbeitet und schaute auf das Terrain, das sie queren musste. Ungefähr in der Mitte bewegte sich etwas im Wind, das wie ein Grüppchen kleiner Speere aussah.

Schilf! Das muss der Teich sein!

Am Gartenhäuschen entlang kamen die Schritte näher.

Fanni hatte keine Wahl.

Sie lief los, so schnell sie es vermochte, kam unbeschadet zu dem Schilfbewuchs und ging zwischen den Stängeln in die Knie. Sie roch das Wasser, bevor ihre tastenden Hände die Nässe in Ufernähe fühlten. Schier platt an den Boden gedrückt umrundete sie den Teich, bis sie ungefähr gegenüber jener Stelle war, an der sie angekommen war. Dann stand sie auf und hastete auf das Haus zu. Ein Stück hinter sich hörte sie die gefürchteten Schritte. Aber kurz darauf hörte sie, was sie zu hören gehofft hatte: ein Platschen, ein Gurgeln, einen groben Fluch.

Sie beeilte sich, die Zufahrt zu erreichen, lief sie hinunter, hielt auf das Praml'sche Grundstück zu und stand kurz darauf vor ihrer eigenen Haustür.

Zitternd schloss sie auf, schlüpfte hinein und drückte die Tür sofort wieder hinter sich zu. Drinnen warf sie sich auf den Stuhl, den Hans Rot zu benutzen pflegte, um sich die Schnürsenkel zu binden, beugte sich vor und ließ den Kopf zwischen die Knie sinken. Ihre Hände umklammerten die Stuhlbeine, ihr Herz raste, ihre Lungenflügel pumpten.

Fanni war noch nicht wieder zu Atem gekommen, als Hans zu ihr trat. »Du bist ja ganz abgekämpft.«

Er hat nicht im Traum daran geglaubt, dass du wirklich joggen gehst.

Sie riss sich zusammen, schlüpfte aus den Turnschuhen, stand auf und machte ein paar tapsende Schritte ins Wohnzimmer hinein.

»Du hast dich überanstrengt«, sagte ihr Mann mit vorwurfsvoller Stimme, in der jedoch noch etwas anderes mitschwang, etwas, das nach schlechtem Gewissen klang.

Unglaublich, wirklich unglaublich! Jetzt hat er ein schlechtes Gewissen, weil er denkt, er hätte dir Unrecht getan. So fertig, wie du bist, musst du ja wohl ganz schön weit gelaufen sein! Unfassbar, der gute Mann wird nach Strich und Faden hintergangen, und am Ende ist er es, den das schlechte Gewissen plagt, weil der Schein gegen die Wirklichkeit spricht!

Fanni durchquerte das Wohnzimmer und ging in den Wintergarten hinaus, wo auf dem Tisch noch immer die Ausgabe der PNP lag. Es war sogar noch die gleiche Seite aufgeschlagen.

Er hat eine gute Stunde lang vor sich hin gebrütet!

Was so gar nicht seine Art ist, dachte Fanni.

»Es ist doch schon viel zu finster geworden fürs Joggen«, sagte Hans Rot, der ihr gefolgt war.

Fanni lehnte sich an den Pfeiler, durch den das Dach des Wintergartens gestützt wurde, und blickte nach draußen. Am westlichen Horizont leuchtete noch ein ganz schmaler heller Streifen.

Warum sagst du ihm nicht, dass du überfallen worden bist? Dann könntest du auf der Stelle in seiner Fürsorge baden?

Das möchte ich bezweifeln, widersetzte sich Fanni. Eher dürfte ich in Vorhaltungen baden: »Wie konntest du nur so spät noch joggen gehen – als Frau und noch dazu allein?« Daraufhin würde Hans den gesamten Erlenweiler Ring rebellisch machen, eine Bürgerwehr organisieren, Stucks Onkel in Ketten legen oder was ähnlich Idiotisches.

Fanni starrte durch die Scheibe, bis der helle Streifen verschwunden war. Stucks Onkel, überlegte sie dabei, von Beruf Hausmeister in der Katherinenresidenz, trieb sich also schon seit Tagen beim Dunkelwerden hier herum und erschreckte Leute. Weil ihn, der offenbar zu viel trank, Entzugserscheinungen plagten? Oder weil er den Auftrag hatte, Fanni Rot zu – beseitigen? Einzuschüchtern? Falls Letzteres zutraf, von wem kam dieser Auftrag?

Sie lachte lautlos und ein bisschen irre. Keiner außer dem beschränkten Hausmeister wäre auf meinen dämlichen Trick mit dem Gartenteich hereingefallen.

Plötzlich merkte Fanni, dass Hans sie schon eine Zeit lang abschätzend ansah.

Er ist hin- und hergerissen! Einerseits lässt sich nicht verleugnen, dass du gelaufen bist, andererseits melden sich nun doch wieder Zweifel in ihm!

Warum spricht er mich nicht einfach darauf an?, fragte sich Fanni unwillig. Glattweg ins Gesicht lügen würde ich ihm bestimmt nicht.

Das weiß er!

Lang wird sich eine Aussprache sowieso nicht mehr hinausschieben lassen, überlegte sie.

Meinst du nicht, dass er auch das weiß?

Warum schweigt er dann?, grübelte Fanni. Weil es schon bald elf ist? Zu spät für einen Prinzipienreiter wie Hans, folgenschwere Gespräche zu führen? Braucht es dazu frisch geschlüpfte Vormittagsstunden?

Warum so zänkisch? Beginn die Aussprache selbst, wenn du sie jetzt *haben willst!*

Fanni stieß sich vom Pfeiler ab und wandte sich zum Gehen. »Es ist schon spät. Bleibst du noch auf?«

Hans Rot schüttelte müde den Kopf und begann, die Zeitung penibel zusammenzufalten.

Fanni verzog sich ins Badezimmer. Während sie sich die Zähne putzte, meldete sich die Gedankenstimme wieder.

Er hätte den Status quo gern beibehalten, Fanni. Aber er spürt wohl, dass sich in deiner Beziehung zu Sprudel etwas geändert hat. Du willst Sprudel, und du willst ihn auf andere Weise, als du ihn bisher wolltest!

Fanni spuckte Schaum aus und nickte dabei.

Ja, genau so war es, und sie schuldete ihrem Mann die Wahrheit. Wenn nicht heute, dann morgen. Hans hatte Offenheit verdient, denn auf seine Weise liebte er sie.

Natürlich liebt er dich! Wenn er ein Talent zum Süßholzraspeln hätte, würde er an jedem Tag eurer Ehe zu dir gesagt haben: Fannilein, meine Liebe zu dir ist größer als …

»Das Loch im staatlichen Haushalt«, vollendete Fanni leise den Satz.

Fanni Rot, du bist sarkastisch, boshaft, ungerecht und vor allem undankbar! Wäre Hans nicht gewesen, dann hättest du mit deinen zwei unehelichen Kindern niemals so ein bequemes, sogloses Leben führen können!

Fanni trat in die Duschkabine, warf die Tür hinter sich zu und drehte den Hahn auf.

13

Während Fanni am nächsten Morgen die Betten aufschüttelte, das Badezimmer sauber machte und im Schlafzimmer Staub wischte, ließ sie die Kartoffeln im Wasser sieden und das Kraut im Schmortopf köcheln.

An den meisten Tagen bereitete sie das Mittagessen schon morgens vor, sodass sie es später nur noch aufwärmen musste. Damit lief sie – falls etwas dazwischenkam – nicht Gefahr, die Mahlzeit zu spät oder halbgar auf den Tisch zu bringen, was Hans Rot beides nicht toleriert hätte.

Mittwoch, der 30. Juni, dachte sie, als sie mit dem Wischtuch über das Display des Radioweckers fuhr. Genau heute vor einer Woche habe ich Roland Becker auf der Hintertreppe der Katherinenresidenz gesehen – augenscheinlich tot. Wo seine Leiche inzwischen wohl ist?

Six feet under, würde ich sagen, gemeinsam mit Herrn Bonner. Außer du hast Rolands Leiche doch nur geträumt. Wenn es so ist, dann vergnügt er sich gerade irgendwo auf der Welt, hat Brief und Karte doch selbst abgeschickt. Wollte mit der Karte nur eine falsche Spur legen, falls sich eine der Schwestern in den Kopf gesetzt hätte, ihm zu folgen!

Unsinn, dachte Fanni. Laut seinem guten Freund Jonas Böckl war er mit keiner so eng, dass sie alles hingeworfen hätte, um ihm nachzulaufen. Und warum hat Roland, wenn er verreisen wollte, kein Sterbenswörtchen zu Jonas gesagt und kein Wort zu seiner Vermieterin in dem Haus gegenüber vom Schloss?

Die Gedankenstimme schwieg verschnupft.

Fanni angelte ein spitzes Messer aus der Besteckschublade und stach eine Kartoffel an.

»Durch«, murmelte sie, nahm den Topf und kippte seinen Inhalt ins Spülbecken. Dampf stieg auf.

Fanni sah auf die Wanduhr, die über dem Bord mit Hans Rots Bierkrügen hing.

»Kurz vor zehn«, sagte sie zu den Kartoffeln. »Ihr habt eineinhalb Stunden Zeit, abzukühlen, bevor ich euch schälen muss. Inzwischen fahre ich auf einen Sprung nach Deggendorf, um nachzusehen, wie es Tante Luise geht.«

Sie schaltete die Kochplatte unter dem Krauttopf ab und verließ das Haus.

Gib doch zu, dass es dir gar nicht um Luise geht! Die könntest du ebenso gut auch anrufen! Schnüffeln willst du – Hanno hinterher und deinem neuen Hauptverdächtigen, dem großen Unbekannten!

Fanni suchte ihr Gesicht im Rückspiegel und streckte ihm die Zunge heraus.

Du bist eigennützig, Fanni Rot, störrisch, skrupellos und kindisch!

Fanni streckte die Zunge so weit heraus, wie es ihr irgend möglich war. Da musste sie husten.

Fanni kam nicht dazu, Tante Luise nach ihrem Befinden zu fragen, denn die ließ sie erst gar nicht zu Wort kommen. Ihr Befinden war offenbar erstklassig.

»Die Kriminalpolizei war heute Morgen schon im Haus«, rief sie, kaum dass Fanni die Zimmertür hinter sich geschlossen hatte. »Sie haben Hanno verhört und etliche Schwestern, aber Hanno am längsten. Den Hausmeister wollten sie eigentlich auch vernehmen, aber der war unterwegs zum Baumarkt. Die Bullen sind erst vor einer halben Stunde abgezogen – ohne Hanno in Handschellen.«

Luise schöpfte Atem. »Aber du solltest mal sehen, wie übel er gelaunt ist. Die Schwestern schleichen auf Zehenspitzen herum. Wenn er dahinterkommt, dass sie es wegen des ganzen Durcheinanders noch nicht geschafft haben, die Frühstückstabletts aus den Zimmern zu holen, gibt's ein Donnerwetter, das sich gewaschen hat.«

Auf Luises Tisch standen eine leere Kaffeetasse und ein leerer Teller auf einem beigen Tablett aus Kunststoff. Neben dem Teller lag ein ungeöffnetes Portionsschälchen Erdbeermarmelade.

Tante Luise schnippte mit dem Finger dagegen, sodass es über den Rand des Tabletts hüpfte. »Ich mag Johannisbeermarmelade, Aprikose, Brombeere, Kirsch – besonders Sauerkirsch –, Pflaume und Rhabarber. Nur Erdbeere mag ich nicht. Roland würde das wissen. Er hat gewusst, dass ich Erdbeere hasse.«

Sie nahm das Portionsschälchen und warf es zurück aufs Tablett. »Mit diesem abgepackten Zeug hab ich es sowieso nicht besonders. Aber in einer Einrichtung wie der unseren geht es nicht anders, hat man mir erklärt.« Sie zog eine Schnute. »Eine gewisse Fanni Rot hat mir ja zwei Gläser ihrer vorzüglichen Mirabellenmarmelade versprochen, aber die sind leider bis heute nicht bei mir eingetroffen.«

Fanni schlug sich beide Hände vor den Mund. »Großer Gott, der Korb mit den Marmeladegläsern, den Nusskringeln und den Saftflaschen steht seit einer Woche bei mir im Kofferraum.« Sie lief zur Tür. »Ich hole ihn auf der Stelle.«

Fanni musste einen Umweg machen, weil der Flur vor Luises Zimmer vom Geschirrwagen verstellt war.

Sie eilte einen Quergang entlang, passierte das Schwesternzimmer, näherte sich Hannos Büro. Der Klang seiner Stimme ließ sie den Schritt abrupt verhalten. Was er sagte, drang deutlich aus der nur angelehnten Tür.

Fanni drückte sich an die Wand daneben.

»Die Polizei beschuldigt mich, einen unserer Pfleger umgebracht zu haben. – Ja, stell dir vor. – Weshalb? Angeblich um Betrügereien zu vertuschen, die ich begangen haben soll«, hörte sie Erwin Hanno ärgerlich rufen. »Du kannst dir ja wohl denken, warum ausgerechnet ich als Sündenbock herhalten muss, wenn es um unrechtmäßige Bereicherung geht. Es ist immer das gleiche Lied: Erwin Hanno gibt eindeutig mehr Geld aus, als er verdient. – Natürlich hab ich denen gesagt, woher das Geld kommt. Das ist ja schließlich kein Geheimnis. – Ja, kann gut sein, dass sie bei dir in der Firma auftauchen und wissen wollen, ob du wirklich so gut verdienst und ob dein Vater wirklich so großzügig ist. – Nein, eigentlich geht das niemanden was an. Aber es hilft, den Verdacht gegen mich auszuräumen. – Fang nicht wieder davon an. Du weißt, ich mag meine Arbeit in der Katherinenresidenz. Einer muss sich ja darum kümmern, dass der Betrieb läuft. – Nein, ich will auch jetzt nicht kündigen und in der Firma deines Vaters den Laufburschen spielen, und hier wegmobben lasse ich mich erst recht nicht.«

Vom anderen Ende des Flurs erklangen Schritte. Hastig stieß

sich Fanni von der Wand ab und eilte weiter in Richtung Hintertreppe. Ursprünglich hatte sie ja ohnehin vorgehabt, diesen Weg zu nehmen, weil es der kürzeste zu ihrem Auto war. Nun musste sie wieder einen Quergang zurück, zu dem Flur, auf dem Luises Zimmer lag, daran vorbei und geradeaus weiter bis zum Treppenaufgang.

Sie lief hinunter und gelangte wenig später auf den Parkplatz.

Fanni nahm den Korb aus dem Kofferraum, schloss den Wagen ab und kehrte rasch ins Gebäude zurück.

Als sie an der Tür des Aussegnungsraums vorbeikam, hörte sie von drinnen ein Rumoren.

Da muss die Nagel aufgebahrt sein!

Fanni fragte sich, wer wohl bei der Verstorbenen war. Da Tote gewöhnlich keine Geräusche machten, musste sich jemand im Aussegnungsraum aufhalten.

Sie stellte den Korb neben der Topfpflanze ab, die – wie ihr erst jetzt aufging – dazu diente, den Zugang zum Aussegnungsraum weitgehend zu verdecken, und drückte leise die Klinke hinunter.

Die Tür schwang lautlos auf.

Als Erstes fiel Fanni der offene Sarg auf dem Podest in der Mitte des Raumes ins Auge.

Sie konnte die Tote darin gut erkennen. Doch irgendetwas an dieser Toten kam ihr merkwürdig vor.

Erst ein zweiter, scharfer Blick sagte Fanni, was es war.

Die Leiche war mitnichten so in den Sarg gebettet, wie es der Sitte entsprach. Sie lag auf der rechten Seite, so dicht an den Sargrand gepresst, dass neben ihr noch zwei Handspannen breit Platz übrig war.

Auf einmal hörte Fanni ein Schaben und schaute in die Richtung, aus der es kam.

Der Hausmeister stand gebückt an der Schmalseite des Möbelstücks, das Fanni, als sie zum ersten Mal hier gewesen war, für eine Art Altar gehalten hatte. Er zog gerade eine Schiene heraus, von deren Oberfläche kleine Dampfwölkchen aufstiegen.

Im selben Augenblick wurde Fanni klar, worum es sich bei dem Möbel handelte.

Um eine Kühlanlage für die Verstorbenen der Katherinenresidenz!

Plausibel, dachte Fanni. Im Aussegnungsraum kann ja immer nur ein Toter aufgebahrt werden. Was aber, wenn zufällig zwei Heimbewohner am selben Tag sterben? Was, wenn Verwandte, die sich von ihrem verstorbenen Angehörigen verabschieden wollen, mehrere Tage für die Anreise brauchen?

Der Hausmeister hatte sich an einem Bündel zu schaffen gemacht, das auf der Schiene lag, die er soeben herausgezogen hatte.

Plötzlich witterte Fanni denselben Geruch, den sie bereits vergangene Woche – wesentlich schwächer allerdings – wahrgenommen und den womöglich doch nicht künstlichen Lilien zugeschrieben hatte.

Sie reckte den Hals.

Und dann sog sie scharf die Luft ein, was sich als verhängnisvoll erwies, denn es brachte sie zum Würgen.

Der Hausmeister hatte Roland Beckers Leiche bereits ein Stück aufgerichtet, nun ließ er sie erschrocken wieder zurückfallen.

Er sah auf und starrte Fanni verdattert an.

Lauf schnell weg!

Fanni aber stand stocksteif. Sie hatte begriffen, was hier vor sich ging. Die Bestürzung darüber nagelte sie fest.

Roland Becker war die ganze Woche über in dieser Kühlanlage aufbewahrt worden. Aus irgendwelchen Gründen – Zeitmangel vielleicht – hatte man seine Leiche nicht mit Herrn Bonner entsorgen können. Man musste den nächsten Todesfall abwarten, der sich aber erst gestern ereignet hatte. Nun sollte Roland zu Frau Nagel in den Sarg gelegt werden.

Fanni fuhr zusammen und ging in die Knie. Etwas Schweres, Kantiges hatte sie am Kopf getroffen.

»Pack ihn endlich rein«, hörte sie eine harte Stimme.

Fanni stützte sich mit den Händen am Boden auf, schaute hoch und erblickte ihr eigenes verschwommenes Spiegelbild in den Gläsern einer Brille.

Es dauerte einen Moment, bis sich ihr Gesichtsfeld weitete und klärte.

»Sie hätten nicht hier hereinkommen sollen, Frau Rot«, sagte Benat. Sein Tonfall erinnerte kaum noch an das freundlich-vertrauliche Raunen, das sie von ihm kannte. Er machte eine einladende Bewegung. »Das haben Sie jetzt von all dem Herumschnüffeln. Sie dürfen Beckers Platz im Kühlkatafalk einnehmen.«

Fanni spürte einen Schlag ins Genick und knickte wieder ein.

Sie merkte, wie ein Stück Klebeband auf ihren Mund gespannt und festgedrückt wurde. Einer der beiden Männer drehte ihr die Handgelenke auf den Rücken und band sie zusammen.

»Das reicht«, hörte sie Benat sagen. »Sie macht's ja nicht lange da drin.«

Fanni fühlte sich an Armen und Beinen hochgehoben und gleich darauf grob wieder abgelegt. Als Nächstes nahm sie wahr, dass ein Laken um ihren Körper gehüllt wurde.

Der Geruch, von dem sie nun wusste, dass er weder von künstlichen noch von echten Lilien stammte, umströmte sie.

Es muss sich um ein Duftwasser handeln, ging es ihr verworren durch den Kopf, in dem es pochte und hämmerte. Ein Parfüm, mit dem der Hausmeister Roland besprüht hat, bevor er ihn im Kühlkatafalk verschwinden ließ. Und dieses Parfüm hat sich mit dem Verwesungsgeruch der Leichen vermischt – gekühlt oder nicht …

»Sie haben es sich selbst zuzuschreiben«, hörte sie plötzlich Benats herrische Stimme, »dass Sie in ein, zwei Stunden erstickt und erfroren sein werden.«

Fanni machte »Grmpf« und bäumte sich auf, dabei löste sich das Klebeband von ihren Lippen – halbwegs jedenfalls. Links verschloss es noch ein knappes Drittel ihres Munds. Das lose Stück des Bands blieb einen Moment lang senkrecht stehen und legte sich dann über Fannis Nasenspitze.

Vertu jetzt deine Chance nicht!

»Roland Beckers Notizen«, stieß sie aus, »beweisen, dass in der Katherinenresidenz Betrügereien großen Stils im Gange waren. Handel mit Medikamenten, mit Luxusartikeln, mit Dienstleistungen bis hin zur vorgeblichen Instandhaltung von Frau Nagels Anwesen.«

»Machen Sie sich nicht lächerlich, Frau Rot«, sagte Benat kalt und beugte sich vor, offenbar wollte er das Band wieder festkleben. Die Stimme des Hausmeisters ließ ihn innehalten.

Benats Hand begann unwillig zu wedeln. »Nach all dem, was Sie glauben, herausgefunden zu haben, müssten Sie doch wissen, dass Becker nicht im Affekt getötet wurde.«

»Aber warum dann auf der Hintertreppe des Seniorenheims?«, fragte Fanni in dem verzweifelten Versuch, weitere Zeit zu gewinnen.

Benat stieß einen Seufzer aus. »Ich musste leider improvisieren. Natürlich sollte Becker hier im Aussegnungsraum sterben, sofort zu Bonner in den Sarg kommen und wenig später mit ihm abtransportiert werden. Aber Becker hat Lunte gerochen.«

»Woher wussten Sie, dass Roland an diesem Nachmittag in der Katherinenresidenz sein würde«, hakte Fanni nach. »Er hatte doch Urlaub.«

Sie merkte, wie Benat den Kopf schüttelte. »Frau Rot, Ihr Denkapparat stellt seine Tätigkeit bereits ein. Ich hatte Becker gebeten, sich am Hintereingang der Katherinenresidenz mit mir zu treffen. Ich versprach ihm, die … kleinen Anomalien, die ihm offensichtlich aufgefallen waren, zu erklären.«

»Aber Roland folgte Ihnen nicht in den Aussegnungsraum, wie Sie es vorschlugen, sondern begann, die Treppe hinaufzusteigen«, plapperte Fanni planlos.

Vergebens! Deine Zeit ist bereits abgelaufen!

Trotzdem!

»Auf dem Treppenabsatz haben Sie ihn erstochen. Dann sind Sie zurückgelaufen, um den Hausmeister zu holen. Er musste Ihnen ja helfen, Roland dort wegzuschaffen. Und da geriet ich dazwischen.«

»Allerdings«, knurrte Benat.

Du kannst ihn nicht ewig hinhalten!

»Sie kamen nicht dazu, Roland einzusargen, steckten ihn nur schnell in den Kühlkatafalk«, machte Fanni angsterfüllt weiter. »Und all das bescherte Ihnen danach eine Menge Aufwand. Sie mussten Müller und Hanno beschwatzen, Desinformationen streuen, und Sie mussten mich im Auge behalten. Von Frau Nagels Apartment aus haben Sie belauscht, was ich mit Tante Luise redete. So haben Sie auch erfahren, dass ich das Notizbuch gefunden und Luise gegeben hatte. Als mich Hanno wegholte, haben Sie Ihre Chance genutzt – mit Hilfe des Hausmeisters natürlich, der zuvor versucht hatte, mich an der Fahrt nach Windischgarsten zu hindern.«

Benat gab keine Antwort. Sein Schweigen fühlte sich bedrohlich an, schrecklich bedrohlich.

Fanni hetzte weiter. »Sie haben immer wieder versucht, uns aufzuhalten. Sie haben Verena mit vergiftetem Milchrahmstrudel zu Luise geschickt. Sie haben mir Ihren Komplizen an den Hals ge–«

»Schluss jetzt!« Benats Stimme schnitt ihr das Wort ab. Seine Hand senkte sich auf ihren Mund und klebte das Band wieder fest. »Sepp!«

Fanni vernahm ein befriedigtes »Hä«.

Dann spürte sie, dass die Unterlage, auf der sie lag, vorwärtsgeschoben wurde. Als die Bewegung aufhörte, war es Nacht um sie. Sie nahm noch ein kurzes Rutschen und Ruckeln wahr, dann war es nicht nur dunkel, sondern auch still.

Aus!

Es wird nicht wehtun, dachte Fanni, und ihre Gedanken waren ganz klar. Von der Kälte werde ich überhaupt nichts merken.

Sieh zu, dass du hier rauskommst! Mach dich bemerkbar! Rufen! Klopfen!

Ein Lachen stieg in Fannis Kehle auf. Rufen – mit verklebtem Mund! Klopfen – mit zusammengebundenen Händen!

Das Hämmern im Kopf hatte sich längst in einen dumpfen Schmerz verwandelt.

Das ist gut, dachte sie, das ist annehmbar. Was will ich mehr. Hier liege ich bequem und schlafe ein.

So recht bequem lag sie aber doch nicht. Irgendetwas Kleines, Hartes drückte gegen ihre rechte Hüfte. Sie versuchte, mit der linken Hand danach zu greifen, bekam es zu fassen, befühlte es. Zehn Sekunden später wusste sie, dass es sich um ein Handy handelte.

Rolands Handy! Man hat es sicherlich ausgeschaltet, bevor man es neben seine Leiche warf!

Ja, dachte Fanni und spürte Übelkeit aufsteigen. Es muss ausgeschaltet sein. Wenn nicht, dann ist der Akku längst leer. Planlos drückte sie auf ein paar Knöpfe.

Um es einzuschalten, bräuchte man den PIN-Code!

Befindet sich der Einschaltknopf nicht oft an der Schmalseite?, wehte ein uneinsichtiger Gedanke durch Fannis Hirn. Sie drehte das Handy, befingerte die Schmalseiten.

Was willst du ohne PIN-Code – PIN-Code – PIN-Code …

14

Fanni war nur kurz bewusstlos gewesen. Schon nach wenigen Minuten kam sie wieder zu sich.

Seit man sie in den Kühlkatafalk geschoben hatte, war nun eine knappe Viertelstunde vergangen, seit sie Luises Zimmer verlassen hatte, gut vierzig Minuten.

Aber in jener Viertelstunde, die Fanni vom Leben abgeschnitten gewesen war, hatte sich eine ganze Menge ereignet:

Tante Luise fragte sich seit einiger Zeit, wie lang es maximal dauern könne, bis ein gesunder Mensch auf zwei Beinen die Strecke zum Parkplatz und wieder zurück hinter sich gebracht haben würde.

Sie wollte gerade nach einer der Schwestern klingeln, um sie nach Fannis Verbleib forschen zu lassen, sagte sich dann aber, dass es ja wohl nicht anging, Fanni zu kontrollieren wie ein Schulmädchen.

Da kam Schwester Monika zum Blutdruckmessen.

Luise betrachtete das als glückliche Fügung und schickte sie zum Parkplatz hinunter, um nach Fanni zu sehen.

Schwester Monika kehrte schon nach einer Minute mit der Auskunft zurück, Fannis Auto stünde zwar nach wie vor an der gleichen Stelle, wo sie Fanni habe aussteigen sehen, als sie gegen elf für ein Zigarettchen draußen gewesen war, Fanni selbst sei jedoch nirgends zu entdecken.

Da wurde Luise ein bisschen mulmig zumute. Und weil sie nicht wusste, was sie nun machen sollte, wurde ihr von Sekunde zu Sekunde mulmiger.

Während des Blutdruckmessens ging ihr auf, dass sie jemanden zu Hilfe holen musste. Jemanden, dem sie vertrauen konnte. Jemanden, dem auch Fanni vertraute. Hans Rot? Nein! Sprudel!

Nachdem Schwester Monika ihr Zimmer wieder verlassen hatte, griff Luise in die Seitentasche ihres Rollstuhls und angelte ihr Merkbuch heraus. Sie blätterte auf die dritte Seite, wo Fanni neulich Sprudels Telefonnummer für sie aufgeschrieben hatte. Nur Fannis Handynummer hatte sie griffbereit in dem Kästchen auf der Kommode.

Sprudel meldete sich beim ersten Läuten. Als ihm klar wurde, was Luise umtrieb, rief er: »Ich bin in zehn Minuten da!«, und legte ohne Abschied auf.

Während Fanni weggesperrt war, kam Hans Rot nach Hause. Zufällig war er an diesem Tag eine halbe Stunde früher dran als sonst, weil im Musterungszentrum eine neue Telefonanlage installiert wurde und der Techniker gerade in seinem Büro zugange war.

Hans sah die Kartoffeln im Spülbecken, den Krauttopf auf dem Herd, und zuvor schon hatte er registriert, dass Fannis Auto nicht in der Garage stand.

Hans Rot kannte seine Fanni. Sie würde nicht extra zum Supermarkt fahren, nur weil ihr eine Spur Majoran für die Kartoffeln abging oder drei Wachholderbeeren fürs Kraut. Auf Zutaten, die nicht im Haus waren, würde Fanni verzichten.

Hans schenkte sich ein Glas Bier ein und starrte die Kartoffeln an. Sie mussten noch geschält, gewürzt und wieder warm gemacht werden.

Das würde doch einige Zeit in Anspruch nehmen, oder etwa nicht?

Es war aber schon fast halb zwölf, und Fanni hatte noch nie …

Wo ist sie bloß?, fragte sich Hans Rot alarmiert.

Bei einem tiefen Schluck Bier fiel ihm ein, dass Benat neulich erwähnt hatte, Fanni würde schier täglich einen Besuch bei Luise machen. Hatte sie sich mit der Tante verplaudert?

Hans Rot griff zum Hörer.

Luises Antworten hörten sich seltsam an. »Ja, Fanni ist da. – Nein, im Zimmer ist sie nicht. – Ich weiß nicht, wo sie ist. – Er wird sie schon finden.«

Da beschloss Hans Rot, selbst nachzusehen, wo seine Frau war.

Während Fanni im Kühlkatafalk die Kälte in die Wäsche kroch, kam Schwester Inge aus dem Zimmer eines quengelnden Neuzugangs und entschied, dass sie sich eine Zigarettenpause verdient habe.

Sie begab sich über die Hintertreppe auf den rückwärtigen Parkplatz, wo die Schwestern in jener Nische zwischen den Säulen ihre Zigaretten zu rauchen pflegten.

Als sie hinaustrat, sah sie Dr. Benat soeben seine Wagentür öffnen.

»Herr Dr. Benat«, rief sie, denn sie hatte Informationen über den Neuzugang für ihn.

Weil Benat sie nicht zu hören schien, lief Schwester Inge eilig auf seinen Wagen zu.

Legte er nicht allergrößten Wert darauf, bestens und schnellstens über die Insassen der Katherinenresidenz informiert zu werden? Hatte er nicht wieder und wieder zu ihr gesagt: »Einblick ist alles. Wir können unseren geschätzten Senioren das Leben nur dann so angenehm wie möglich machen, wenn wir genauestens über jeden Einzelnen von ihnen im Bilde sind.«

Schwester Inge verstand Benats Sichtweise gut und nutzte ihr Talent, Hinfällige und weniger Hinfällige zum Erzählen zu bringen, nachhaltig. Zumal sich Benat für ihre Mühe erkenntlich zeigte. Zweimal pro Jahr pflegte er sie mit Gratiswochenenden im Dilly's zu belohnen – jeweils im November und im Juni. Er hatte es noch nie vergessen. Aber heute war schon der letzte Junitag, und der Anwalt hatte ihr den halbjährlichen Gutschein noch nicht gegeben.

Er wird sich daran erinnern, sagte sich Schwester Inge, wenn ich ihm über den Neuzugang berichte.

»Herr Dr. Benat!« Er saß bereits hinterm Steuer, wollte gerade die Wagentür schließen. Als sie sich dazwischendrängte, hob er den Kopf und sah sie fast feindselig an.

»Herr Dr. Benat …«, Inge war etwas außer Atem, »… der Bericht über den Neuzugang.«

Benat wirkte einen Moment lang verwirrt, dann entspannte er sich, brachte sogar ein Lächeln zustande und sagte, wobei er mit dem Zeigefinger auf das Zifferblatt seiner Armbanduhr klopfte: »Ich bin längst weg, Schwester Inge, bin längst bei Gericht. Wir beide unterhalten uns morgen.« Damit zog er die Tür zu, und

Schwester Inge blieb nichts anderes übrig, als zur Seite zu treten, um nicht eingeklemmt zu werden.

Während Fanni aus dem Spiel war, begriff Verena, wohin sie geraten war. Schon bei dem Vorstellungsgespräch vergangene Woche war ihr die ganze Sache seltsam vorgekommen. Sie hatte damit gerechnet, Schulwissen zum Besten geben zu müssen, hatte sich sogar darauf vorbereitet und zwei freie Nachmittage lang in ihrem alten Heimatkundebuch gelesen. Stattdessen hatte man von ihr verlangt, die Bluse auszuziehen und auf- und abzugehen. Verena war sich vorgekommen wie eines von den Kälbern, die ihr Vater dem Viehhändler vorzuführen pflegte.

Vor wenigen Minuten hatte ihr Natascha ein Licht aufgesteckt. Natascha kam aus Tschechien. Sie sprach nur gebrochen Deutsch, doch was sie Verena zu erklären hatte, bedurfte keines großen Wortschatzes.

Verena zwängte sich in die Korsage, die Natascha »Arbeitskleidung« genannt hatte, und dachte darüber nach, weshalb Dr. Benat, ihr väterlicher Freund, dem sie mehr vertraut hatte als irgendjemandem sonst, sie an einen Puff vermittelt hatte.

Natascha lachte laut auf, als ihr Verena das Ergebnis ihrer Überlegungen mitteilte. »Do hot er's ober net guat gmoant mit mir«, sagte sie und übersetzte das, als sie Nataschas verständnislose Miene sah, in: »Nix gutes Mann, wo mich hat hergeschickt.«

»Nein«, versicherte ihr Natascha.

»Wenn i ober net dobleim mog«, wagte Verena zu meutern und beeilte sich, Natascha zu vermitteln: »Ich nix bleiben.«

Natascha sah sie mitleidig an. »Wohin wollen du ohne Pass, ohne Geld, ohne Hilfe in fremde Stadt?«

Verena trug den blutroten Lippenstift auf, den ihr Natascha reichte.

Hilfe! Es gab jemanden, der ihr vor Zeiten Hilfe angeboten hatte. Jemanden, der sie vor Benat gewarnt, der sie über ihn ausgefragt hatte. Der aber dann die letzte Verabredung nicht eingehalten und sich nie mehr bei ihr gemeldet hatte. Der auf keinen ihrer Anrufe reagiert hatte. Aber hatte er nicht gesagt, wenn der »Skandal« erledigt sei, könnten sie beide …

Sie fragte Natascha, ob es ein Skandal sei, ein Mädchen ohne seinen Willen an einen Puff zu vermitteln.

»Skandal.« Natascha dachte eine Weile über das Wort nach, dann nickte sie.

Verena trug indessen Kajal auf.

Als Natascha aus dem Zimmer gerufen wurde, entschied Verena, einen weiteren Versuch bei Roland Becker zu machen. Schließlich hatte er versprochen …

Sie angelte ihr Handy aus einer kleinen Tasche am Hosenbein ihrer Jeans, die wie ein Besatz wirkte und die sie extra so aufgenäht hatte, weil sie es nicht mochte, wenn das Handy die Gesäßtasche ausbeulte, und wählte Rolands Nummer, nicht gewahr der Tatsache, dass man ihr das Mobiltelefon längst weggenommen hätte, wäre es nicht derart verborgen gewesen.

Während Fanni in Kälte und Dunkelheit gefangen lag, entschied Luise Rot, sich persönlich auf die Suche nach ihr zu machen. Resolut packte sie die Räder des Rollstuhls und begann, sie zu drehen. Langsam rollte sie aus ihrem Zimmer, wo sie die Tür hinter sich einfach offen stehen ließ. Sie kämpfte sich zum nächstgelegenen Fahrstuhl, manövrierte sich hinein und drückte den Knopf mit der Aufschrift »EG«.

Als sich die Türen des Aufzugs wieder öffneten, sah sie sich dem Stamm einer Topfpflanze gegenüber.

Luises Blick glitt an ihm entlang und blieb an einem Korb hängen, der sich an den Keramiktopf lehnte, aus dem der Stamm wuchs.

Sie rollte näher und schaute in den Korb hinein.

»Marillen.« Nachdenklich wiederholte sie das Wort, das sie auf dem Etikett an einem der Gläser im Korb entziffert hatte.

Während Fanni im Kühlkatafalk Rolands Handy befingerte, wobei sie auf jede Taste drückte, die sie aufspürte, und während Luise in den Korb mit den Marmeladegläsern starrte, den Fanni unter der Topfpflanze abgestellt hatte, öffneten zwei Mitarbeiter eines Bestattungsinstituts die Tür, die vom hinteren Parkplatz in die Katherinenresidenz führte, und schoben eine Rollbahre herein. Luise war sofort klar, wo sie hinwollten, deshalb rollte sie, um ihnen Platz zu machen, kurzerhand wieder in den Aufzug, blockierte jedoch absichtlich mit den Vorderrädern die Türen.

Die beiden Bestattergehilfen betraten den Aussegnungsraum, rochen das Duftöl, das versprüht worden war, und das Wachs, das von zwei Kerzen tropfte, die auf dem gobelinbedeckten Kühlkatafalk brannten. Der Raum war penibel aufgeräumt und eines aufgebahrten Toten würdig.

Überrascht stellten die beiden jedoch fest, dass die Verstorbene schon eingesargt war, dass der Sarg bereits geschlossen und der Deckel sogar verschraubt war. Das sparte ihnen natürlich wertvolle Zeit.

Einer der beiden Gehilfen schob die mitgebrachte Rollbahre neben das Podest mit dem Sarg. Der andere griff nach dem Bukett aus künstlichen Lilien, das den Sargdeckel schmückte, und stellte es zwischen die Kerzen auf den Kühlkatafalk.

Als er sich wieder umdrehen wollte, begann gedämpft ein Handy zu klingeln.

Der Bestattergehilfe stutzte, weil ihm aufging, dass der Klingelton nicht von hinter ihm kam, wo der Kollege soeben den Sarg vom Podest auf die Rollbahre gleiten ließ, sondern von direkt vor ihm.

Irgendwo unter den brennenden Kerzen orgelte ein Handy »We are the Champions«.

»Im Kühlkatafalk klingelt ein Handy«, sagte er verwundert zu seinem Kollegen.

Der zuckte die Schultern. »Da liegt halt einer drin. Deshalb hat sich die Katherinenresidenz ja eine Kühlung angeschafft, damit man einen frisch halten kann, während ein anderer aufgebahrt ist. Manchmal kommt es vor, dass zwei kurz hintereinander sterben. Dann wird eben einer gekühlt, bis der andere weg ist.«

»Ja, ja, ja, weiß ich ja«, antwortete der andere gereizt. »Aber wieso kühlen die einen mitsamt seinem Handy?«

Wieder zuckte der Kollege die Schultern. »Ist doch egal. Komm endlich, wir haben noch eine Leiche im Paulusheim.«

Der Klingelton verstummte.

Widerwillig wandte sich der Bestattergehilfe vom Katafalk ab und schickte sich an, seinem Kollegen dabei zu helfen, die Rollbahre aus dem Raum zu schieben.

Sie kamen nicht weit.

Der Ausgang wurde von einem Rollstuhl blockiert, in dem eine Gestalt ganz in Rosa saß, die mit den Armen fuchtelte. »Fanni! Sie muss da drin sein.«

Es dauerte eine Weile, bis die Bestattergehilfen begriffen, dass die alte Frau nicht gekommen war, um einen letzten Blick auf eine verstorbene Freundin zu werfen, sondern um die hoffentlich lebendige Fanni Rot zu finden.

»Hier ist niemand«, beschieden ihr die Bestattergehilfen.

»Nur eine Leiche im Sarg«, spezifizierte der eine.

»Und eine zweite im Kühlkatafalk. Da hat nämlich ein Handy geklingelt«, ergänzte der andere und deutete auf die gobelinverbrämte Kühlanlage.

Die Frau in Rosa starrte ihn an. »Eine zweite Leiche?«

»Ja, das kann doch vorkommen, dass mal zwei kurz hintereinander sterben«, wiederholte der Bestattergehilfe, was er schon zuvor zu seinem Kollegen gesagt hatte.

Die Frau schüttelte so ungestüm den Kopf, dass sich die silberne Spange über ihrem linken Ohr löste und mit einem leisen »Klack« zu Boden fiel. »Vor gut einer Woche ist Bonner gestorben, und der ist längst beerdigt. Vorgestern hat der Nagel das letzte Stündlein geschlagen, und ich gehe davon aus, dass die in dem Sarg da liegt. Morgen oder übermorgen wird die Hankel abtreten, aber so weit sind wir noch nicht. Woher sollte also eine zweite Leiche kommen?«

»Dann liegt halt keine drin«, antwortete der Bestattergehilfe, der es eilig hatte, ungeduldig und machte Anstalten, den Rollstuhl vom Ausgang wegzuschieben.

»Und das Handy?«, fragte sein Kollege.

»Das ist halt irgendwann mal in der Kühlung liegen geblieben«, bekam er ungehalten zur Antwort. »Was geht's uns an?«

»Wir könnten nachsehen«, schlug der Kollege vor.

»Verflucht noch mal«, rief der Eilige, »wir haben unsere Arbeit zu tun, und zwar flott. Das Aufstöbern verlorener Handys gehört da nicht dazu.« Er versuchte erneut, den Rollstuhl in Bewegung zu setzen, um ihn aus dem Weg zu schieben, aber die Frau hielt die Räder mit derart eisernem Griff fest, dass sie sich kein bisschen drehen ließen.

»Loslassen! Sie müssen uns Platz machen!«

Die Frau schob kämpferisch das Kinn vor. »Erst wenn Sie in diesem Kühldings nachgesehen haben!«

»Irre alte Schachtel«, murmelte der ungeduldige Bestattergehilfe und drehte sich zu seinem Kollegen um.

Der hatte bereits den Gobelin an der Schmalseite des Kühlkatafalks hochgeschlagen, eine Klappe geöffnet und ließ soeben die Schiene herausgleiten.

»Da haben Sie Ihre zweite Leiche«, brummte der ungeduldige Bestattergehilfe. »Und jetzt geben Sie uns augenblicklich den Weg frei.«

Der Rollstuhl machte einen Ruck und schoss nach vorn.

»Falsche Richtung!«, schrie der ungeduldige Bestattergehilfe. »Sie müssen durch die Tür! Hinaus! Sie müssen hinaus!«

Die Frau konnte nicht bis zum Kühlkatafalk vordringen, weil ihr eine Menge Hindernisse im Weg standen: die Rollbahre samt Sarg, das Podest, das zur Aufbahrung der Verstorbenen diente, zwei Hünen von Bestattergehilfen.

Schlingernd kam sie zum Stehen. In die plötzlich entstandene Stille drang ein Stöhnen. Und damit kehrte Fanni ins laufende Geschehen zurück.

15

Fanni hörte Stimmen, sah jedoch noch immer nichts als grauen Nebel, der sich allerdings stark gelichtet hatte, roch noch immer diese widerliche Mischung aus Duftöl und Fäulnis, spürte noch immer das Klebeband, das ihr den Mund verschloss.

Plötzlich musste sie die Lider fest zukneifen. Etwas hatte sie schmerzhaft in die Augen getroffen.

Licht!

Licht?

Ganz gewöhnliches Tageslicht! Du kannst die Augen wieder aufmachen!

Bevor sie dazu kam, merkte sie, dass sich der Gestank verflüchtigte.

Frische Luft!

»Fanni!«

Ein scharfer Schmerz ließ sie zusammenfahren, als das Klebeband abgerissen wurde, dann strömte die reine Luft auch in ihren Mund. Gleichzeitig fühlte sie sich umfasst und in eine sitzende Position gebracht.

»Fanni!« Sie kannte die Stimme, hätte sie immer und überall erkannt. Es war die Stimme, die Sicherheit versprach – Geborgenheit, Wohlbehagen, Glücklichsein.

Sie bettete den Kopf an eine faltige Wange, die – wie sie glasklar erfasst hatte – zu dieser Stimme gehörte.

»Fanni?« Sie kannte auch diese Stimme. Sie kam aus einiger Entfernung. Das musste so sein, war immer so gewesen. Zwischen ihr und Hans Rot hatte es nie wirkliche Nähe gegeben.

Fanni sog frische Luft in ihre Lungen, ließ die Augen zu und kuschelte sich in Sprudels Arme.

Sie hörte sich entfernende Schritte.

Adieu, Hans Rot!

Kurz darauf vernahm Fanni leise quietschende Gummiräder. »Fanni?«

Die Stimme war ihr erst seit Kurzem vertraut. Sie klang besorgt.

Fanni gelang es zu sprechen. »Es geht mir gut, Tante Luise. Ich will mich nur ein wenig ausruhen.«

»Aber nicht hier«, bestimmte Luise. »Nicht in der Schublade von diesem Kühldings.« Ihr Ton ließ keine Debatte zu. »Hilf ihr auf, Sprudel. Bring sie nach oben in mein Zimmer.«

Als Fanni sich bewegte, stieg ihr wieder ein Schwall des ekligen Geruchs in die Nase.

»Ich muss duschen«, sagte sie und klammerte sich haltsuchend an Sprudel.

»Was geht hier drin eigentlich vor?«

Fanni konnte die neue Stimme nicht gleich zuordnen. Erst nach einer Weile wurde ihr bewusst, dass sie zu Erwin Hanno, dem Pflegedienstleiter, gehörte.

Inzwischen redeten mehrere Menschen durcheinander.

»Sie hat im Kühlkatafalk gesteckt …« Definitiv eine fremde Stimme.

»… haben wir nachgesehen, weil ein Handy klingelte.« Eine ebenso wenig bekannte Stimme.

»Wie kam denn Frau Rot …?« Erwin Hanno.

Unterbrochen von: »Wir bringen Sie jetzt sofort nach oben.« Kommandoton. Zweifelsfrei Tante Luise. »Am besten tun wir das in einem Rollstuhl. Sie müssen schnellstens einen besorgen, Herr Hanno.«

Als ob sich der Pflegedienstleiter von Luise herumkommandieren ließe, ging es Fanni durch den Kopf.

Ja, ist er nun ein verdammter Pflegedienstleiter oder nicht? Er muss doch selbst merken, dass Luise recht hat!

Erwin Hanno hatte es offenbar gemerkt, denn trotz seines Körperumfangs schoss er wie der Blitz aus dem Aussegnungsraum.

Bereits eine Minute später kehrte er mit einem Rollstuhl zurück und half Sprudel dabei, Fanni hineinzuheben.

»Ich komme gleich nach«, kündigte er an.

»Das eilt kein bisschen«, gab Luise über die Schulter zurück. Sie hatte ihren Rollstuhl gewendet, griff nun kräftig in die Räder und fuhr zum Aufzug.

Als ihr Sprudel mit Fanni folgen wollte, erwachte Fanni zum

Leben. Aufgeregt deutete sie auf den Sarg der Frau Nagel, der fertig zum Abtransport auf der Rollbahre stand, und krächzte laut: »Roland. Roland Becker steckt da mit drin.«

Als Erwin Hanno nach einer guten Stunde Luises Zimmer betrat, hatte Fanni in deren Badezimmer bereits ausgiebig geduscht.

Sie hatte sich dabei erstaunlich gut von ihrem unfreiwilligen Aufenthalt im Kühlkatafalk erholt. Das konnte – prosaisch betrachtet – daran liegen, dass mitsamt den widerlichen Gerüchen auch der ausgestandene Schrecken im ablaufenden Duschwasser durch den Abfluss weggeschwemmt worden war.

Unleugbar, nach der Dusche fühlte sich Fanni, als wäre ihr ein wunderbares zweites Leben geschenkt worden. Aber lag das wirklich nur an ihrer Rettung aus dem Katafalk und an dem reinigenden Wasserschwall? Oder durfte dieser bemerkenswerte Effekt Sprudel zugeschrieben werden?

Er hatte sich nicht aus dem Badezimmer verdrängen lassen, hatte Fanni ausgezogen, ihr unter die Dusche geholfen und davor Wache gestanden. Als sie nach gut fünfzehn Minuten unterm voll aufgedrehten Duschkopf meinte, nun genug gereinigt zu sein, hatte er darauf beharrt, sie abzutrocknen. Und das hatte er auf eine Weise getan, die Fanni alles andere vergessen ließ.

Weil auch ihre gesamte Kleidung nach jenem Gemisch aus Fäulnis und Duftöl im Kühlkatafalk stank, hatte sie eingewilligt, sich von Luises Garderobe etwas zu borgen.

»Hier«, hatte Luise gesagt, als Fanni in ein Handtuch gewickelt aus dem Badezimmer trat, »dieser Stapel ist heute Morgen frisch aus der Wäscherei gekommen.«

Fanni hatte dankbar genommen, was ihr angeboten worden war. Nun steckte sie in einem rosa-weiß karierten Faltenrock und einem rosa Baumwollpulli mit Perlenstickerei.

Sie warf Sprudel einen strengen Blick zu, den er mit einer derartigen Unschuldsmiene beantwortete, dass sie breit grinsen musste.

Hanno hatte ein Tablett mitgebracht, auf dem eine Kanne Tee und drei Tassen standen. Er stellte es ab und schob für Fanni eifrig einen Stuhl am Esstisch zurecht.

Als sie sich langsam darauf niederließ, spürte sie Sprudels besorgten Blick.

Er argwöhnt, dass du noch unter Schock stehst! Fürchtet quasi Nachwehen!

Zu Recht, dachte Fanni, denn nun fühlte sie sich auf einmal wieder so benommen, als befände sie sich unter einer Glasglocke, die alle Geräusche dämpfte und alle Konturen zum Verschwimmen brachte.

»Wie konnte es nur geschehen …?«, begann Hanno, nachdem er Fanni eine Tasse Tee gereicht und sichtlich angespannt gewartet hatte, bis sie gut die Hälfte davon getrunken hatte.

Sein Doppelkinn bebte. Doch bevor er die Frage aussprechen konnte, die zu stellen ihm augenscheinlich alle Fassung raubte, klopfte es an der Tür, und gleich darauf trat Kriminalkommissar Marco Liebig ein.

Sprudel muss ihn hergebeten haben, dachte Fanni, merkte dann aber, dass auch Sprudel überrascht wirkte.

»Hans Rot hat bei mir in der Dienststelle angerufen«, erklärte Marco sein unerwartetes Erscheinen. »Dein Mann klang ganz schön aufgeregt, Fanni. Er meinte, ich sollte mal lieber hier nach dem Rechten sehen, anstatt im Büro die Füße auf den Schreibtisch zu legen.«

Hört sich in der Tat ganz nach Hans Rot an!

Ich muss dringend mit Hans sprechen, dachte Fanni vernebelt.

Und was willst du ihm sagen?

Dass ich niedergeschlagen und in einen Leichenkühlapparat gesteckt worden bin. Dass es so aussah, als wäre mein Leben damit zu Ende. Dass ich aber soeben ein neues angefangen habe – ein komplett neues.

»Fanni«, sagte Marco eindringlich, »du musst mir erzählen, was genau sich abgespielt hat.«

Fanni nickte. Ja, das musste sie. Doch dazu brauchte sie Worte. Aber irgendwann – wann war es bloß gewesen? – hatte sie vergessen, wo Worte zu finden waren.

Sie sah Sprudel an, der ihre Hände in die seinen nahm und sanft streichelte. Wozu Worte?

Fannis Blick wanderte weiter zu Tante Luise, die soeben ihre

Teetasse an den Mund führte. Nach einem kleinen schlürfenden Schluck stellte sie die Tasse zurück auf den Tisch und sagte missbilligend: »Baldriantee und kein Bröselchen Süßes dazu. Und der Korb mit Fannis leckerer Marillenmarmelade und den selbst gemachten Keksen steht noch immer unter der hässlichen Topfpflanze vor dem Aussegnungsraum.«

»Der Korb!«, rief Fanni, und damit waren die Worte zurück.

»Fanni«, bat Marco noch einmal, »du musst mir sagen, was sich im Aussegnungsraum zugetragen hat. Wir haben Roland Beckers Leiche in dem Sarg dort gefunden. Wir wissen, dass du im Kühlkatafalk gesteckt hast. Der Hausmeister ist verschwunden. Heimleiter Müller befindet sich angeblich auf Dienstreise. Was ist bloß geschehen, Fanni?«

Erwin Hannos Doppelkinn wackelte zustimmend zu jeder Silbe, die Marco sagte.

Da setzte Fanni sich zurecht, befreite ihre Linke aus Sprudels Händen, glättete den rosa-weißen Faltenrock und begann mit ihrem Bericht.

16

Hartnäckig verlangte Sprudel von Fanni, sich aufs Sofa zu legen. Das Sofa, auf das er sie so beharrlich nötigte, war kein anderes als sein eigenes und befand sich im Wohnzimmer seines Hauses in Birkenweiler.

Fanni wandte ein, dass sie erst zwei Stunden zuvor aus dem Bett im Obergeschoss gestiegen war, in dem sie die Nacht verbracht hatte.

Doch Sprudel ließ nicht locker.

Nachdem Fanni tags zuvor allen um den Esstisch in Luises Zimmer Versammelten berichtet hatte, was sie im Aussegnungsraum beobachtet hatte und was ihr daraufhin widerfahren war, hatte Sprudel darauf bestanden, sie zur Untersuchung ins Krankenhaus zu bringen.

Marco hatte ihr noch zwei, drei kurze Fragen gestellt und war dann mit entschlossenem Gesicht davongestürmt.

Erwin Hanno war ihm mit erbittert wabbelndem Doppelkinn gefolgt.

Im Krankenhaus hatte man Fanni abgeklopft und abgehorcht, hatte ihren Blutdruck gemessen und ihren Puls gefühlt. Man hatte in ihre Pupillen geleuchtet und ihr Blut abgenommen. Letztendlich aber war man zu dem Ergebnis gekommen, dass ihr nichts Nennenswertes fehlte, und hatte ihr geraten, nach Hause zu gehen und sich zu schonen.

Daraufhin war Sprudel, ohne lange zu fragen, mit ihr zu seinem Haus nach Birkenweiler gefahren. Dort hatte er sein Bett für sie frisch bezogen, hatte einen von seinen Schlafanzügen für sie bereitgelegt und hatte sie – nachdem Fanni im Oberteil steckte, das als Nachtgewand durchaus für sie ausreichte – genötigt, sich hinzulegen.

Er hatte ihr zu trinken gebracht und sich dann auf die Bettkante gesetzt. Ab und zu hatten sie ein paar Worte gewechselt. Gegen Mitternacht hatte Sprudel gesagt, er wolle sich im Gästezimmer schlafen legen. Aber als Fanni am Morgen erwachte, hatte er schon wieder an ihrem Bett gesessen.

Jetzt war es kurz nach elf am Vormittag des 1. Juli, einem unscheinbaren Donnerstag.

Sprudel wollte sich eben in dem Polstersessel gegenüber dem Sofa niederlassen, auf das sich Fanni fügsam gelegt hatte, als es an der Haustür klingelte.

Er eilte hinaus und kam kurz darauf mit Leni und einem ziemlich schwer wirkenden Koffer zurück.

Leni eilte auf ihre Mutter zu und umarmte sie. »Ich hab dir ein paar Sachen eingepackt, Kleidung, Schuhe, Toilettenartikel, die Lesebrille – alles, was du halt brauchen wirst.«

»Danke«, sagte Fanni, die ein hellgraues Oberhemd von Sprudel trug, das sie mit einem Geschenkband (aus seiner Krimskramsbox) um die Taille in Form gebracht hatte. Sie hatte sich einfach nicht dazu überwinden können, sich ein weiteres Mal Luises rosa Geschmacksverfehlungen anzuziehen. »Aber ich wollte heute Nachmittag sowieso zum Erlenweiler Ring rüberfahren. Ich muss ja mit Hans reden, kann ihn nicht so im Ungewissen lassen.«

Leni setzte sich in den Sessel, den Sprudel für sie zurechtrückte, nahm das Glas, das er ihr reichte, und trank nachdenklich einen Schluck Wasser. Dann sagte sie zögernd: »Papa … Hans hat doch längst damit gerechnet, dass es eines Tages so kommen wird. Und gestern ist ihm irgendwie klar geworden, dass es nun so weit ist.«

»Das hat er dir gesagt?«, fragte Fanni erstaunt.

Leni schüttelte den Kopf. »Kein Wort hat er gesagt. Er war gar nicht zu Hause, als ich vor einer Stunde ankam, ist wohl wie üblich zur Arbeit gegangen.«

Fanni hatte sich aufgerichtet und die Beine auf den Boden gestellt. »Aber wie kommst du dann dazu …«

Leni stand auf und setzte sich neben sie. »Mama! Hans wird schon lange wissen, wie wichtig Sprudel für dich ist. Glaubst du etwa, dass ihm auch nur das Geringste verborgen geblieben ist? Du kennst doch die Birkdorfer – von den Nachbarn in Erlenweiler ganz zu schweigen. Jede Bagatelle ist Hans Rot hinterbracht worden, und zwar mehrfach.«

»Er hat sich aber nie was anmerken lassen«, murmelte Fanni.

»Natürlich nicht«, sagte Leni. »Er wollte sein komfortables Leben so lange wie möglich beibehalten. Das heißt aber nicht, dass er nicht stündlich mit einem GAU gerechnet hat.«

»Er hätte mit mir reden sollen«, beschwerte sich Fanni, ohne zu realisieren, dass wohl eher sie mit ihm hätte reden müssen.

»Und was hätte das bewirkt?«, entgegnete Leni. »Dass der GAU auf der Stelle eingetreten wäre. Gerade das aber wollte er verhindern.«

Fanni beugte sich nach vorn und barg das Gesicht in den Händen. Sie fühlte sich schuldig, schäbig, keinen Schuss Pulver wert.

Mit Recht! Mit vollem Recht! Du hast Hans Rot von Anfang an belogen und betrogen! Hast ihm mehr als dreißig Jahre lang was vorgemacht! Und die Geschichte mit Sprudel setzt dem allem nun die Krone auf!

Fanni ließ die Hände sinken und sah Leni an. »Ich werde noch heute mit ihm sprechen. Werde ihm die Wahrheit über dich und Leo sagen. Werde ihm sagen, dass euer Vater nicht Hans Rot heißt, sondern Volker Heimeran. Professor Dr. Volker Heimeran, der in den Siebzigern an der Nürnberger Universität lehrte – das tut er sogar heutzutage noch, oder?« Ohne eine Antwort abzuwarten, fuhr sie fort: »Ich werde Hans aber auch sagen, dass ich Sprudel zwar seit Jahren liebe und schätze, ihn aber nie mit ihm betrogen habe.« Während Fanni sprach, merkte sie, wie in Lenis Augen ein seltsamer Ausdruck erschien.

Eine Mischung aus Angst, Unglauben, Vorwurf?

»Hältst du es für falsch, ihm die ganze Wahrheit zu sagen?«, fragte Fanni.

Leni nickte vehement. »Überleg doch mal. Wie meistert Hans das Leben?«

Darüber musste Fanni nicht lange nachdenken. »Er lenkt sich, so weit es geht, ab. Lieber hört er sich im Schützenverein ganze Abende lang dumme Witze an, als über Probleme nachzudenken. Was er in seinem Leben nicht brauchen kann, das verdrängt er.«

»Richtig«, erwiderte Leni, »auf diese Weise hat er sich ein Dasein gebastelt, mit dem er zurechtkommt – hervorragend zurechtkommt.«

Fanni nickte begreifend. »Wie könnte ich so rücksichtslos sein, Breschen hineinzuschlagen?«

Leni nahm ihre Mutter in die Arme und lächelte sie warm an. »Wir mögen ihn doch, und wir schulden ihm viel. Und deshalb werden wir die Allerletzten sein, die ihm etwas, das er nicht sehen will, vor Augen halten.«

Und so setzen sich Lug und Betrug in der Welt fort! In Birkenweiler nennt Leni ihren Ziehvater »Hans«, in Erlenweiler nennt sie ihn »Papa«. Und das alles nur, um seine zarte Seele zu schonen!

»Mach dir keine Sorgen, Mami«, fuhr Leni fort. »Bei euren Nachbarn am Erlenweiler Ring ist Hans in besten Händen. Sie werden sich darin überbieten, ihn zu hätscheln. Frau Stuck wird ihm einen Platz an ihrem Tisch reservieren, Frau Weber wird für ihn die Wohnung sauber halten, und Frau Praml wird ihm die Wäsche machen.«

Nein, dachte Fanni, so weit werden sie es wohl nicht treiben – jedenfalls nicht auf die Dauer –, aber sie werden sich um ihn kümmern, sie werden ihm zu beweisen versuchen, dass der Verlust, den er erlitten hat, verschwindend gering ist.

Und sie werden einiges daran setzen, Ersatz für Fanni Rot, die Abtrünnige, zu finden! Eine nette, liebenswerte Frau werden sie für ihn aussuchen, die besser zu Hans Rot und nach Erlenweiler passt, als du es je getan hast!

Auf einmal fühlte sich Fanni ungeheuer entspannt.

»Du denkst also, dass mich am Erlenweiler Ring niemand vermissen wird – absolut niemand«, sagte sie zu Leni und erwartete ein Grinsen als Antwort.

Aber Lenis Miene war ernst, als sie entgegnete: »Doch, einer wird dich schwer vermissen. Er wird untröstlich sein, wenn du nicht mehr da bist. Du solltest ihn, so oft es geht, besuchen.«

Fanni sah ihre Tochter ratlos an. Wer in Gottes Namen sollte untröstlich sein?

»Der alte Klein, Mama«, half Leni ihr auf die Sprünge. »Olga und Ivo wirst du auch fehlen. Offenbar bist du die Einzige, die sie für ihre Herkunft nicht mit Verachtung straft.«

»Seltsam«, sagte Fanni nachdenklich, »dass ich mich mit dem alten Klein, mit Bene und Mirza, mit Olga und Ivo immer besser verstanden habe als mit sämtlichen anderen Nachbarn.«

Lenis Miene hellte sich auf. »Gar nicht seltsam, denn die Kleins versuchen weder sich selbst noch sonst jemandem was vorzuspielen. Sie sind einfach, wie sie sind – ganz nach dem Motto ›Ist der Ruf erst ruiniert, lebt es sich ganz ungeniert‹.«

Fanni lachte laut auf. »Und du denkst, weil auch mein Ruf in Erlenweiler noch nie der beste war, kam ich mit den Kleins so gut zurecht?«

»Essen ist fertig.« Sprudels Stimme klang von der anderen Seite des Raumes herüber. Während Fannis Unterhaltung mit ihrer Tochter hatte er einen Salat gemacht und Brot und Käse dazu angerichtet.

»Aber wir haben doch erst vor zwei Stunden gefrühstückt«, wandte Fanni ein.

Sprudel sah auf die Uhr. »Vor drei Stunden«, widersprach er. »Jetzt ist es halb eins, genau die richtige Zeit für einen Mittagsimbiss.«

Leni hatte sich bereits erhoben und war zum Esstisch geschlendert. »Das sieht aber gut aus«, sagte sie. »Und ich hab einen Bärenhunger.«

Leni fischte gerade das letzte Tomatenstückchen aus der Schüssel, als Fanni fragte: »Marco muss dich ja heute schon sehr früh angerufen haben. Wann bist du denn in Nürnberg losgefahren? Um sechs?«

»Um sieben«, antwortete Leni. »Um halb zehn war ich in Erlenweiler, hab den Koffer für dich gepackt und bin dann hierhergekommen.«

»Woher wusstest du eigentlich, dass ich bei Sprudel bin?«, fragte Fanni.

Leni lachte. »Ich könnte jetzt sagen, der Erlenweiler Ring hat die Information geradezu ausgeschwitzt. Aber um bei der Wahrheit zu bleiben: Ich hatte sie von Marco, und der hatte sie von Sprudel.«

»Ich habe Marco gestern noch kurz unterrichtet, wo er uns

findet, falls er dringende Fragen an dich hat«, warf Sprudel ein. »Gleichzeitig habe ich ihn gebeten, deine offizielle Vernehmung auf heute Nachmittag oder morgen früh zu verschieben.«

»Marco und ich«, erzählte Leni weiter, »haben gestern spät abends lang miteinander telefoniert. Da hatte der Hausmeister der Katherinenresidenz bereits alles gestanden und Marco hatte schon diesen Rechtsanwalt verhaftet – gerade noch rechtzeitig. Der war drauf und dran, sich aus dem Staub zu machen.«

»Woher wusste Benat denn, dass es aus war mit seinen Schandtaten?«, fragte Fanni verdutzt. »War er etwa noch in der Nähe, als man mich aus dem Kühlkatafalk gezogen hat?«

Leni schüttelte den Kopf. »Nein, das war er nicht. Aber ein ganzer Haufen Gerüchte über haarsträubende Vorgänge in der Katherinenresidenz muss sich wie ein Lauffeuer in der gesamten Stadt verbreitet haben.« Sie lächelte amüsiert. »Gestern ist wohl Luise Rots großer Tag gewesen. So wichtig genommen wurde sie wahrscheinlich noch nie. Bestimmt hat sie sämtliche Schwestern genauestens ins Bild gesetzt und konnte mit Antworten auf alle Fragen aufwarten.«

»Ja«, bestätigte Fanni Lenis letztere Vermutung, »das konnte sie. Luise wusste ganz genau über unsere Ermittlungen Bescheid, war sogar daran beteiligt. Und was sie noch nicht wusste, hat sie erfahren, als ich es Marco in ihrem Zimmer berichtet habe.«

Sprudel räusperte sich. »Eigentlich erstaunt es mich, dass Benat es gewagt hat, Beckers Leiche auf diese Weise verschwinden zu lassen. Die Bestatter hätten doch irgendwann gemerkt, dass der Sarg für eine Person viel zu schwer war.«

»Wenn sie ihn hätten tragen müssen, vielleicht schon«, stimmte ihm Fanni zu. »Aber als letzte Woche Herr Bonner abgeholt wurde, habe ich gesehen, wie die Bestatter mit einer Rollbahre so nah an das Podest mit dem Sarg heranfuhren, dass sie ihn nur hinüberzuschieben brauchten. Ich bin mir ziemlich sicher, dass Särge heutzutage meist auf Schienen gleiten und außer vielleicht über Treppen kaum noch getragen werden. Warum auch sollten Bestatter nicht jede Art von Technik nutzen, um ihre Bandscheiben zu schonen?«

Ungeachtet das morbiden Themas stibitzte sich Leni das letzte

Stück Käse und kaute genüsslich, während Fanni nachdenklich sagte: »Letztendlich musste Benat viel zu viel riskieren, um eine Untat mit einer anderen zu decken. Er musste schachern und intrigieren, musste Augen und Ohren überall haben. Er musste die Totenscheine von Herrn Bonner und Frau Nagel an sich bringen, damit die Bestatter gezwungen waren, unverrichteter Dinge abzuziehen und ein zweites Mal zu kommen. Irgendwann wäre sein Lügengebäude so oder so zusammengebrochen.

»Wer weiß«, wandte Sprudel ein, »ob er nicht noch jahrzehntelang hätte weitermachen können. Vielleicht hätte er ja bald eine zweite Frau Nagel aufgetan, eine Seniorin mit Hausbesitz, die nie mehr in ihr Eigenheim zurückkehren würde. Als ihr Betreuer hätte er – wie bei Frau Nagel – wieder schalten und walten können, wie er wollte, hätte die Instandhaltungsgelder für sich verbuchen und den Besitz verkommen lassen können.«

Fanni nickte versonnen. »Der Beamte bei Gericht prüft ja nur, was er auf den Schreibtisch bekommt. Er rennt ja nicht in der Stadt herum und sieht sich die Immobilien betreuter Personen an. Die Einzigen, die Benat auf den Dreh kommen könnten, sind Verwandte seiner Klientin, künftige Erben mit einem gewissen Interesse an ihren Besitztümern. Aber zufällig«, fuhr sie lebhaft fort, »ist Benat nicht nur Berufsbetreuer, sondern auch Anwalt, ein Anwalt, der gerne Nachforschungen anstellt, und er weiß: Die Seniorin pflegt keinen Kontakt mit Verwandten, falls es überhaupt welche gibt. Erben, die sich erst nach dem Tod der Dame finden lassen, muss er nicht fürchten. Sie haben ja keine Ahnung, dass das Haus durch unrechtmäßige Benutzung heruntergewirtschaftet wurde.«

»Er müsste gar nicht groß nach Verwandten forschen«, warf Sprudel ein. »Wenn es welche gäbe, die sich um die Seniorin kümmern, wäre wohl kein Berufsbetreuer bestellt worden. Ich frage mich allerdings, was genau hat Benat davon, das Haus seiner Klientin herunterzuwirtschaften?«

Fanni dachte kurz nach, bevor sie antwortete: »Zum einen kann er, wie schon erwähnt, die Instandhaltungsgelder unterschlagen. Zum anderen kann er das Objekt, jedenfalls solange es dazu geeignet ist, vermieten und die Einnahmen ebenfalls unterschlagen.«

»Unterschlagen, hm, ich weiß nicht recht«, murmelte Sprudel. »Wenn Gelder aus dem Vermögen einer betreuten Person fließen, dann prüft das Gericht bestimmt ganz genau, wohin.«

»Natürlich tut es das«, antwortete Fanni geradezu selbstsicher, denn ihr war auf einmal klar, wie Benats Betrug funktionieren konnte. »Das Gericht lässt sich für alle Ausgaben Rechnungen vorlegen, aber Benat hatte keinerlei Schwierigkeiten, fingierte Rechnungen noch und noch zu präsentieren.«

»Und das Gericht merkt nichts?«, fragte Sprudel.

»Nein«, entgegnete Fanni. »Weil die Rechnungen ganz offiziell von einem renommierten Betrieb ausgestellt sind. Einer angesehenen Firma, die sich ›Welt des Bauens‹ nennt und die zufällig Benat gehört, was aber das Gericht nicht weiß.«

Sprudel pfiff durch die Zähne. »Angestellte dieser Firma können sogar, statt Schäden auszubessern, Verwertbares wegschaffen. Die Feldsteine einer Gartenmauer zum Beispiel.«

Es wurde still im Zimmer, jeder hing seinen Gedanken nach.

»Unglaublich«, sagte Fanni nach einer Weile. Die beiden anderen horchten auf. »Wirklich unglaublich, dass ich durch mein unsinniges Herumfingern an Rolands Handy die richtige PIN-Nummer eingegeben habe.«

»Das hast du gar nicht«, erwiderte Leni. »Marco hat gesagt, dass Rolands Handy nicht durch eine PIN gesichert war. Man musste es nur einschalten, und das hast du offenbar geschafft. Ach übrigens, Marco sagt, unter der Nummer, von der der Anruf kam, meldete sich eine junge Frau, die eine interessante, aber sprachlich schwer verständliche Geschichte zu erzählen wusste.«

Fanni musste nicht lange nachdenken. »Verena? Wo steckt sie denn nun?« Plötzlich kam ihr ein entsetzlicher Gedanke. »Benat hat Verena gar nicht in einer Schule untergebracht, sondern bei einem Halunken, wie er einer ist. In der Mappe, die Verena beim Vorstellungsgespräch abgeben musste, befand sich die gefälschte Post, die der Kumpel dann für Benat aufgegeben hat.« Sie atmete heftig. »Was hat der Kerl mit dem Mädchen vor? Betreibt er ein Bordell?«

Das kann nicht sein! Du hast dich vergaloppiert, Fanni! Verena hat doch gesagt, dass sie Texte vortragen musste! Sie ist sprachlich getestet wor-

den! Es war ihr so unangenehm, dass sie beim Davonerzählen noch geschnieft hat!

Falsch, dachte Fanni. Luise hatte sie gefragt, ob sie was vorlesen musste, und da hat Verena geschnieft. Wollte sie uns nicht wissen lassen, was sie wirklich tun musste? Hat sie sich geschämt?

Sie packte Leni am Arm. »Wir müssen Verena schleunigst ausfindig machen. Wer weiß, wo Benat sie hingesteckt hat. Marco muss sie sowieso als Zeugin vernehmen, ich glaube nämlich, dass Roland sie bei ihren ›Dates‹ über Benat ausgefragt hat.«

Leni wedelte lässig mit der Hand. »Das ist doch längst geregelt, Mama.«

»Kaffee?«, fragte Sprudel.

»Gern.« Leni stand auf, um ihm zur Hand zu gehen. Er nötigte sie jedoch wieder auf ihren Platz zurück.

Während Sprudel in der Küche hantierte, kamen Fanni und Leni noch einmal auf Erwin Hanno zu sprechen.

»Marco hat erzählt, dass Hanno gestern, nachdem du alles berichtet hattest, wie ein Kugelblitz durch die Katherinenresidenz geschossen ist«, sagte Leni. »Er hat den Hausmeister im Heizungskeller aufgestöbert – wo der angeblich in einer Ecke saß und sich an einer Flasche Obstbrand festhielt. Hanno soll ihn am Kragen gepackt und in sein Büro gezerrt haben.«

Fanni verdrehte die Augen. »In der Katherinenresidenz muss gestern Nachmittag wirklich das blanke Chaos geherrscht haben.«

»Und niemand vom Personal hat mit Nachrichten darüber hinterm Berg gehalten«, feixte Leni.

»Die sich bestimmt recht hurtig zum Erlenweiler Ring durchgesprochen haben«, sagte Sprudel, der gerade die Kaffeekanne hereinbrachte und auf dem Couchtisch abstellte.

Fanni und Leni erhoben sich und gingen zum Sofa.

»Wer wohl Hans Rot ins Bild gesetzt hat?«, sinnierte Fanni dabei laut. »Er konnte ja noch nicht wissen, worum es eigentlich ging, als er mittags im Aussegnungsraum aufgetaucht ist.« Sie setzte sich auf die Couch.

»Luise, nehme ich an«, erwiderte Leni. »Er wird sie später noch angerufen haben. Vielleicht ist er sogar noch mal zu ihr gefahren.« Sie nahm einen Schluck von ihrem Kaffee und sah Fanni an. »Hast du wirklich die ganze Zeit den Pflegedienstleiter für den Täter gehalten, Mama? Warum bist du nicht früher auf Benat gekommen?«

Fanni sah geradezu zerknirscht aus, als sie antwortete: »Weil ich genauso auf ihn hereingefallen bin wie alle anderen. Dumm und vertrauensselig auf den Leim bin ich ihm gegangen, dem honorigen, noblen, seriösen, stets freundlichen, immer mitfühlenden, gut aussehenden Dr. Benat, dem niemand auch nur das kleinste Laster zutraute.«

Sie musste verschnaufen, bevor sie weitersprach. »Hanno dagegen hat ständig angeeckt.« Fanni begann, an den Fingern aufzuzählen: »Er hatte Zoff mit Becker, Misshelligkeiten mit den Schwestern. Sein Lebensstandard lag offensichtlich weit über den Verhältnissen, die sein Gehalt zuließ, was natürlich sehr verdächtig wirkte. Und auf den ersten Blick hatte er die optimale Position dafür, in der Katherinenresidenz Betrügereien zu begehen. Außerdem wurde mein Verdacht gegen ihn noch durch ein paar dumme Zufälle genährt. Beispielsweise den, dass er mich unter einem, wie mir schien, albernen Vorwand in seinem Büro festgenagelt hat, während Luise Rolands Notizblock abgenommen wurde.«

Leni trank ihren Kaffee aus. »Alles hat also auf Hanno hingedeutet und deine Aufmerksamkeit von Benat abgelenkt.«

Fanni nickte und wirkte recht nachdenklich dabei.

»Was geht dir durch den Kopf?«, wollte Leni wissen.

»Gestern«, begann Fanni stockend, »nein, vorgestern kamen mir Zweifel an der Theorie, dass Hanno hinter all dem stecken sollte. Aber selbst da hat sich mein Verdacht mehr auf den Heimleiter Müller gerichtet als auf Benat.« Sie fuhr sich mit dem Handrücken über die Stirn. »Sogar Verwaltungschef Lex habe ich ihm als Verdächtigen vorgezogen. Benat versteht sich einfach zu gut darauf, seine Mitmenschen einzuwickeln. Offensichtlich hielten ihn alle, denen er begegnete, für ein Prachtexemplar von Samariter.«

»Sogar Luise«, warf Leni ein.

»Sämtliche Schwestern«, fuhr Fanni fort, »und die arme Verena …« Sie verstummte und krampfte die Hände ineinander. Während von Benat die Rede gewesen war, hatte sie leicht zu zittern begonnen, und nun wollte sie dem Übel Herr werden, bevor Leni und Sprudel darauf aufmerksam wurden.

Doch Sprudel erwies sich als sehr genauer Beobachter. Er stand von seinem Sessel auf, setzte sich neben Fanni auf die Couch, legte ihr den Arm um die Schultern und zog sie fest in seine wohltuende Nähe.

Gleich darauf zeigte sich, dass ihm Leni in puncto Beobachtung in nichts nachstand. »Du bist noch längst nicht übern Berg, Mama«, sagte sie. »Trotzdem muss ich jetzt nach Nürnberg zu meinen Versuchsreihen zurückfahren. Die brauchen mich – dringend.« Sie stand auf. »Ihr beide dagegen kommt ohne mich ganz gut zurecht.«

»Das tun wir«, sagte Sprudel. »Aber ich finde es trotzdem schade, dass du schon fahren willst.«

Leni beugte sich zu ihm hinunter und gab ihm einen schmatzenden Kuss auf die Backe. »Heute ist nicht alle Tage, ich komm wieder, keine Frage!«

Fanni musste lächeln, als sich Erinnerungen an Lenis Kinderzeit einstellten, an Tierquartett und aufgeschürfte Knie, an Benjamin Blümchen und an den rosaroten Panther, die Comicfigur, die Leni so geliebt hatte.

Plötzlich merkte sie, wie Leni zusammenfuhr und Sprudel mit einem beunruhigten Blick bedachte. »Ihr werdet nicht hierbleiben, oder?«

Sprudel hatte sich inzwischen ebenfalls erhoben und antwortete: »Ich denke, wir werden bald eine Reise machen, deine Mutter und ich.«

Lenis Blick wanderte ein paarmal zwischen Fanni und Sprudel hin und her. Plötzlich grinste sie. »Fanni Rot klärt Mordfall in der Sahara.«

»Ich werde ganz bestimmt nie wieder …«, begann Fanni.

Aber Leni unterbrach sie. »Du wirst, Mama, du wirst!«

Jutta Mehler
SCHADENFEUER
Gebunden, 288 Seiten
ISBN 978-3-89705-580-3

»Jutta Mehler schafft eine verblüffende Harmonie von bitterer Realität und mystischer Spiritualiät.«
Passauer Neue Presse

»Wohltuend karg, realistisch und pointiert.« Unser Bayern

www.emons-verlag.de

Jutta Mehler
SAURE MILCH
Broschur, 208 Seiten
ISBN 978-3-89705-688-6

»Jutta Mehler hat einen Volltreffer gelandet. Aus dem Leben gegriffen, bisweilen schreiend komisch sind ihre Beobachtungen und Detailschilderungen.« Deggendorfer Zeitung

»Ein ebenso spannend wie durchaus humorvoll geschriebener Krimi.« Bayern im Buch

JUTTA MEHLER
Magermilch
KRIMINALROMAN
emons: